JN023014

一九四〇 命の輸送

安田亘宏

Nobuhiro Yasuda

彩流社

目次

本作は旅行会社の社史に想を得て描いた創作です。
しかし、この時期に心ある決断と行動をした偉い人たち、
ユダヤ難民の輸送という業務に実直に奮闘した職員たち、
そして彼らを受け入れた優しい街の人たちがいたことは歴史的事実です。
誇りに思います。

《太平洋航路・アメリカ横断鉄道》

アメリカ横断鉄道
シカゴ
サンフランシスコ
ニューヨーク
太平洋航路
横浜
ハワイ島

I 一九四〇年◉春◉紐育（ニューヨーク）

流線型の巨大な鉄の塊は意外に大きな音を立てず、春の穏やかな日差しを楽しむように、終着駅であるニューヨークのステーションに向けて黙々と走っていた。あと一時間ほどでニューヨークに到着するに違いないと浅田海は確信し、寝台のマットの下に丁寧に敷いていた背広のズボンを引き出し始めた。

ジャパン・ツーリスト・ビューローに二年ほど前に入職し、横浜事務所で様々な外国から大型客船で訪れる外国人旅行者の斡旋をしていた海が、ニューヨーク事務所へ応援のための赴任命令を受けたのは一月ほど前であった。一九四〇年に東京での開催が決まっていた東京オリンピックや日本万国博覧会が中止、延期になったものの、紀元二千六百年記念式典に米国から多くの同胞や関係者の日本訪問が予定されていて、その輸送斡旋に応援に行ってくれとのことだった。

それはまだ新人の域を出ていないと自覚していた二十四歳の海にとっては、あまりにも意外な、しかし光栄な赴任命令であった。旅券や査証の手続き、荷作りなど慌ただしく準備し、いつも外国人旅行者を出迎え、見送りをしていた横浜港から、一度は乗船して外国に行ってみたいと夢を見ていた海は浅間丸の乗船客となり、サンフランシスコに向けて出港した。

浅間丸は「太平洋の女王」と呼ばれる、日本所有の豪華客船であった。二週間の船旅は、二等船室に乗せてもらえたこともあり快適そのものであった。嘘のように天候にも恵まれ、船酔いすることもなく、太平洋はいつも鏡のように光に満ちた美しい表情を見せていた。同室になった初老の日本人は物腰が柔らかく、貿易商とのことで、何度か太平洋を横断していて、船内での過ごし方や米国の生活の様子などを教えてくれたのも嬉しかった。浅間丸は途中、ハワイのホノルルを経由し、予定通りにサンフランシスコ港に接岸した。

　サンフランシスコでは、よく話に聞いていた坂の街を見て歩くことも、ビューローの事務所に立ち寄る時間もなく、大陸横断鉄道に乗り込んだ。流線型のディーゼルカーが牽（ひ）く大型の車両は日本の列車よりかなり大きく感じられた。寝台車のベッドは広く柔らかく、横浜のホテルニューグランドのベッドにも負けないようなものだった。日本の寝台列車とはそもそもの構造が違い、窮屈感もなく長時間の列車の旅を楽しめそうであった。

　サンフランシスコの重厚な石造りのステーションを後にした列車は、人々の住む街をあっという間に走り抜けると、ロッキー山脈に入っていく。雄大で緑眩い濃い自然の中を力強く走り続ける。しかし、山脈を抜けると、広漠とした草原、広大な玉蜀黍（とうもろこし）畑が、時には枯野のような荒野、白茶けた雑草の無限の広がりが続く。平原に時折現れる粗末な村の家々、その周りの果樹園らしい樹の茂み、家畜が小川の水を飲む姿に人の営みを感じる。列車は忘れていたように、小さな街が見えてくるとまるで路面電車のように街の大通りに無造作に停まり、また出発する。何日か同じ景色が続き、大都会のシカゴに到着した。

ミシガン湖が見渡され、石油会社の巨大なタンクが並んでいる。ステーションの周辺には十階建以上と思われる高層のビルヂングが林立していた。シカゴで乗換、いよいよニューヨークへと向かった。また、同じ広漠たる景色が窓外を流れる。しかし、日本では考えられない、この長い列車の旅を海は決して飽きたりしなかったし、嫌なものとは感じなかった。見る風景全てが珍しいものであったし、そもそも海は乗り物に乗って移りゆく窓外を見ていることが子供の頃から好きだった。

海が、もうしばらくで目的地であり列車の終着駅であるニューヨークに着くと確信したのは、窓の外を流れる風景の変化であった。ただの草原から、玉蜀黍畑、麦畑に変わってきて、その中に時折現れる農家の邸宅もポーチのある洒落たものになってきたし、その傍(かたわ)らには必ず自動車やトラックが置かれていた。線路と並行して走る道路もいつの間にか舗装されていて、自動車やトラックが目立ち始めた。

また、車内の動きも少し慌ただしくなってきたように感じる。車掌が通路を何回か行き来しているし、乗客もざわざわし始めているようだ。

そして、なによりもサンフランシスコで渡された列車時間表によると、もうじきに到着するはずなのだ。海の父親は国鉄の技師で、よく国鉄自慢をしていた。「我が国鉄の最大の自慢は定時運行である。諸外国にも鉄道はあるが、これは真似ができない」。そう言って、懐中時計を手にとり眺めていたことがよくあった。しかし、確かに大雑把な国という印象もある米国の大陸横断鉄道は、たまたまなのかもしれないが、ほぼ定刻に走っているようであった。粗末な紙に印刷された列車時間表は信じてよいようであった。

海は背広のズボンの寝押しの成果を確かめ、ハンガーにかけておいた上着を手で撫で、ほこりを払った。ニューヨークに着いたら、すぐにニューヨーク事務所に向かうつもりでいた。その時は、ビューローマンらしくきっちりとした服装で、しっかりと挨拶したいと思っていた。ビューローに入職して、二カ月の本店での見習い期間後に横浜事務所に着任した時も同じであった。

ビューローマンシップという言葉がある。これは入職すると最初に叩き込まれる、職員はつねに服装や身だしなみについて清潔を保つようにという教えで、

洋服は毎日必ずブラシをかけること
カラーは真白であること
ネクタイはきちんと結ぶこと
ひげを毎日そること
ズボンはプレスしなくてもいいから、必ず「寝押し」すること
靴をよく磨け

というものであった。流石に外国人相手の仕事をする会社なのだと感心し、身だしなみだけはきちんとしようと心掛けていた。ビューローは、こういう服装や身だしなみを要求した以上、その裏付けとなる出費を補償する服装手当が以前には支給されていたという話を聞かされた。だが、昭和に入る頃、この制度は廃止されてしまったらしい。

　トランクから横浜で新調した真っ白なワイシャツをとりだし、着替え始めた。ズボンを履き、上着に袖を通し、ネクタイを結び、姿勢を正す。残念ながら鏡がない。車窓のガラスに映る姿を確認する。かすかに映る自分の背広姿に少し満足する。その姿の向こうには、小さな民家だけでなく時折立派な建物が流れていた。もうすぐニューヨークのステーションに到着する。靴は履きなれたものがいいと思い、いつも仕事で履いていた少し疲れが出ている革靴を履き、靴紐をしっかりと結んだ。そして、それを手拭いで力強く磨き始めた。

　ニューヨークのステーションはプラットホームが幾（いく）つもあり、長い編成の列車が並んでいた。駅舎は目を見張る立派な石造りの建物で、多くの人で混雑していた。小さな売店も多数あり、新聞、雑誌や果物、菓子のようなものを売っている。

　白人だけではなく、様々な肌の色をした人も見受けられる。ほとんどの人は、きちんと背広を着て鞄を片手に忙しそうに歩いている。皆、背が高く立派な身体をしている。女性はそう多くはないが、横浜の港で見られる淑女のように裾の長いドレスを着、ふわふわとした帽子を頭にのせ、急ぐことなくしなやかに歩いている。一方で、駅舎の隅の方には幾人もの、浮浪者と思われる人が黒っぽい衣服をまとい、物乞いをしている姿も見える。

自分の姿はこのニューヨークのステーションで見劣っていないだろうか。ここを行き交う人々にどのように見られているだろうか。海はトランクを大事そうに抱え、周囲を行き交う人々を観察したが、誰も海のことなど気にしていないようであった。

駅舎から出て、タクシー乗り場を探した。ステーションからはタクシーが一番便利だと教えられていた。駅前も人が溢れていた。目の前には石造りのビルヂングが立ち並んでいる。そして、数え切れぬほどの自動車が行き交っていた。

駅前には様々な人々がたむろしているが、紳士はきちんと背広を着、姿勢正しく歩いている。そしてほぼ全員が形の良いハットを被っている。日本の紳士もハットは被っているが、ハットについては日本出発の折に思い付かなかった。ニューヨークの生活が少し落ち着いたら、ハットを必ず買いに行こうと海は心に決めた。

タクシー乗り場はすぐに見つかり、並ぶこともなく乗車できた。海は深く腰掛け、大きく深呼吸した。

「ロックフェラーセンターまでお願いします」

ゆっくりと丁寧な英語でドライバーに告げた。

＊＊

ジャパン・ツーリスト・ビューローのニューヨーク事務所は、ニューヨークの中心部五番街に聳（そび）え立つロックフェラーセンターの一部となるインターナショナル・ビルヂングに、鉄道省と合同で入居していた。そのビルヂングには日本領事館、日本文化振興協会や各国の観光宣伝事務所も入っていて、世界の観光展示場の趣（おもむき）もあった。

海はきょろきょろとしながらも一直線にニューヨーク事務所へと向かい、そのドアを開けた。

事務所に入ると、小さなカウンターがあり、その奥に整然といくつかのデスクが並んでいた。一番手前のデスクに座っていた清楚なアメリカ人女性が海に気付くと、立ち上がり、英語で声をかけてきた。

「こんにちは」

海は緊張する。

「こんにちは。私は本店の外人旅行部から参りました浅田海です。小栗所長はいらっしゃいますか」

それを聞いた女性は満面の笑みを浮かべ、とても日本人にはできそうもない大げさな表情で、海の手を引いてカウンターの中へ導いた。

「お待ちしていましたよ、ミスター浅田。今日、こちらに到着することは所長から伺っていました。ようこそ、ニューヨーク事務所へ。長旅大変でしたでしょう。疲れていませんか。ステーションから直接来たのですか。とても嬉しいです」

美しい英語で心からの歓迎を表してくれる。

「さきほどニューヨークのステーションに着いて、そのままタクシーで参りました。長旅でしたが、快適な旅でしたので疲れていません」

「それはとても良かった。お若いのに英語がお上手ですね。まずはこちらでひと休みしてください」

奥の応接セットへと誘われ、海は大きなトランクを床に置き、ソファに腰を下ろした。

「私はこの事務所でアシスタントをしています、ヘレンと申します。ヘレン・アリソンです。ヘレンと呼んでください。あなたを心からお待ちしていました。小栗所長は大村次長と一緒にちょっと外出していますが、もうしばらくして戻ってくると思います。今、コーヒーをお持ちしますね」

ヘレンは海が着任したことが本当に嬉しくて堪(たま)らないという気持ちを全身で表しながら、後ろにあるドアの向こうに行った。アメリカ映画に出てきそうな優しい気遣いのできるアメリカ人婦人だなと思った。しばらくして、コーヒーカップをふたつ盆にのせ戻ってきた。

「お砂糖、ミルクは如何(いかが)しますか」

日本では横浜のホテルニューグランドのコーヒーショップでしか聞くことのできない質問に、海は初めてアメリカに来たことを実感した。

「ブラックで結構です」

一度言ってみたかった台詞を英語で答えた。

「あら、珍しい日本人ですね。このオフィスには日本人がいっぱい来ますが、ブラックと答えたのはミスター浅田がはじめてよ」

「海と呼んでください。ファーストネームは海です」

「カイ、珍しいお名前ですね。日本ではよくあるお名前ですか」

「いえ、日本でも珍しいみたいです。シー、魚の住んでいるシーという意味です」

「日本から魚のように海を渡ってきたのね。本当に、今日、日本からやってきたのね」

「はい、横浜から浅間丸に乗り、サンフランシスコへ、そして大陸横断鉄道に乗って、さっきニューヨークに着きました。とても長い旅でしたが、とても楽しい旅でした。僕は乗り物に乗るのが大好きなのです」

「若いというのは素晴らしいことね。私はまだ日本に行ったことはないけれど、仕事柄、日本のことはいっぱい知っています。日本の様子はどうですか」

海が出発したころの日本の様子は、グッドともファインともグレートとも言えるような状況ではなかったように思う。一昨年の国家総動員法の公布以来、戦争の色が日増しに濃くなってきた。楽しみにしていた、東京オリンピックも日本万国博覧会も中止になり、物価統制が進み、日常生活品や食料品も手に入りにくくなってきていた。「贅沢は敵だ！」の標語を誰もが口にするようになり、今年に入ってからは「不要不急の旅行はやめよう」の合言葉も出てきた。横浜を出港する時には「敵性語禁止」が本格的になるという噂を聞いた。外国語で商売をしている僕らはどうなるのだろうと、その時海は思った。

とはいえ、横浜港には続々と外国からの客船がやって来ていたし、紀元二千六百年記念式典は予定通りの開催で、ビューローの職員は以前にも増して忙しく働いていた。

「支那事変以来、日本はちょっと変わってしまったかもしれません。ヨーロッパでも戦争がはじまったようだし。でも、紀元二千六百年記念式典は全国各地で開催されるようで、ビューローは大忙しのようです」

「そう、それじゃ私もビューローのお仕事頑張らなくてはね。戦争は本当にいやね、ニューヨークも不景気になる一方。でも、ニューヨークはとても素敵な街よ、世界中の人々が暮らす街だから」

そんな話をしているときに、デスクの上の電話が大きな音を立て始めた。

「そう、お仕事よ」

ヘレンはつぶやき、ソファから立ち上がりデスクへと向かい、受話器を取り上げた。ヘレンの電話の応答は少し妙に感じた。驚いているようでもあり、悲しんでいるようでもあり、慌てているようでもあった。何度も受話器に向かって聞き直し、メモをとっていた。

受話器を置くと、いままで海と楽しく話していたことも忘れたように、ヘレンはそのままデスクに座り、幾度も黙々とメモを書きなおしているようだった。顔は怯え、竦(すく)んでいるように見えた。海は何故だか声をかけられなかった。しばらく事務所内には沈黙が続いていた。

そんな状態が十分ほど続いた頃、事務所のドアが開き、二人の日本人男性が入ってきた。二人は所長の小栗と次長の大村であるとすぐ分かった。二人は事務所の中に進み、ハットを帽子掛けにかけた。それに気が付くとヘレンはすぐに二人に駆け寄り、「ボス」と語気強く声をかけ、思い出したようにソファに腰掛ける海を確認した。

「本店外人旅行部から着任したミスター浅田がお待ちです」

そう丁寧に報告すると、相手の反応を待たずに続けた。

「さきほど、とても重要な電話が入りました。まず、その報告をいたします。ミーティング・デスクへお願いします」

小栗所長はヘレンの様子を怪訝(けげん)に感じながらも、まずソファのところにやってきた。

「浅田君、長旅ご苦労様でした。ニューヨーク事務所は君を歓迎します」

握手を求めてきたので、海は慌てて立ち上がった。

「僕は本店から本日着任しました、浅田海と申します。どうぞよろしくお願いします」

誠実そうな小栗所長の掌(てのひら)の感触を味わいながら、深々と頭を下げた。小栗所長の物腰は柔らかく、絵に描いたような紳士だなと感じた。

「浅田君、申し訳ない。緊急な用件があるようなので、そのままここで待っていてくれないだろうか」

そう言うと、大村次長、ヘレンと共に事務所の逆の奥に衝立(ついたて)で囲まれた打ち合わせスペースに入っていった。興奮して喋るヘレンの英語が聞こえて来るが内容は分からなかった。

海はズボンの筋(すじ)、上着の皺(しわ)、ネクタイの結び目を幾度も気にしながら、窓の外に目をやった。窓からはロックフェラーセンターの中核をなす超高層ビルヂングの一部が見えた。この超高層ビルヂングの最上階まで眺めるためには外に出て少し離れなければ無理だろう、今まで見たこともない巨大な建物に言いようのない恐怖を海は感じていた。

三人が打ち合わせスペースから出てきたのは十五分ほどしてからであった。三人とも難しそうな顔をしていたが、三人同時に海のそばに駆けるように戻り、小栗所長は笑顔を戻した。

「浅田君、大変待たせて申し訳なかったです。私は所長の小栗です。こちらは大村次長です。そして、もう紹介は終わっていると思いますが、アシスタントのミセス・ヘレン・ハリソンです。この事務所はこの三人が全てです」

「ご丁寧にありがとうございます。僕は、いえ、私は本店外人旅行部からきました浅田海です。本店外人旅行部からと申しましたが、実は横浜事務所で外国人旅行客の斡旋をしていました。さきほどニューヨークに着き、事務所に直行してきました。改めてよろしくお願いします」

深々と頭を下げた。

「長旅、疲れたろう。いくら若くても、太平洋横断とアメリカ大陸横断は苦行だよ。大丈夫かい」

「本当に楽しい旅でした。船でも、列車でもよく眠れました。どこでも眠れるのが僕の、いえ、私の特技です」

「そうか、その特技はビューローマンにとって最も重要な技だよ。それではホテルにチェックインしてもらう前に、ちょっと深刻な業務打ち合わせをしよう。浅田君も今日から戦力だからね。大村次長、もう一度ミーティング・デスクへ」

小栗所長は少し何かを考え込むように立ち上がる。

「ヘレン、コーヒーを三つお願いします。砂糖とミルクもよろしく。それから、ウォルター・ブラウン社に明日のアポイントメントをとっておいてください」

「浅田君、着任早々、打ち合わせに巻き込んで申し訳ない。恐らく、ニューヨーク事務所開設以来の大事件、大仕事が舞い込んできたようなんだ。本来、浅田君には紀元二千六百年記念式典の邦人や邦人企業の斡旋の応援のために、本店に無理を言って来てもらったのだが……。もちろん、これはこれで今も七月の奉祝会が目前となり書類山積み、手配もまだまだ、てんてこ舞い状態なんだが、これをこなしつつ新しい大仕事をしなくてはならなくなるかもしれない。だから、今から話すことをしっかり聞いてほしい」

海は頭が混乱し始めていた。たった今着任した新入社員のような職員に、ニューヨークのことなども全く知らない若造に何を話してくれるのだろう。きっと、これはさっきヘレンが受けた電話と関係しているに違いない。声も出すことができず深く頷（うなず）くだけだった。

「大村次長、さっきの話を整理して話してみてください」

大村次長はノートを広げ、緊張した面持ちで話し始めた。次長は真面目で几帳面で、仕事をきちんとするビューローマンという感じに見えた。

「所長と私が不在の折にヘレンが受けた電話の件です。ウォルター・ブラウン社からの電話でした。浅田君は知っているだろうか、アメリカの大手旅行代理店だ。ウォルター社は米国ユダヤ人協会の依頼を受けて、ビューローが協力できるかどうか打診してきました。結論から申し上げると、ウォルター社は、ビューローにウラジオストクから、日本の敦賀、そして横浜か神戸からアメリカまでのユダヤ人の輸送斡旋を依頼してきました。おそらく、その数は四、五千人」

大村次長はノートを見つめながら一気に話した。

「すごい、大きな仕事の依頼ですね。たしかに日本ではビューローしかできない大きな斡旋ですよね。

凄いです」

海は少し興奮しながらそう答えたが、小栗所長も大村次長も相変わらず深刻な顔をしている。失言をしてしまったのかもしれない。

「たしかに浅田君の言う通り、旅行会社としては大喜びしなくてはいけない大きな仕事で、やるとなったら、間違いなくビューローにしかできない仕事だ……」

大村次長は苦々しく続けた。

「そのユダヤ人とはナチス・ドイツの迫害によって命を脅(おびや)かされている人々だ。そのユダヤ人の命を救出してほしいという依頼なんだ」

意外な内容に海は頭の整理がつかない。

「命を救出。旅行の手配や斡旋とは……」

「まあ聞いてくれ。昨年、ドイツがポーランドに侵攻したことは知っていると思う。ドイツに住むユダヤ人も勿論同様だが、ポーランドに住んでいるユダヤ人が大挙してポーランドから脱出しようとしているらしい。しかし、ドイツが勢力を広げているので、彼らの脱出ルートはほとんど閉ざされていて、現在残された唯(ただ)一つのルートは、シベリア鉄道でウラジオストクまで行き、そこから海路日本に渡り、日本を経由してアメリカに来るというものらしい。これが彼らにとって最後の手段のようだ」

海は声を詰まらせた。

「ヨーロッパはそんな深刻なことになっているんですか」

ヘレンが怯えた様子を見せたのは、遠いヨーロッパの出来事と思っていたナチス・ドイツによるユダヤ人の迫害の話が、自分の職場までやってきたことに対するものだったに違いない。

「米国ユダヤ人協会はユダヤ難民救援委員会なるものをつくったそうです。その委員会は、数多くのユダヤ難民が既にポーランドを脱出し隣のリトアニアに逃げ込んで、日本に向かう準備を始めているという確実な情報を得ているとのこと。そこで、ウォルター社は急ぎビューローに彼らの輸送斡旋を依頼してきたということです。四、五千人、あるいは一万人、もっと多くのユダヤ難民が見込まれるらしいですが」

「うーむ、確かに凄い依頼だが、そもそも、今のアメリカがこんなに多くの難民を受け入れるだろうか」

小栗所長が自問自答するように呟いた。

「建国以来、移民に対しては大らかだったアメリカだが、一九二四年にジョンソン・リード法が制定されて、国籍別の移民枠、つまり移民数割当が定められたのだよ。特に日本に対しては厳しく、我々は排日移民法と呼んでいる。それに一九二九年の大恐慌以降はいっそう厳しくなっているし、この法律は日本人だけを対象にしたものではない。そう簡単には大量のユダヤ難民を受け入れないのではないかな」

大村次長が答える。

「もう少し詳しく聞かなくてはならないことばかりですが、アメリカに親類や知人がいる者、つまり身元引受人がいることと、委員会が用意する供託金を条件にアメリカ政府が許可を出しているということです」

ここからは、海に聞かせるためでもあり、小栗所長と大村次長のお互いの確認のようでもある会話が続く。

「ユダヤ人たちの金融資産は我々に想像できないものがあるからな。しかし、セントルイス号事件のこともあるしな。浅田君、セントルイス号事件は知っているかい」

海はとても恥ずかしかった。ナチス・ドイツがユダヤ人をそんなにも迫害していることも、ジョンソン・リード法のことも、聞いたことはあるがよく分からないし、セントルイス号事件というのは初耳だった。

「すみません。ジョンソン・リード法のこともセントルイス号事件も、勉強不足で恥ずかしながら全く知りません」

「日本ではしっかりと報道していなかったのかもしれない。こちらではセントルイス号事件は結構大きく報じられた衝撃的な事件だった」

大村次長が話を引きとる。

「去年の五月、丁度一年前位の出来事だったと思う。九百名以上の乗客を乗せてハンブルクを出航したドイツの豪華客船セントルイス号が、目的地のキューバのハバナで入港を拒否されるという事件だった。乗客の大半はナチスに追われたユダヤ人で、彼らはアメリカに移住するため、いったんキューバに入国し、そこからアメリカへの入国許可を待つことになっていたらしい。もちろん、キューバへの入国を認める上陸許可証は全乗船客が保有していた」

「上陸許可証を持っているのに、どうして拒否されたんですか」

「本当のところは分からないが、ナチスの画策があったことは間違いないな。これらのユダヤ人は犯罪者で、キューバに害をもたらすという事実無根の宣伝をしたのだ。もちろん、彼らはキューバ政府と必死の交渉をしたが、ほとんどの乗客は上陸できず、一週間後、セントルイス号はハバナ港を去るしかなかった。その後、フロリダの沿岸近くまでたどり着き、アメリカ上陸を懇願したがアメリカも冷淡だった。それが、ジョンソン・リード法だよ。昨年のドイツからの難民受け入れ枠は決まっていて、既に定数に達していたからだ。それに、アメリカ自体も世界恐慌から立ち直れていない経済状況が拒否を続けた大きな理由だろう」

「それで、セントルイス号はどうなってしまったんですか」

「結局、セントルイス号は再び航路をヨーロッパに向け戻っていった。しかし、彼らはナチスが待ち受けるドイツには戻れず、交渉の結果ベルギー、オランダ、イギリス、フランスの四カ国が受け入れに応じてくれた」

「それは良かったですね」

海がそう応答すると、大村次長は顔を歪めた。

「ちっとも良くないよ。それらの国々もナチス・ドイツの侵攻を受け始めている。ユダヤ人たちは落ち着き場所が見つかったわけではないよ」

「すみません。そうなんですね。僕は何も分からなくて。ユダヤ人は大変な迫害を受けているのですね」

「浅田君、もっと悲惨な事件があったのだよ。一昨年のことだ。水晶の夜事件というんだ」

大村次長の話を受けて、小栗所長が語気を荒げる。

「美しい名前の事件だが、とんでもない出来事だった」

大村次長は続ける。

「一昨年の十一月だったと思う。ナチス・ドイツの反ユダヤ政策、非人道的なやり方に憤ったひとりのユダヤ人青年がパリのドイツ大使館に押しかけ、大使館員に発砲した。この大使館員の死亡が伝えられると、おそらくナチスの指示で、あっという間にドイツ各地に伝わり、ユダヤ人に対する報復が始まった。ユダヤ人の居住する住宅、商店、デパートが襲撃され、数百のユダヤ教会堂が焼き討ちに遭い、百人以上が殺され、三万人近くが逮捕された。この事件で、ドイツにおけるユダヤ人の立場はますます悪化してしまって、一般の国民もユダヤ人を迫害し始めた。とても辛い立場になったと思う」

「恐ろしすぎる事件ですね。だから、多くのユダヤ人がセントルイス号に乗ってアメリカに逃げてきたんですね。でも、何故水晶の夜なんですか」

「破壊された商店やデパートのショーウィンドウのガラス片が、月明かりに照らされ、水晶のようにきらきら輝いていたかららしい。おぞましい光景だね」

しばらく沈黙が続いた。

「話を戻そう、アメリカが特別な措置で受け入れるとしても、ソ連のシベリア鉄道に乗らなければ、ウラジオストクまで行きつかない。ソ連は許すのだろうか」

小栗所長の疑問に大村次長が答える。

「これは聞いた話ですが、シベリア鉄道のチケットはソ連の国営旅行会社インツーリストが取り扱っていて、お金、ルーブルさえ支払えば簡単に手に入るらしいですよ」

「確かに私も聞いたことがある」

「へえ、そうなんですか」

海は初めて聞く話ばかりで、他に相槌の打ちようがなかった。

「しかし、日本を通過してアメリカや他の国に行くとしても、日本の通過ビザを取得しなくてはならないわけだ。そもそも、日本はビザの発給にはどんなときも慎重だし、ドイツと友好関係にある日本としては、どの国の大使館や領事館でもそう簡単に通過ビザを発給しないのではないかな」

「確かに、防共協定の締結後、日本外交はドイツ一辺倒の感じですよね。そんな中で、ナチスに迫害されて困っているユダヤ人に通過ビザの発給をする領事がいるでしょうか」

「難しいね。でも、そんな領事もいるかもしれない」

小栗所長は少し元気を取り戻したように言った。

「浅田君も疲れていると思うから、今日の打ち合わせはここまでにしよう。今これ以上考えても仕方あるまい。明日、ウォルター社に訪問して、直接詳しく話を聞いてみよう。それから、本店へ報告して判断を仰（あお）ぐしかないだろう」

「はい、わかりました」と大村次長も大きく頷いた。

「浅田君、まずはホテルにチェックインして少し休んでください。ここから歩いて十分位の所にある、小さいけど便利なホテルを手配してあります。そこが、これからしばらく君のねぐらだよ」

「お気遣いありがとうございます」

「もし、浅田君が元気ならだが、夜は浅田君の歓迎会をしよう。大村次長もいいよね」

「もちろんです。ちょっといいレストランを予約しておきます」

「えっ、こんな大変な時に僕のための歓迎会なんて」

「どんなときにも、新しい仲間を迎えたら歓迎会、別れの時は送別会。これがビューローマンシップだ。浅田君がきっちりと紳士の身だしなみで着任してくれたようにね」

＊
＊

手渡された手書きの地図に従って歩いていくと、ちょうど十分程で、海がこれから滞在するホテルに着いた。洗練された大都会の表通りの華やかさとは別世界の、裏通りの小さな古いホテルであったが、怖いという印象はなかった。ニューヨークの裏通りは恐ろしいところなので気を付けろと出発前にさんざ聞かされていたので、海は少しほっとした。

ホテルの中に入ると、外観に似合わず案外と小奇麗なロビーと小さなフロントがあった。ニューヨーク事務所が予約してくれていたお蔭だろう、チェックインは簡単で、対応してくれた初老のフロントマンも紳士的であった。外国からの宿泊客が多いのだろうか、東洋からの客人に何の違和感も感じていないようだった。

三階の客室は、さすがに、海がよく外国人客を案内した横浜のホテルニューグランドの客室とまではいかず、狭く古さを感じるものの清潔感があった。横浜の三流外国人宿よりははるかにましな客室であった。

早速、上着、ズボン、ワイシャツを脱ぎ、小さなクローゼットのハンガーに掛け、トランクを開け、衣類をベッド脇のタンスに押し込んだ。海はその時、トランクの底にしっかりとしまっておいた、虎屋の羊羹に気が付いた。これはかなり無理をして手に入れた、ニューヨーク事務所への手土産だった。

身だしなみのことばかりに気を取られていて、この大切な手土産のことを忘れてしまった。明日、改めて持っていこうと、ベッドサイドの小さなテーブルに丁寧に置いた。

浴室に湯船はなかったが、向日葵(ひまわり)の花を下に向けたような立派なシャワーがあり、洗面所も掃除が行き届いていた。久しぶりのシャワーであった。水が勢いよく出てくれるのが気持ち良かった。日本から持参した大きな四角い石鹸を身体に、顔に、頭に思い切り擦(こす)りつけた。長旅の汗や垢が剝がれ落ちていくようだった。しばらくの間、シャワーの水の勢いを楽しんでいた。

これからのニューヨークでの新しい仕事のこと、そして着後早々に聞いたユダヤ難民の輸送斡旋のことが頭によぎったが、ニューヨークには銭湯があるのだろうかという、無理難題が急に気になり始めた。

海は約束の時間に再び身支度をして、ニューヨーク事務所に戻った。小栗所長と大村次長は待ちかまえていてくれて、事務所を出発した。

「ヘレンさんは行かないのですか」

事務所には三人しかいないのだからヘレンも一緒に行くと思っていた。大村次長が答えてくれた。

「ヘレンには旦那さんがいて、時間通りに帰宅しないといけないんだ。もちろん誘ってみたが、今日は思い切り日本語で、日本の話を楽しんできてくださいとのことだったよ」

「きっと、お気遣いしてくれたのですね」

「ヘレンは今日の電話が相当ショックのようだったね。ヨーロッパの戦争が他人事ではなくなってきたと感じたのだろう。友達にもユダヤ人がいるようだし」

そんな話をしながら五番街を歩いていくと、程なくしてちょっと高級そうなレストランに到着し、ドアを開けた。

三人は店員に導かれ、五番街を歩くたくさんの人たちの姿が窓越しに見えるテーブル席に着いた。ここは間違いなくニューヨークだと、海は窓の外、そしてまだそれほど混んでいない、いかにもアメリカ風なレストランの中をきょろきょろと見渡した。

「まずはアメリカのビールで乾杯しよう。そして、今日はちょっと奮発してビーフステーキを食べようじゃないか。いいかい、僕ちゃん」

小栗所長は席に着くなり、そう宣言した。

「えっ、はい」

海はちょっと驚き、返事をした。大村次長は少し不思議な面持ちをして、近くにいた店員に大きく手を振り、流暢な英語で注文をした。

客がほとんどいないせいか、すぐにビールが運ばれてきた。

「それでは、僕ちゃんのニューヨーク事務所の着任を祝して乾杯」

小栗所長の発声で三人はビール瓶を高く掲げ、瓶を当ててラッパ飲みをする。

「僕ちゃん？」

大村次長がさっきから気になっていたことを口にした。

「大村君、浅田君は横浜事務所時代、僕ちゃんと呼ばれていたらしいよ。実は、横浜事務所の小島所長は私の同期で、手紙をもらったんだ。先日手元に着いたばかりだよ」

「へえ、そうだったんですか」

「浅田君は英語ばかりではなくドイツ語が上手で、外人客の斡旋ではピカイチで、横浜にいなくなるのは困るが、ニューヨークでいろいろ勉強させて欲しいとの手紙だった。結構部下に厳しい小島所長がそこまで褒めるということは、かなり優秀だということだね。ニューヨーク事務所としては大歓迎さ。いつも僕、僕と言っているので、僕ちゃんと呼ばれていたらしいよ」

海はまだビールを一口しか飲んでいないのに、顔が真っ赤になった。

「僕は、いえ、私はまだ半人前で、しょっちゅう小島所長に叱られていました。別にいいところのお坊ちゃんでも何でもないのに、僕ちゃんは堪忍して下さい」

大村次長はやっと納得した。

「それで僕ちゃんですか。浅田君、気にすることはないよ。この国では私も、僕も、俺も、わしも、自分も全部アイだよ。ドイツ語だって、イッヒじゃないかい」

「そうですね。ともかく、明日からしっかり頑張ります」

海はビールを一息で飲み干した。

「いい飲みっぷりだね。とにかく、私は浅田君が、たとえ短期間とはいえ、ニューヨーク事務所に来てくれて嬉しいです。部下が一人、増えたわけですから」

大村次長は人のよさそうな笑顔を海に向け、手を高く挙げるとビールの追加注文をし、海に尋ねた。

「浅田君の海という名前は珍しいね。やっぱり、いいところのお坊ちゃんの名前だろうか」

「いいえ、おやじが付けた名前で、結構気に入っている名前ですが、小さいころからからかわれて困りました。実は、弟がいるんですが、陸という名前です。陸地の陸、陸軍の陸です」

「兄弟揃って、なかなか独特のいい名前だね。海軍、陸軍。お父上は軍人さんですか」

「この話をすると、おやじは軍人かと必ず聞かれますが、国鉄の技師をやっています。気難しい変わり者のおやじです。海と陸が揃えば地球になると、わけのわからないことを言っていました」

「素晴らしいお父上ですね。ご健在ですか」

「はい、母は昨年他界しましたが、父は東京の世田谷で、ひとりでのんびり暮らしています。ニューヨークに行くと話をしたら、とても喜んでいました。大陸横断鉄道にいっぱい乗ってこいと言われました。何を考えているのでしょう」

海は自分の名を案外気に入っていた。きっとおやじなりに考えた何か大きな意味があるのだろうが、それよりも、初対面の人と会う時必ず会話が盛り上がるからだ。

　小栗所長は煙草に火をつけて、旨そうに煙を吐き出しながら話題を変えた。

「浅田君はドイツ語ができるそうじゃないか。ビューローには英語の達人はいっぱいいるけど、ドイツ語は珍しいね」

「はい、一昨年、東京外国語学校の独逸語学科を卒業して、ビューローに入職しました。できの悪い学生でしたが、ドイツ語だけはしっかりと勉強しました。実をいうと、昔、世田谷の実家の隣にドイツ人の家族が住んでいて、僕よりは随分上の齢の子供がいて、時折遊んでいました。ドイツ語とは結構親しんでいたんです。今思うと、あの家族もユダヤ人だったのかもしれませんね。ドイツ語は英語より得意です」

「それは大したものだね」

「横浜でも、案外多くのドイツ人やドイツ語を喋るヨーロッパ人が日本にやってきたので、僕も少しはビューローの役に立てたと思っています」

「東京外語を卒業したなら、外交官にもなれたのではないかい」

「外交官になった同級生もいますが、それは成績優秀な奴らで、僕は、いえ、私はとてもとてもでした」

　小栗所長は楽しそうに海に質問を続ける。

「どうしてビューローに就職したのだい？」

「おやじは、本当は僕を工科に入れて、多分、同じように国鉄の技師にしたかったらしいですが、僕は語学が好きで、東京外国語学校に入学しました。弟は今、仙台の大学で工科を学んでいるようです。国鉄の方は弟に任せます。とはいえ、就職する時に考えたんです、少しでも国鉄に関係するような仕事はないかと」

「なるほど」

「そんな時、ジャパン・ツーリスト・ビューローが職員を募集していることを知ったんです。語学が使えそうな仕事だと思ったし、それに、国鉄とは縁のある会社のようでしたから」

「確かに、うちは鉄道省の子会社のようなものだ」

「劣等生の僕などとても受からないだろうと思って受けたら、受かってしまいました。後から聞くと、東京オリンピックと日本万国博覧会の斡旋で大量採用したとのことでした。だから受かったんだなとしばらくしてから合点しました」

「たしかに二年前は大量採用の年だったかもしれないね。オリンピックや万博のためばかりではなく、中国大陸への営業所進出や兵役にとられて、これからの職員不足が予想されていたからね」

大量採用組と認められてしまうのも少し癪に障ったが、実際、海の入職した年は千名採用といわれていた。

「いやいや、そのなかで頭角を現してきた浅田君は前途有望だよ」

小栗所長が根拠のない慰めをしてくれた。

「就職が決まった時、さすがにおやじはジャパン・ツーリスト・ビューローのことをよく知っていて、納得してくれましたが、お袋などは、ジャパン・ビール、お酒の会社に入ったのですかと言われました」

大村次長も深く頷く。

「確かに日本ではジャパン・ツーリスト・ビューローはなかなか理解されない。僕も同じ経験がある。随分前だけど、銀座からタクシーに乗って、ジャパン・ツーリスト・ビューロー本店へと言ったら、はい分かりました、ジャパン・ビールの本店ですねと言われて、どこに連れて行かれるかと思ったら、ちゃんと本店に連れて行ってくれたよ」

そんな話をしていると、日本では想像のできないような大きさのビーフステーキがテーブルの上に置かれた。アメリカへ向かう浅間丸の中でも、大陸横断鉄道の中でも、夕食というとビーフステーキがでてきたが、まるで大きさが違うし、上にかかったソースのせいか香ばしい匂いが海の食欲を刺激した。

「すごいビーフステーキですね。絶対に日本ではお目にかかれないステーキです。横浜にも今はありません」

海はひとり言のようにビーフステーキを見つめながら言い、ナイフとフォークを使い始めた。

その様子を嬉しそうに眺めながら、小栗所長は海に尋ねた。

「ところで、最近の日本の様子はどうだい」

　本当に日本の今の様子が気になっているように見えた。夢中でステーキと格闘しながら、海は二週間前まで仕事をし、暮らしていた日本の生活を思い浮かべていた。

「国家総動員法ができて以来、日本はすっかり変わってしまったような気がします。まるで戦争が始まってしまったようです。もちろん、大陸では戦争状態なのは知っていますが。当たり前の日常生活品も探し回らないと手に入らなくなってしまいましたし、食料品も徐々になくなっているような気がします。ちょっとでもあれ欲しい、これ欲しいと言うと、口を揃えて『贅沢は敵だ！』です。すみません、大変な時に言ってはいけない愚痴を言いました」

「僕ちゃん、気にしなくていいですよ。『贅沢は敵だ』はよく耳に入ってきます。でも、浅田君、知っているかい、『贅沢は敵だ』の本当の意味」

「このような時期に贅沢をしている人は国民の敵であるから、質素倹約しなさいという意味では……」

　大村次長はちょっと声を落として喋り始めた。

「実をいうと、これはここアメリカ、アメリカ人に対しての言葉だったらしい。この通り、ここアメリカはヨーロッパで戦争が始まっていても、そもそも、世界恐慌を引き起こした張本人にも係わらず、ひとりまだまだ豊かな生活をしているアメリカに対して、日本人としては、俺達が苦しい思いをしているのにあんなに贅沢をしているアメリカ人は敵だ、許せない、と怒ってできた言葉らしいよ。もちろん、噂だけど」

「そうなんですか」

　海は目を丸くした。

「アメリカも世界恐慌で相当痛手を被っていて、庶民の生活に影響しているけど、豊かであることは間違いないね。最近、アカデミー賞を受賞した映画『ゴン・ウィズ・ザ・ウィンドウ』、原作の日本語題は『風と共に去りぬ』だが、あれは凄かったな。アメリカはとてつもない映画を作る力があるのだと、ほとほと感心した。日本でもいずれは上映するかもしれないけど、休みの日にでも観に行くといいよ。ともかく凄い映画だから」

「是非観に行きます。アメリカ映画はやっぱり面白いですし、英語の勉強にもなります。日本の映画館でも、まだアメリカ映画やフランス映画を上映しているけれど、映画が始まる前のニュースが日本軍は大陸各地で頑張っているというのばかりで、ちょっと変な感じです」

「それでも、アメリカ映画をちゃんと上映してくれているのは嬉しいな」

　海は横浜の映画館に洋画を観に行くのが唯一の楽しみだった。英語の勉強の意味もあったが、映画に映し出される異国の風景を見るのが好きだった。ニューヨークでも休みの日は映画館に行こうと心に決めた。

「きっと映画も贅沢になってしまうのでしょうね。でも、まだまだ多くの金持ちの外国人達は横浜に来ています。横浜のホテルニューグランドのレストランの食事の豪華さはちっとも変わっていません。ご案内するだけで滅多に食べられませんが。嬉しいことなのか、怒ったほうがいいのか……」

「さすが、ニューグランドだね。確かに、まだあるところにはあるのだね」

「旅行も贅沢なものといえばそうなのかもしれませんが、今年に入ってからは『遊山旅行は敵だ！』という合言葉もできてきて、僕たちの商売の旅行まで敵にし始めています。『不要不急の旅行はやめよう』のポスターも駅に貼られていました。日本は一体どうなってしまんでしょうね」

「噂には聞いていたが、旅行も取り締まり始めているのだね」

「とはいえ、紀元二千六百年記念式典は予定通りの開催で、各地のビューロー職員は以前にもまして忙しいようです。実際に、式典の斡旋事務所が、大阪や名古屋、門司にもできましたし、内地だけでなく、朝鮮、台湾、満洲にも設置されたようです」

「ニューヨーク事務所もご多分にもれずで、アメリカの景気悪化には困っているし、東京オリンピックと万国博覧会の中止はビューローにとって大きな痛手だね。しかし、紀元二千六百年記念式典は予想外に大きな仕事になりそうで、ビューローにとってはありがたいことだ」

「横浜を出港する時に見送ってくれた先輩から聞いたのですが、敵性語禁止とか敵性語追放とかを本気で始めるらしいです」

「敵性語とは英語のことだね。敵は米英ということか。このナイフもフォークもビフテキもトンカツも、使用禁止になるのだろうか」

大村次長は上手にナイフとフォークを操りながら言う。

「まさか、それにトンカツは英語ですか。でも、ミスワカナ、ディック・ミネなんかの片仮名の芸名もいけないと言われているらしいです。そんなことになるのかもしれませんね」

「まさか、私の大好きな野球のピッチャーやバッター、ストライクやボールも使えなくなってしまうことはないよね」

「まさか。外国語を使う商売をしている僕らは許されるのでしょうか。そもそも、僕たちのジャパン・ツーリスト・ビューローは大丈夫でしょうか」

「大日本帝国も困ったものだね」

暗い話を打ち消すように大村次長がビールを注文しようとした。

「ジャパン・ビール職員としては、もっとビールを飲みましょう」

「大村君、そろそろビールでお腹が張ってきたよ。ウィスキーにしようじゃないか。浅田君、ウィスキーは飲めるかい」

「もちろんです。もしかしたら、ニューヨークではバーボンウィスキーですか。飲んでみたいです」

追加の料理も大村次長が見立ててくれて、ニューヨーク初日の楽しい歓迎会であった。今日起こった大事件に違いないユダヤ難民輸送の話はひと言も出てこなかった。

旅の疲れと初めての地ニューヨークでの緊張からか、ビールとバーボンウィスキーのアルコールが海の体を駆け巡っていた。小栗所長と大村次長の優しさに、実は心からホッとしていた。バーボンウィスキーを数杯おかわりした。

「浅田君、疲れただろう。今日はありがとう。明日からは所員としてしっかり働いてもらうよ。君のドイツ語がきっと必要になると思う。頑張ってください」

小栗所長が穏やかに、そして少し威厳をもって締めた。

＊＊

翌日、早めに事務所に着いたが、もうヘレンはデスクに向かっていた。しばらくすると、小栗所長と大村次長も出勤してきた。

海は、昨日すっかり忘れていた虎屋の羊羹を小栗所長に渡すと、所長はそれを高々と掲げて大村次長とヘレンに見せながら、朝礼開始を宣言した。

「浅田君、大好物をありがとう。よく虎屋が手に入ったね。相当無理してくれたようだ。感謝して、あとで頂こう」

小栗所長が朝礼の冒頭にそう言うと、「私はアメリカ人ですが、虎屋の羊羹は大好きです」と、ヘレンが嬉しそうな声で言ってくれた。

朝礼では、朝一番から小栗所長はウォルター・ブラウン社と米国ユダヤ人協会に訪問してくること、大村次長は以前からの約束があり、紀元二千六百年記念式典関係の企業と船会社へ打ち合わせに行くと報告があった。海は、まずはロックフェラーセンター内にある日本領事館や鉄道省、日本文化振興協会の事務所、日本の企業の事務所に挨拶をしに行き、各国の観光宣伝事務所も見てくるようにと指示を受けた。ニューヨーク事務所では毎日、日本風の朝礼をして一日の業務の確認をしているらしい。

とにもかくにも、自分のデスクが用意され、英語で書かれた名刺までがデスクの上に置いてあった。ヘレンにお礼を言おうと声をかけると、ウィンクを返してくれた。ドキドキした海は、ニューヨーク事務所に赴任したことを改めて実感した。

所長と次長の二人が出かけた後、海はヘレンから決して広くはない事務所の中の説明を受け、あらかじめタイプしてくれていた、ビューロー関係の各事務所の場所や責任者の名前が記載されたリストを受け取った。その用意周到さに驚きながら、初めて手にする英文の名刺を財布の中に丁寧に入れ、初仕事に出かけた。

ほとんどの事務所は、ロックフェラーセンターの一部となるインターナショナル・ビルヂングの中にあったので、訪問はとても楽であった。どの事務所に行っても歓迎され、コーヒーを出された。そして、海はブラックでと答えた。

駐在する日本人は皆穏やかな紳士で、日本語で喋れるのが嬉しいのか、日本の様子を聞き、ニューヨークの楽しさや危なさを語り、皆一様に「こんな時期に大変だと思いますが、お国のために頑張ってください」と激励の言葉をくれた。こんな時期、というのは世界恐慌で景気の悪いニューヨーク、ヨーロッパではじまった戦争、中国大陸で続いている支那事変からの戦争状態など全てを含んでいるようであった。それでも、唯一の明るい話題として、紀元二千六百年記念式典でのビューローの活躍を皆が期待してくれているようで、海は少し嬉しかった。

夕方、大村次長が戻ると、程なくして小栗所長が憔悴（しょうすい）しきった様子で事務所に帰ってきた。

「ヘレン、今日はとても疲れました。コーヒーでなく日本茶を入れてください。そして、浅田君から頂いた虎屋の羊羹を皆で頂きましょう」

小栗所長はそう言うと、皆をミーティング・デスクへと向かわせた。ヘレンの入れてくれた煎茶は間違いなく日本のもので、美味しかった。羊羹も厚切りで出してくれ、フォークを使い全員が幸せそうに食べた。海も同じように頂いた。虎屋の羊羹は海にとっても、久しぶりに食べる贅沢な和菓子であった。

ヘレンが羊羹をのせていた皿を片づけ、デスクに戻ると、小栗所長が切り出した。

「ヨーロッパの情勢は我々が知る以上に、とんでもないことになっている。とくに、各国に暮らしているユダヤ人にとっては大きな危機になっているようだ。ドイツで七年前に政権をとったヒトラー率（ひき）

いるナチスが、反ユダヤ主義を掲げて、ユダヤ人の迫害をしていることは知っているね」

「はい、少しは知っています。昨日、水晶の夜事件の話も教えてもらいました。でも、何故ナチスはユダヤ人を迫害するんですか」

海は何も考えずに質問する。

「ヨーロッパにおいて反ユダヤ主義、ユダヤ人迫害の歴史は千年以上前からと言われている。宗教がらみの話だから、我々日本人には理解できないことが多い。この前の大戦でドイツは負けて、莫大な賠償金を支払い、国が復興できないまま数百万人の失業者を出し、ドイツ国民は精神的にも経済的にも追い詰められていたのだと思う。そこにヒトラー率いるナチスが登場し、この状況を打開すると宣言し政権をとった。確かに、世界恐慌の後、ナチスは経済的安定を実現し、公共事業などで大量失業を解消したと言われている。一方、国民の負の感情をヨーロッパにはびこっていた反ユダヤ主義と結びつけ、この不況、ドイツの不幸は、全てずるいユダヤ人のせいだ、ユダヤ人を排除しろという論調をつくり、国民の感情を煽（あお）りたてた。まあ、ユダヤ人はどの国においても商売上手で、金持ちが多かったのは事実のようだが」

「数年前にニュルンベルグ法ができましたよね」

大村次長が深刻な顔で合いの手を入れる。

「ニュルンベルグ法は、ユダヤ人から公民権を奪い取る法律と言われている。ユダヤ人は公務から追放、医師免許も弁護士免許も取り消され、ユダヤ人の企業経営も禁止された。ドイツ人との結婚もできなくなったらしい。ここアメリカにも人種差別はあるし、日本にだってそれなりの人種差別があると思うが、ここまでの差別、迫害は信じられない」

大村次長の言葉に小栗所長は大きく頷く。

「ドイツでは水晶の夜事件以来、次々にユダヤ人たちが国外に脱出している。金持ちは早く脱出でき、受入先の国もあったようだが、そのような人ばかりではない。また、ドイツに併合されたオーストリアのユダヤ人たちも国外脱出している。しかし、アメリカ同様どの国も受け入れには消極的で、思うように逃げられる人は多くない。そして、昨年ドイツがポーランドに侵攻し戦争がはじまった。ポーランドには数多くのユダヤ人がいて、彼らも追放されることになる」

「国を追われるのですね」

海が呟く。

「そうだ。しかし、ドイツ軍が追撃してくる西方に退路を探すのは困難だ。彼らの最大の目的地はパレスチナだ。トルコ領を経由し直接パレスチナに向かうのが良かったが、今度はトルコ政府がビザ発給を拒否するようになったらしい。こうして、このルートも閉ざされてしまった。もはや逃げ道は、シベリア鉄道を経て極東に向かうルートしか難民たちには残されていないらしい。だが、ソ連も入国を拒否している。多くの難民はユダヤ人差別の少ない中立地帯となっているリトアニアに逃げ込んでいるらしい。しかし、リトアニアがソ連領になるのも時間の問題のようだ」

「絶体絶命の危機ですね」

「ユダヤ人はこんな悲惨な状況にある。しかし、これは今日、米国ユダヤ人協会から初めて聞いた話で真実かどうかは分からない。ただ、彼らはユダヤ人同士の強い情報網を持っているので、多分確かなことだろう。そのリトアニアに逃れてきたポーランドのユダヤ難民から救援を求められている。そこで、シベリア鉄道でやってくるユダヤ人たちをウラジオストクから敦賀、日本国内の移動滞在そして、横浜か神戸からアメリカまでの輸送斡旋をビューローに依頼してきた。その数は約一万人、もしかしたらもっと多いかもしれないし、もしかしたらウラジオストクまで誰も辿りつかないかもしれない」

「そんなことは……」

海にはあまりに大きな話なので、どのように反応したらいいのかすら分からなかった。ただ、ヨーロッパで多くのユダヤ人が苦境に陥っていることだけは理解できた。

大村次長は手帳のメモを見ながら、ゆっくりと小栗所長に尋ね始めた。

「ポーランドの多くのユダヤ難民がリトアニアに脱出中で、もしリトアニアまで来られたとして、さらにシベリア鉄道に乗り、ウラジオストク、日本経由、アメリカに逃げようとしている、というところまでは分かりました。まず、ソ連領を通過するためにはソ連の通過ビザが必要で、簡単に取得できるのでしょうか。ソ連も基本的にはユダヤ人の入国を拒否しているのですから。また、シベリア鉄道のチケットもそんなに多くの人が入手できるのでしょうか。そもそも、日本の通過ビザが発給されるのでしょうか。ドイツと友好国の日本がそう簡単に発給するとは思えません。そもそも、どちらも通過ビザなわけですから、最終的な受入国のビザ、多分アメリカになるのだろうけど、セントルイス号事件の例もあり、かなり困難なことのように思えるのですが」

「次長の言う通り、この計画には、そもそも、ばかりで本当に実現されるかどうかは全くの未知数だと私も思う」

「そうなんですか」

海は拍子抜けしたように言う。

「ソ連の通過ビザについては現地のユダヤ人たちが必死に交渉していて、受入国が見つかれば可能性は少なからずあるらしい。ただ、ビザ代はべらぼうにとられるかもしれないとのことだ。また、リトアニアがソ連領になってしまえば、今度は出国許可証が必要になると言う。シベリア鉄道はソ連の旅行代理店のインツーリストが手配しているが、リトアニアのカウナスに事務所があり、支払いは米ドルしか受け取らないとか条件は厳しそうだが、案外協力的で、通過ビザや出国許可証があればチケットは購入できるらしい。ただし、書類に不備などがあるとシベリア送りになってしまう危険性があるということだ」

難しい顔で大村次長が話を繋げる。

「問題は日本の通過ビザですね。さっき調べたのですが、日本の通過ビザの発給要件は、行き先国の入国許可手続を完了し、旅費および本邦滞在費等の相当の携帯金を有する者、と書いてありました。最終目的地のビザがあり、ある程度お金があれば、もしかしたら発給されるかもしれません」

小栗所長が言葉を探しながら話を進める。

「問題はアメリカのビザだが、一番の難関のような気がするな。ユダヤ人協会はユダヤ難民救援委員会を組織して、既にアメリカ政府に多額の供託金を払い、アメリカに親類や知人がいるユダヤ難民は受け入れる許可をもらっているそうだ。でも、これはどうにも怪しい。実際はこれからの交渉というところだと思う」

「しかし、できることであれば、命の危険にさらされている多くのユダヤ人を救う仕事をしてみたいです。ビューローはとにかく外人客を安全に、快適に輸送するのが本業ですから」

海は子供じみた発言をしてしまったと少し悔いたが、心から出てきた言葉であった。

「米国ユダヤ人協会では思った通りドイツ語しか喋れない幹部がいて、会話が思うように進まない。やはり、浅田君の出番があるようだね」

「所長、私も是非引き受けるべきだと思います。ニューヨーク事務所の大仕事でもありますし。でも、今の日本の状況では難しいでしょうか」

大村次長が真面目な顔をして言う。

「そのあたりは我々が考えていても仕方がない。ことがことだけに、ニューヨーク事務所の判断で受けるわけにはいかない。私がまずはまとめて電文をつくるので、大村次長、本店外人旅行部に至急重要の電報を打ってください」

「はい、すぐ準備します」

「この件は外人旅行部だけでは判断できないだろう。おそらく高久専務の決裁になるだろうな」

小栗所長はひとり言のように呟き、席を立った。

＊　＊

翌日からニューヨーク事務所は通常の業務に戻り、大村次長を中心に、山積みになっている紀元二千六百年記念式典関連の営業、手配、斡旋の仕事が始まった。海も、ヘレンに教えてもらいながら、その慣れない業務に対応することになった。紀元二千六百年記念式典に日本を訪れる在米の日本人、日系人の数は想像以上に多いうえ、日本までの輸送の手配や日本国内での滞在の手配の回答が遅く、決して容易な業務ではなかった。日系企業やアメリカの旅行会社からの依頼も後を絶たなかった。その合間に、ニューヨークにやってくる官民の日本人旅行者の斡旋が時折入ってくる。海にとっては目まぐるしい日々であった。

そんな業務が進行するなかでも、小栗所長はウォルター・ブラウン社や米国ユダヤ人協会、そしてそれらに関係する銀行、企業などに訪問していた。しかし、その内容は、朝礼でも会議でも、報告されることはなかった。

本店外人旅行部に送った長文の至急電報の返信は、なかなか届かなかった。東京の外人旅行部でもそう容易に判断できる案件ではないことは、海でも察せられた。幹部の間でも、ビューローでしかできない業務であるので受けるべきだ、また、人道的な見地からも受けるべきである、という意見がある一方、友好国ドイツを刺激するのは如何なものか、政府の方針と異なるので受けるべきではない、などの意見でまとまらないのではないか、と海は勝手に想像をめぐらしていた。

電報を送ってから十日程して、本店外人旅行部からの電報が届いた。

「所長、本日早朝に外人旅行部から電報が届きました」

早くから事務所に出勤していた大村次長は、出勤してきた小栗所長に大きな声で報告した。海もヘレンもすでに出勤していて、歴史的な場面に立ち会うことを想像し緊張した。

「ユダヤ難民輸送業務の件、情報収集を継続のこと、逐次(ちくじ)情報連絡のこと、当件慎重に遂行すること、以上です」

小栗所長は大村次長から電報を受け取り、幾度も読み返し、顔を上げた。

何か言おうとする矢先に、大村次長がもう一通の電報を小栗所長に示した。

「外人旅行部次長から所長宛の私信です」

小栗所長は少し驚いた顔をし、それを受け取り、眼を細め食い入るように読み始めた。そして、それを丁寧に折り、上着の胸ポケットにしまった。

「指示通り、情報収集をしっかり始めよう」

短い言葉だが、小栗所長は力を込めて絞り出すように言った。海は少しがっかりした。本店外人旅行部から、引き受け決定の知らせかと秘(ひそ)かに思っていたからだ。

「浅田君、どうした。これだけの案件がそう簡単にイエスが出るはずはないよ。しかし、ノーではなかった」

「あっ、そうですね」

海はなるほどと思い、一転笑顔を見せた。小栗所長は三人とひと通り眼を合わせ、言っていいものか悪いものか思案し、決意したように言葉を発した。

「それから、この事案は本店高久専務を中心にすでに動いているようだ。どのような結論になるのかはまだ分からないが、ビューローにとって非常に大きな案件であることを認識してもらいたい。従って、この事案は機密事項として取り扱うことにする。外部へは絶対に喋らないように。ニューヨーク事務所のトップシークレットだ」

トップシークレットという英語に、ヘレンが身体を震わせて反応した。

「分かりました」

三人は声を揃えた。

最高責任者の高久専務が動き出した。高久専務が判断するような大きな仕事に出会えたことに、海は改めて興奮した。高久甚之助(たかくじんのすけ)はジャパン・ツーリスト・ビューローの第三代専務理事である。専務理事とは実質的なトップで、海は一度だけ、入職式の日に訓示をもらったのを昨日のように覚えている。精悍(せいかん)な容姿と説得力のある語り口に魅了された。海と同じ東京外国語学校の英語科を首席で卒業したと聞き、なおさら尊敬の念を深めた。その後、鉄道省に入省、高等文官試験に合格し、アメリカのペンシルベニア大学に留学し経営学修士の学位をとり、ビューローに入ったという凄い経歴を誰からともなく聞いた。専務理事就任以来、次々に新しい事業を展開し、今日の大きな旅行会社に育てたと言われている。十年以上前に、このニューヨーク事務所開設の英断をしたのも高久専務だと渡米前に聞いた。

大村次長も同じように事の大きさに興奮しているはずだったが、高久専務の名前は、それ以降誰も口にすることはなかった。

* *

この電報が来てからも、業務は紀元二千六百年記念式典関連の営業、手配、斡旋の仕事が続いた。この年の十一月に日本各地で行なわれる式典に、アメリカ在住の経済的に余裕のある日本人、日系人も日本に行く良い機会だと渡航の準備を進めていた。

紀元二千六百年記念式典とは、この年、神武(じんむ)天皇即位紀元、すなわち皇紀二千六百年を祝う、皇居や明治神宮、橿原(かしはら)神宮、伊勢神宮で行なわれる式典のことだ。それにあわせ、各地の大きな神社でも祭礼が行なわれ、展覧会やスポーツ大会などの記念行事も催され、在米の日本人、日系人たちはそれぞれ自分たちの所縁(ゆかり)の地の行事への参加も望んでいた。

もっとも、彼らはこの年に開催されるはずだった、オリンピック東京大会や紀元二千六百年記念日本万国博覧会へ行くことがもともとの計画だった人が多かった。また、ヨーロッパの戦争や中国大陸での日本軍の動きが活発化するなかで、政治や貿易などの交渉でニューヨークに訪れる官民の日本人も増え、ビューローの業務は日々多忙を極めていた。

とくにヘレンの働き振りは眼を見張った。朝から帰宅の時間までヘレンのデスクに置かれたタイプライターの音は止むことがなかった。日本の女性もよく働くが、アメリカ人女性がこんなに時間を惜しんで働くものとは、海も頭の下がる思いだった。

海は旅行の企画や手配、書類作成などの経験がなく、むしろ足手まといになりそうであったので、外回りの営業や斡旋を買って出た。日系企業や日本人会などに行き、日本行きの旅程を確認し名簿をもらってきたり、チケットを届けたりする業務である。また、ニューヨークを訪れる日本人の斡旋も数日に一組はあった。ヨーロッパから客船でやってくる日本人のニューヨーク港への出迎え、大陸横断鉄道で到着する様々な姿をした日本人のニューヨークステーションへの出迎え、そしてホテルへの送迎、場合によっては通訳、市内観光や食事のお伴（とも）である。

休みの取れない忙しい業務であったが、横浜事務所で培った斡旋業務にはすぐに慣れた。相手が日本人だけに、横浜での様々な外国人旅行者相手よりははるかに楽ともいえた。

そんな多忙の中で、海は、週に一度はユダヤ難民輸送の打ち合わせに行く小栗所長に同行した。まだ、ビューローとしての対応が決定したわけではないが、確実な情報を得ることが目的であった。

窓口になっていたウォルター・ブラウン社は世界的な旅行会社であるトーマス・クック社と合併し、今後はトーマス・クック社と交渉をしていくこととなった。

この話を聞くと海は少し浮き浮きとしていた。トーマス・クック社は世界最大にして、世界最初の旅行会社であると、ビューローに入職したころ教えられた。日本を代表する旅行会社といえば、ジャパン・ツーリスト・ビューローであるが、ヨーロッパを代表する旅行会社は英国のトーマス・クック社である。

ちょうど百年程前、日本がまだ江戸時代の天保（てんぽう）のころ、トーマス・クックは禁酒運動の大会に信徒を数多く送り込むため、当時高価だった鉄道を割安料金で乗れるよう交渉し、団体旅行を成功させたという、旅行を商売とする者ならだれでも知っている神話のような話がある。その後、世界一周旅行も企画し、自ら添乗し日本にも立ち寄っている。

世界各地に支店が張り巡らされていて、日本の横浜にも支店があった。業務はビューローの横浜事務所と同じようなものだったので、社員とも交流があり、トーマス・クック社の凄さをよく知っていた。日本人のヨーロッパ旅行の手配には、ビューローもトーマス・クック社に依頼していた。

アメリカのニューヨークに来て、トーマス・クック社と仕事をするとは、海にとっては想像もできなかった一大事であった。海は国際舞台に立った喜びを感じていた。

しかし、米国ユダヤ人協会で、気難しそうなラビと呼ばれる髭を蓄(たくわ)えたユダヤ教指導者や、いかにも財界の大物と思える高級な背広をまとった老紳士を相手に話をするのは正直怖気づいていた。その中には、最近になってドイツやオーストリアからニューヨークに来たユダヤ人もいた。彼らのうち、英語が苦手でドイツ語しか話さない人もおり、海のドイツ語が活かされることがしばしばあった。

彼らの多くはドイツやオーストリアで高い地位にいた人々であった。彼らは実際に体験してきた、ナチス・ドイツからの差別や迫害、身の危険を訥々(とつとつ)と語った。その話は尽きることのないような長い話であった。

強面(こわもて)の顔つきをしているが、皆、ドイツ語を理解し、流暢に話す日本人である海を信頼し始めている様子が分かった。彼らはドイツ語を話す若い海を時折称賛した。海も褒められると、だんだんと怖そうなユダヤ人たちに好意を持つようになっていった。

彼らはヨーロッパの最新状況を詳しく把握していた。特別な情報網があるらしく、彼らから聞いた話が数日後には新聞に載っていることがしばしばあった。

一昨年の水晶の夜事件以降、ナチスだけでなく、ドイツ国民によるユダヤ人への公然の迫害が行なわれていた。

そもそも、水晶の夜事件の起こる三年前、昭和十年にニュルンベルク法なるとんでもない法律がドイツでは施行されている。ドイツ国民であったユダヤ人は国籍を保持するが、帝国市民ではないと扱われ、ドイツ人および類縁の血を持つ者との婚姻と婚外交渉が禁じられた。既にそれ以前の反ユダヤ主義の法律で公職を追放され、弁護士や大学教授、医師などの職も、企業経営も次々と奪われているとのことだった。

今年の四月にはユダヤ人が持つ旅券には「J」の字が刻印され、明確な差別の対象となった。ユダヤ人は文化施設や娯楽施設への入場を禁じられ、銀行からの引き出し額も制限された。ドイツ人学校からユダヤ人生徒が締め出され、運転免許の剝奪、宝石類や自動車などの保持も禁止された。ユダヤ人立ち入り禁止区域も各地につくられ、鉄道でも寝台車や食堂車の使用が禁止され、その後、鉄道自体にも自由に乗れなくなっているらしい。無実の罪で逮捕され、裁判も受けさせてもらえずに収監されることもしばしば起こっていると言う。

海が聞く、ユダヤ人からの話は衝撃的であった。もしかしたら誇張しているのかもしれないと思う一方、とても語ることのできないようなもっと厳しい現実があるのではないかと、彼らの真摯(しんし)な話し振りから感じ取ることもあった。

ドイツは、既に隣国のオーストリアとチェコスロバキアを占拠し、さらにソ連との間で独ソ不可侵条約を結んだ上、昨年にはポーランドに侵攻し、ヨーロッパでは本格的な戦争が始まっている。英国とフランスもすぐにドイツに対して宣戦布告している。一か月も経たないうちに、ポーランドはドイツ軍とソ連軍に敗れ、両国に分割占領された。ドイツ軍の進撃が止(とど)まることを知らなかった。デンマーク、ノルウェー、オランダ、ベルギー、ルクセンブルグが次々にドイツ軍に降伏、六月にはフランスのパリも陥落している。

ニューヨークでも、ドイツの侵攻は連日新聞やラジオ放送で報道されているが、遠い世界の出来事のように街はいつも同じであった。しかし、ニューヨーク事務所だけでなく、ロックフェラーセンターの日本関連の事務所の人々は不安と憂慮の毎日を送っていた。これらの衝撃的な出来事が日本ではどのように報道されているのだろうかと考えるが、日本も同じように中国大陸で戦争を始めているのもまた事実だった。

ドイツがウィーンに侵攻し、オーストリアを併合したころから、ドイツ国内からもオーストリアからも様々なルートを使ってユダヤ人たちは国外に脱出しているようであった。しかし、周辺各国からは受け入れを拒まれ、船舶の確保も困難になって、どの道も閉ざされはじめているようで、米国ユダヤ人協会にヨーロッパ各地から助けを求める声が届き、日々切実になっていた。

打ち合わせを繰り返していくなかで、徐々にポーランドのユダヤ人の状況が最も過酷で、想像を絶する危機的状況に置かれていることを聞かされる。その状況は新聞の報道などでは知る由もなかったが、ユダヤ人たちと打ち合わせの回を重ねるごとに、それは嘘でも誇張でもないと確信しはじめた。

その日は小栗所長とトーマス・クック社と打ち合わせをし、その後米国ユダヤ人協会の事務所を訪れた。いつも発言をしない二人の長老が応接セットの向かいに座っていた。彼らはいつものメンバーの中でドイツ語しか喋れない二人だった。多分、最近までドイツかヨーロッパの他の国に暮らしていて、脱出してきたユダヤ人に違いないと思っていた。

挨拶する小栗所長の言葉を遮って、ドイツ語で話し始めた。

「今、ドイツやポーランドで苦しんでいる同胞たちにはもう時間がない。ジャパン・ツーリスト・ビューローはまだ彼らの輸送を引き受けると言えないのか。日本を通過できなければ同胞たちの未来はない」

「ちょっと待って下さい」

小栗所長は英語で彼らの言葉を制したが、彼らは意に介さず続けた。

「日本がナチス・ドイツの味方であるのはよく知っている。しかし、どうしても日本の力が必要なのだ。君らは頻繁にこの協会に来るが、何一つとして進んでいない。君らは私たちの情報だけを受け取り、それを日本に送り届けているのではないか。日本でこの輸送業務を出来るのはジャパン・ツーリスト・ビューローだけなのか、もし他の旅行会社があるのなら、私たちはすぐにその会社に依頼するだろう」

海は小栗所長に通訳をする。小栗所長の困惑した横顔を見、意を決してドイツ語で言い返した。

「まず、この決して容易ではない業務を引き受けることができるのは、日本では私どもジャパン・ツーリスト・ビューローだけです。私たちも、今ヨーロッパで多くのユダヤ人の方々が苦境に陥っていることは理解しています。そして、時間がなく一刻を争うことも。私たちは皆さまから得た情報を本国に送り、お力になれるよう懸命に戦っているところです。日本は困っている人達を見殺しにする国ではありません。私たちを信じてください」

一気に喋り、こんなことを勝手に言ってしまっていいのだろうかと少し後悔したが、二人のユダヤ人は穏やかな表情に戻った。

「私たちは、あなた方、ジャパン・ツーリスト・ビューローを信じています」

丁寧なゆっくりとしたドイツ語で応えてくれた。

その帰り道、海はどうしたらいいか困っていた。所長と同席していて勝手に相手と話すなど、明らかな失態である。

「出すぎた真似をして申し訳ありません。所長の言葉を通訳する立場なのに、本当にすみませんでした」

「なんとなく話の内容は分かった気がしたが、一体、浅田君はどう応えたのだい」

「この業務を引き受けることができるのは、日本ではジャパン・ツーリスト・ビューローだけだということ、そして、日本は困っている人達を見殺しにする国ではないことを言ってしまいました」

「僕ちゃん、大きく出たね」

小栗所長は案外楽しそうに歩を進めた。

「本当にすみませんでした。僕のような新米が」

「彼らの様子から、状況は私たちが思っているより厳しいようだね。私たちにできることは限りがあるが、やるべきことはしっかりやらないと。それが日本人だ」

この日から、小栗所長自らやっている本店外人旅行部への報告には、収集したユダヤ人難民たちの情報と共に、この輸送業務はビューローとして引き受けるべきであるという一文を入れて発信するようになった。海はこの話を聞き、自分の失態がもしかすると役に立ったのかもしれないと思うようにした。

＊＊

ニューヨークの街は夏の日差しが強くなってきた。まだ、忙しい毎日は続いていた。それは小栗所長も大村次長もヘレンも同様であり、誰もこの忙しさについては話題にしなかった。しかし、ヨーロッパの戦況や日本の中国大陸での動向については少ない情報を共有していた。

日曜日も日本人旅行者の斡旋で休めないことも多かった。たまに休めるときは、終日ホテルのベッドの中に身体を横たえていた。アメリカ独立記念日を終えた週末、たまたま土曜、日曜と休みになった。ニューヨークの街にも馴染(なじ)んできた海は、心に決めていた計画を実行した。世界中で戦争をしている中、少し気がとがめたが、朝、いつものように起床して背広姿になり、いつものカフェでパンとコーヒーの朝食をとった。そして、映画館へと向かった。

お目当ては、絶対に観なくてはと思っていた『風と共に去りぬ』である。映画館自体の大きさもさることながら、スクリーンの巨大さに驚いた。昨年の暮れから上映しているにもかかわらず、館内は混んでいて、観客の熱気が感じられた。四時間近くの大長編映画で、総天然色の美しさが、とても表現のできないものであった。南北戦争の敗戦の荒廃と混乱の中から再建が進められるアメリカ南部の大地を生き抜いた女性の物語である。圧倒的な迫力が海を興奮させた。多分、日本では十年後、二十年後でも製作出来ない映画だと思った。悔しいけれど、アメリカの凄さ、恐ろしさを感じた。もう一度観に来よう、海は日本語で呟き、映画館を抜け出た。

五番街に向かった。念願のハットを買うためである。予(あらかじ)め目星をつけていた帽子専門店へ入ったが、思っていた以上の高級店のようだった。店主と思われる中年男性が近づいてきた。しかし、東洋系の外国人が来ない店なのか、明らかに訝(いぶか)しげに、そして、あなたの来る店ではないよと言いたげに声をかけてきた。

海もちょっと腰が引けたが、ここは負けてならないと、正確な、そして丁寧な英語で返した。

「私は今マンハッタンで仕事をしています。この店のハットがニューヨーク一番だと聞いて来ました。私に合うハットを選んでください」

すると店主は一瞬悩んだような顔をしたが、すぐに相好を崩し、喜んでと店内を案内し始めた。いろいろと試着してみたかったが、店主はすぐに三つほどのソフト帽を選び出して頭周りの寸法を測ると、その中から手触りの良い、明るいグレーのひとつを勧めた。

「高貴なお若い紳士には、このハットがとてもお似合いだと思いますよ」

瞬時にして海はそれを気に入り、購入を決めた。もっとも、やはり高級店の雰囲気はいたたまれずに、早く買って店を出たいという気持ちもあったが。

「ありがとう、とても気に入りました。それを頂きます。被って帰ってもいいですか」

この高級帽子店でこんなに短時間で購入し、被って店を出る客は滅多にいないのでは、妙な優越感を味わいながら、予想通りの高額な支払いを済ませ、五番街の雑踏に入った。

それからホテルの近くの、高級とまではいかないが、前から気になっていた洒落たビアレストランにひとりで入った。早い時間にも係わらず、何組かの白人が既にビールを飲みながら談笑していた。予想通りの洗練された雰囲気のレストランだった。案内されたテーブルに付き、近くの帽子掛けに真新しいハットを掛けた。

メニューから料理を数品選び、お勧めのビールを注文した。しばらくすると、ビールが運ばれ、程なく料理もテーブルに置かれた。ビールはよく冷えていて喉を喜ばせた。アメリカだから作れた壮大なる映画での感動、五番街の帽子専門店の店主の顔などが思い出され、アメリカでしか出来ない体験をした喜びに一人浸った。料理もまあまあしっかりとしていて満足のいくもので、ビールの追加を早めた。

ふと、奥のテーブルで、三人で飲んでいる白人グループが気になった。店の雰囲気には馴染まず、既にかなり酔っているのか、時々大きな声を発し、周囲のひんしゅくを買っていた。海も振り返り、そのテーブルを見ると、ひとりの白人男性と眼が合ってしまった。充分に酔っ払っている眼をしている。彼はすぐに立ち上がると海に近づいてきた。服装も小奇麗で、決して労働者階級の若者には見えなかった。

「おまえはジャップか、チンクか。その服装とハットはジャップだな。ここはイエローの来る店ではない。出ていけ」

若者は明らかに酔っていたが、暴力を振るうタイプの人間には見えなかったので、海は無視してビールを飲み続けた。

「ジャップ、英語も分からないイエローがニューヨークで飯など食っているんじゃない。出ていけ。俺は大学も出て商社で働いていたが、イエローたちに追い出され失業した。何故、お前たちがこのアメリカで働くんだ。国に帰って働けばいいだろう。ジャップ、聞いているのか。さあ、立ち上がって出ていけ」

　徐々に声を荒げ始め、周りのテーブルの客もはらはらしながら見ている。しかし、海は無視し続けた。

「ジャップ、聞こえているのか。早く、このハットをかぶって出ていけ」

　若者が帽子掛けから海のハットを取ろうとした時、海は立ち上がり、それを防いで自ら手に取り、横の椅子に丁寧に置いた。そして、若者を見つめた。

「私は今、アメリカの美味しい料理をアメリカの冷たいビールで楽しんでいます。邪魔をしないで下さい」

　ゆっくりと、英語ではなくドイツ語で言った。

「ジャップ、おまえは何語を話しているんだ。ジャップ、聞こえているんだったら、この店からすぐに出ていけ」

　若者は海の手を取ろうとした。その時、カウンター席でひとりビールを飲んでいた背の高い白人が、若者と海の間に立ち塞がった。若者は状況が理解できず固まった。その白人の身長は二メートル近くあると思われ、長身なだけでなく屈強な身体をしているのが、誰の目から見ても分かった。アメリカ人ではない、多分ドイツ人だ。年齢は、自分も酔っ払いの若者もこの長身の若者も同じくらいだろうと、海は思った。

「せっかくの食事中、この人はお困りだろう。席に戻りなさい」

威圧感があった。いままで傍観していた酔っ払いの若者の仲間が、慌ててテーブルから飛んできて若者を押さえ、小さな声で「すみません」と言いながら席に連れ戻した。

「大丈夫ですか。食事中にひどい人でしたね」

長身の若者はドイツ語で話しかけた。

「全く問題ありません。お蔭で助かりました。おひとりですか。もし良かったら、お礼にビールを一杯いかがですか」

海もドイツ語で誘った。

「ありがとうございます。是非、一緒に飲みましょう」

若者は自分の席からビールと皿を持ってきて、海のテーブルに腰を下ろした。とてつもない巨人だと感じた。

「身長は一メートル九十五センチです。二年前にドイツから来た留学生、アードルフ・グリーンバーグです。アードルフと呼んでください。気に入っている名前なのですが」

若者は聞いてもいないのに身長を言い、自己紹介をした。ヨーロッパ中を恐怖に陥れているナチスの総統、アドルフ・ヒトラーと同じ名前のことを言っているようだった。

「でも、アードルフはドイツではよくある名前ですよ」と笑って、ビールに口をつけた。

「一メートル九十五センチは凄いですね。日本では、相撲レスラーくらいしかこんなに大きな人はいませんよ」

海も笑顔で答えた。

「やはり日本の方ですか。厭な思いをしましたね。ジャップとは日本人を蔑んで言う、とても失礼な言葉ですが、実は、私もアメリカに来てからジャップと何度か言われ、厭な思いをしました」

「なんであなたがジャップと言われるのですか」

「一部のアメリカ人は、金持ちのユダヤ人の若者のこともジャップと言って蔑むのです」

ユダヤ人と聞いて、海は激しく動揺した。

「そ、そうなのですか、初めて聞きました。私は二ヵ月ぐらい前に日本から来て、日本の旅行会社のニューヨーク事務所で働いています。浅田海といいます。海と呼んでください」

「素晴らしい。海、どうしてそんなにドイツ語がお上手なのですか」

「日本の語学学校で勉強しました。また、旅行会社の仕事で、日本にやってくる多くのドイツ人旅行者と話をしました」

「それは素晴らしい。ニューヨークに来てドイツ語で会話するのは久しぶりです」

ふたりでビールを楽しそうに飲む海のテーブルの横を、なにもなかったように三人の白人の若者は通り過ぎ、街へと出ていった。

「アメリカも偏見と差別がいっぱいあるようですね。二年過ごしていてよく分かりました。南北戦争が終わって何十年にもなるのに、今でも当たり前のように黒人は差別されています。様々な人種がいるこの大都市ニューヨークでも、ヒスパニックやアラブ、ネイティブ・アメリカンも偏見に晒されています。日本人、中国人などのアジア人も同じです」

「まだニューヨークに来て間もないので、よくは分かりませんが、差別や偏見の場面を目の当たりにすることがありましたし、私自身それを感じることがしばしばありました」

「さっきのアメリカ人にしても、決して貧困層や底辺の労働者階級の人ではないと思います。多分、この不景気で職を失い、そのはけ口を、ちょうど目の前にいたアジア人にぶつけたのでしょう。でも、それはもともと偏見を持っているからです。それと、その差別の対象のアジア人が立派な紳士の格好をして食事をしているのが許せなかったのでしょう。しかし、海はよくドイツ語で返しましたね」

「本当はどうしたらいいか分からなくて、とっさに、英語ではなくドイツ語で言い返しただけです」

「素晴らしい勇気ですね。少し感動しました」

本当に感心したようにアードルフは言い、少し考え込んだ。

「アメリカ人の差別は肌の色によるものだけではないのです。実は、普通に生活をしている我々ユダヤ人も、その対象なのです」

「アメリカでもユダヤ人は差別を受けているのですか。大きな会社の社長とか、アメリカで成功しているユダヤ人は沢山いるのでしょう」

「確かにそうですね。アメリカで成功し、影響力を持っているユダヤ人は数多くいます。それがまた差別の引き金になっているようです」

「そうなんですか。私は、ユダヤ人に対する差別はドイツやヨーロッパだけのものと思っていました」

「もっとも、今のドイツでの偏見や差別はこんなものではないです。迫害ですよ」

「ヨーロッパでのユダヤ人の迫害は想像を絶するものらしいですね。ドイツからだけではなく、オーストリアやポーランドからも、多くのユダヤの人々が脱出を図(はか)っていると聞いています」

「海はドイツやヨーロッパの事情に詳しそうですね。その通りで、私もその脱出組の一人です。私はフランクフルトの大学で、陸上選手として練習に打ち込む日々を過ごしていました。オリンピックも目指し、ベルリン大会は間に合いませんでしたが、実は東京大会は秘かに狙っていました。しかし、ドイツ国内のユダヤ人に対する迫害を日に日に感じるようになりました。もう大学からも追放される、フランクフルトにも住めなくなる、大学を卒業しても仕事に就けないかもしれないと肌で感じ始めました。もちろん、大学や陸上の友人たち、それから近所の人たちは決して差別などしませんでしたが、徐々に彼らも変化し始めたのです」

「……」

海は今まで伝聞としてしか聞いてこなかったドイツの事情を、実際に体験したユダヤ人から聞いているのが信じられなかった。どう応えていいのかも分からなかった。いろいろ質問してみたいが、今の自分の仕事を考えると、好奇心は封印せざるを得なかった。

「小さな会社を営んでいる両親と幾度も幾度も話し合い、父の兄が住むアメリカへ渡ることを決意したのです。慌ただしくアメリカの大学に留学手続きをして、父は会社を整理し、財産も処分し、一家で、オランダの港からニューヨークに来ました。これは今から考えるととても幸運でした。その後のことは詳しくは分かりませんが、容易に海外に脱出することなど出来ない状況になったようです。偏見や差別なんて生易しいものではなく、多くの同胞たちには命の危機が迫っていると聞いています」

「大変な経験をなさったのですね。でも、とても幸運なことだったのですね」

「私たち一家はとても、とても幸運でした。神に感謝しています。今は陸上競技を諦め、経済の勉強をしています。英語はなかなか大変ですが」

「経済の勉強ですか。とても将来に役立つ学問ですね」

「つまらない話をしてしまいました。ドイツがとても心配です。日本人はドイツ人同様に勤勉で穏やかな人々と聞いています。民族もひとつの島国だと聞いています。きっと、偏見や差別などない国なのでしょうね。とても憧れます」

日本には偏見や差別はないのだろうか。東京で育ち、横浜で仕事をしていた海に実感はなかったが、おそらく、日本特有の偏見や差別は存在しているのだろうなと思った。

「日本でも……しかし、ナチス・ドイツによるユダヤ人迫害のようなものはないと、そう信じています」

「東京オリンピックの中止はとても残念でした。是非、チャンスがあったら日本に行きたいです。ヨーロッパも日本も戦争が終わり、平和になってからですね」

聞きたいことは山ほどあった、しかし、今の海にはこれ以上聞くことは出来なかった。むしろ、それほど関心がないふりをせざるを得なかった。

しばらくすると、テーブルにはビールも食事もほとんどなくなった。

「とても素晴らしい時間が過ごせました。私はこのレストランに時折来ます。また是非一緒にビールを飲みましょう。ただし、ビールはドイツの方が旨（うま）いですけど」

「こちらこそ、助けていただきありがとうございました。私も時折このレストランに来ます」

「今度は英語で話しましょう。それから、そのハット、とても海に似合っていますよ。さようなら」

アードルフは勘定をテーブルに置き、巨大な身体を身軽に持ち上げ、街へ出て行った。

＊＊

ヨーロッパでは、ドイツ空軍によってイギリス本土への空爆が始まったと新聞が伝えた。ドイツ空軍とイギリス空軍が雲の上で航空戦をしているという。海には飛行機同士の戦いも、飛行機から街に爆弾を落とす戦争も、頭の中でうまく想像することができなかった。

ニューヨークの七月は酷く暑く感じた。それは、恐らく東京や横浜よりも、石造りのビルヂングが多く、道路も舗装されているせいだと海は考えていた。

この頃から、米国ユダヤ人協会とトーマス・クック社との打ち合わせが頻繁になったが、小栗所長がひとりで行くことが多くなった。そんなある日、小栗所長が全員でのミーティングを招集した。多忙続きの中、四人でのミーティングは久しぶりだった。

「本当なら、そろそろ夏期休暇を取らなくてはならない時期なのに、皆には毎日忙しく働いてもらって、申し訳ないと思っています」

小栗所長は少し厳かにミーティングを開始した。

「えっ、夏期休暇があるのですか」

海はおどけて口を開いた。

「ここはアメリカだからな」

大村次長が小声で海に呟いた。海はすぐに雰囲気を察し、口をつぐんだ。

「ユダヤ難民輸送の案件だが、彼らの言っていた通り、想像を絶する数のユダヤ難民がポーランドからリトアニアに集まってきているようだ。鉄道も車も使えず、多くのユダヤ人は着の身着のまま、ほとんどが徒歩で国境を越えて来たらしい。しかも、背後にドイツ軍が追ってくる状況で」

「でも、多くのユダヤ人がポーランドを脱出できたのですね。それは良かった」

大村次長はほっとした声を出した。

「それはそうなのだが、途中で捕まって収容所送りになったり、その場で殺害されたユダヤ人も多かったらしい」

「……神よ」

日ごろは声を発さないヘレンも、日本語の会話が理解できたらしく、顔をゆがめた。

「悲惨な出来事が起こっているのですね」

海は小さな声で呟いた。

「リトアニアは中立国だと聞いていたが、すでに多くの領土がドイツに併合されている。昨年、ソ連軍が侵攻し、すでに実質的に支配下に置いているようだ。今はカウナスという街に臨時首都が置かれている。そこでは、各国の大使館や領事館がまだなんとか機能している。日本の領事館もあり、数日前からそこに多くのユダヤ人が集まっているらしい」

「確かな情報なのですか」

大村次長の質問に、小栗所長は続けた。

「おそらく確かな情報だろう。リトアニアがソ連かドイツに併合されるのは時間の問題らしい。彼らは一刻も早くリトアニアからも脱出しなければならない。親玉がソ連になればシベリア送り、ドイツになれば収容所送り、どちらでも命の保証はない」

「そんな」

「今残された脱出経路はただひとつ、さらにシベリア鉄道に乗り、東に向かう道だけだ。多くのポーランドから脱出してきたユダヤ人たちは、シベリア鉄道でウラジオストク、日本経由、アメリカやパレスチナに逃げようとしている。まず、彼らは日本の通過ビザを求めて日本領事館に殺到しているらしい」

大村次長がいたたまれない様子で小栗所長に問いかける。

「その前に、ソ連領を横断するための通過ビザが必要ですよね。簡単に取得できるのでしょうか」

「ソ連も基本的にはユダヤ人の入国を拒否している。しかし、通過するのは良しとしているようだ。おそらく、シベリア鉄道からの収益を期待しているのではないかな。ソ連も、その先のビザ、つまり受入国があることが条件になると思う。また、べらぼうに高いビザ代を取っているようだし、袖の下が通用する国でもある。シベリア鉄道はソ連の旅行代理店のインツーリストが取り扱っているが、リトアニアのカウナスにも事務所があり、支払いは米ドルしか受け取らないとか条件は厳しそうだが、案外協力的で、通過ビザや出国許可証があればチケットは購入できるらしい。ただし、ソ連領土を通過するということは、書類の不備など難癖をつけられてシベリア送りになってしまう危険性があるということでもある」

小栗所長の話は以前にも聞いた内容だった。大村次長が考え深げに口をはさむ。

「とすると、やはり日本の通過ビザが一番の鍵になってきますね。以前にも申しましたが、日本の通過ビザの発給要件は、行き先国の入国許可手続を完了し、旅費および本邦滞在費等の相当の携帯金を有する者、です。最終目的地のビザがあり、ある程度お金があれば、もしかしたら発給されるかもしれません。でも、日本はドイツと防共協定を結んでいるし、近くイタリアを含めて三国同盟を結ぶという情報もあります。むやみにドイツを刺激したくないと思っているはずです。やはり、そう簡単には日本領事館も発給しないでしょうね」

「うーむ、次長の言う通り、この計画が本当に実現されるかどうかは全くの未知数だと私も思う。でも、我々は我々にしかできない準備をしなくてはならないと考えている」

「その通りです。これは我々、日本のビューローにしかできない仕事ですから」

大村次長の言葉に小栗所長は頷き、姿勢を正した。

「ここからはビューローの商売の話だ。まだまだ詰めなくてはならないことは沢山あるが、敦賀に受けて、神戸か横浜から最終目的地に無事送り出すことがビューローに任される業務だ。費用は一人当り神戸乗船者が四十ドル、横浜乗船者が五十ドル。滞在日数にもよるが、適正な料金だと考えている」

「よくここまで交渉しましたね、所長」

「ここまではいいんだが、彼らが一番心配しているのは、敦賀に着いて日本に入国する時に、日本政府の決めている携帯金の持ち合わせがない人が多くいると想定されることだ。さすがの日本も敦賀上陸の時にこれだけは確認するし、金額が不足していれば上陸できないことも考えられる。そこで、ビューローに、上陸前つまり船内で該当者を探し出し、米国ユダヤ人協会が用意する見せ金六十ドルを渡してほしいという、非常に難しい依頼だ。六十ドルは事前にリストに従ってトーマス・クック社から当事務所に送金してくれるとのことだ。うちは本店外人旅行部に送金し、そこから敦賀の港に送るような算段になるかな。そして、そんなことが本当にできるのか」

「所長、凄いですね。六十ドルといえば、日本円に換算すると二百四十円位だ。送金だって渡す人探しだって、決して不可能なことではないと思います。すぐに交渉経過を本店に打電しなくてはなりませんね」

大村次長が具体的な業務を聞き、嬉しそうに言う。

「まだいろいろあるよ。ウラジオストクと敦賀を結ぶ欧亜連絡船だって、そんなしっかりと定期運航しているわけではないし、一回の輸送人員もそれほどのものではないらしい。日本に上陸さえしてくれればビューローの斡旋力でどうにでもなると思うが。やはり、まずは日本の通過ビザだな。こればかりは我々の手に負えるものではない」

＊＊

日本では一月に誕生したばかりの米内内閣が退陣し、近衛文麿が再び内閣を組閣した。ニューヨークでは大きく報道されなかったが、親米派と言われていた海軍の米内光政総理大臣が退いたことは、ロックフェラーセンターの日本人関係者の間では大きな波紋となって広がっていた。

全員ミーティングの日から数日後、再びミーティングに招集された。

「リトアニアにいるユダヤ人の最終受入国のビザも少しずつ取得されてきたようだ。家族や親戚のいる国でとれた者もいるし、特別な技術や技能を持っている者も受け入れる国があったらしい。それでも大多数のユダヤ人は困っていたが、なんとオランダが受け入れてくれたらしい」

「オランダはもうドイツに降伏しているのではないですか」

大村次長が心配そうな顔をする。

「そうなんだが、カウナスのオランダ領事館はまだなんとか機能していて、オランダ領キュラソーのビザを発給し始めてくれたということだ」

「キュラソーなんて国は聞いたことありません。どこにあるのですか」

海は思わず口を開いてしまった。

「カリブ海に浮かぶ小さな島国で、もともとビザなしで行ける所らしい。オランダ領事館はビザを発給することができないので、キュラソーの入国にはビザが必要ないことを確認するという文章を旅券に書き込んでくれたらしい。カウナスの日本領事館が、これらの少々のインチキにも眼をつぶって通過ビザの発給を開始したという一報が米国ユダヤ人協会に入った」

「よくこの時期にカウナスの日本領事館は決断しましたね」

大村次長が嬉しそうに言う。

「話をよく聞いてみたんだが、ユダヤ難民たちが日本領事館前に集まり始めたのは十日程前のことだったらしい。日に日にその数は膨れ上がった。副領事として赴任している杉原千畝(すぎはらちうね)という人は、そんな混乱の中でユダヤ人の代表者と幾度も面談して、彼らの身に迫っている危機を理解してくれて、発給を開始したとのことだ。毎日何百人というユダヤ人たちの事情を聞き、ビザを発給しているらしい」

「素晴らしい外交官ですね。杉原千畝副領事。チウネという字はどんな字を書くのですか」

所長は万年筆を取り出し、テーブルの上の便せんに「千畝」と書いた。海は、この名前は絶対に覚えておかなければならないと感じた。

「センポ。変わった名前ですね」

海は便せんを見ながら呟く。

「そうそう、現地のユダヤ人の間では親しみをこめて、文字通りセンポと呼ばれているらしい」

「でも、日本の政府は認めているのでしょうか」

「多分認めていないのではないかな。でも、ビザの発給はそれぞれの国に派遣されている領事の権限だし、正しく発給されていれば国はそれを拒否できないはずだ」

「センポ副領事。その勇気に拍手を送りたいです。さすが日本人です。日本人の鑑（かがみ）です」

大村次長は拍手をしながら、語気を強めた。

「いよいよだ。我々にできる準備をしっかりとしておかなくてはならない」


翌朝、本店外人旅行部からの至急電報が届いた。

「所長、本日早朝に本店外人旅行部から電報が届きました」

大村次長は出勤してきた小栗所長に大きな声で報告した。海もヘレンもすでに出勤していた。今度こそ間違いなく、歴史的な場面に立ち会っている。

「大村君、内容を読んでください」

「はい、ユダヤ難民輸送業務の件、引き受けるべし。詳細については早急に詰めるべし、とのことです」

「ありがとう。大村君」

「やりましたね」

海は舞い上がっていた。やはり無理かなと考え始めていたからだ。海は言葉にならず拍手した。全員がそれに倣(なら)った。

「この正式な電報とは別に、外人旅行部次長から小栗所長あての電報も届いています」

もうひとつ持っていた電報を、大村次長は小栗所長に渡した。

「ユダヤ難民輸送業務の件、貴事務所の依頼通りに受諾する。人道的な見地から高久専務決裁、鉄道省報告済、松岡外務大臣報告済、欧亜連絡船交渉開始、敦賀事務所設置準備開始、諸条件概(おおむ)ね了解する」

「やはり高久専務の決裁でしたね」

「外人旅行部次長からの私信だ。まさか松岡外務大臣報告済、つまり了承を取り付けたとは、よく短い時間でやったものだね」

「松岡外務大臣といえば、ほんの数日前、近衛内閣発足で外務大臣になった人じゃないですか」

「松岡外務大臣も当件了承したとはビューローも高久専務もたいしたものだ。多分、当件松岡外務大臣の就任待ちだったのかもしれないね。勝手な想像だけど」

海はとてもすぐには理解できなかった。外務大臣にまで報告をして、了承を得なくてはならないような案件に係わっていること。違う人が外務大臣になっていたらどうなったのだろう。

めたこと。違う人が外務大臣になっていたらどうなったのだろう。

「よーし、気を引き締めて仕事を始めよう。朝礼するぞ」

小栗所長の元気漲る声が小さな事務所に轟いた。ヘレンは、日本語での会話とはいえ何もかも承知したように、嬉しそうに朝礼の輪に入ってきた。

ユダヤ難民輸送業務正式受諾の報告には、小栗所長、大村次長と海も同行し三人でトーマス・クック社を訪れた。事前に連絡をしていたので、米国ユダヤ人協会の主だったメンバーも集まっていた。ジャパン・ツーリスト・ビューローが輸送業務を全面的に責任もって請け負うことを小栗所長が丁寧な英語で告げ、海がドイツ語で復唱した。全員が喜び、握手を求めてきた。海が夢にまで見てきた嬉しい儀式だった。入職二年目の海にとって、きっと忘れられない場面となるだろうと、その幸運に感謝した。

彼らはビューローとともに、杉原千畝の英断に対し敬意と感謝をそれぞれが述べた。用意されていた契約書に小栗所長がサインをすると、その場の雰囲気は一変し、すぐに業務が開始された。

ウラジオストクに向かう予定のユダヤ難民のリストの束がデスクに置かれた。このリストを整理するところから始まるのだ。そして、この仕事は多くのユダヤ難民の命を救い、未来を拓く、心して取りかからなくてはならない大切な仕事なのだ。

海はリストについて、またその取扱いについて早口で説明する英語に、時折混じるドイツ語に集中した。

＊＊

二週間ほど、なかなか終わりを見せない紀元二千六百年記念式典関連の業務と並行して、ユダヤ難民輸送のリストの整理とその確認、新たなリストの受領でトーマス・クック社との往復を繰り返していた。リストの整理は主にヘレンが担当していたが、難しい名前の綴(つづ)りや国籍、家族構成、出身地、最終目的地など、容易にタイプし整理できる作業ではなかった。

そんなある日の朝、小栗所長が海一人をミーティング・デスクへと呼びだした。

「浅田君の本事務所での活躍をとても感謝しています。本当にありがとう。特に、浅田君のドイツ語と若い行動力には助けられました」

「僕は大したことは何もできず、いつも足を引っ張っているんじゃないかと、ひやひやしながら仕事をしていました」

「小さな所帯の事務所ですから、大きな戦力でした。また、ユダヤ難民輸送業務という予想外の仕事までお願いしてしまい、申し訳なく思っています。とても頑張ってくれましたね」

「所長にそう言っていただくと、少し自信が持てます」

「浅田君、本店の人事部から異動命令が届いています」

海に驚きはなかった。

「分かりました。新設される敦賀事務所ですね」

「浅田君、違うのですよ。異動命令は先をあせらず、しっかりと聞いてください。満洲に異動です。満洲の満洲里案内所に緊急応援です」

「満洲里案内所ですか」

「そうです。満洲とソ連の国境近くにある街のビューローの案内所です。今、シベリア鉄道に乗って、数多くのドイツやオーストリアのユダヤ人がやって来ています。その数は一万人を超す勢いだそうで、どうしても浅田君のドイツ語と外国人斡旋の経験が必要のようです。ニューヨーク事務所にとっては、もっとここで活躍してほしかったのですが、ビューローのことを考えると仕方ありません。行ってくれますか」

海は頭が真っ白になった。おそらく次は敦賀事務所だろうと漠然と考えていたところに、満洲とは驚きであった。満洲の事情は分からないが、日本の軍隊が戦争をしているところとなんとなく思っていたから、よけいに驚きを隠せなかった。もちろん、異動命令を拒否など出来るわけはない。東京の父親に連絡しなければ。考えてみると、ニューヨークに来て一度も手紙を書いていなかった。

「はい、僕で、いや、私でお役にたてれば、喜んで行って参ります」

「僕でいいよ。僕ちゃんはやっぱり素晴らしいビューローマンだ」

「ありがとうございます」

なんとか爽やかに応えることができた。

「でも、たいして役に立たなかったとしても、僕のいなくなった後、この人数では」

「実は、私もこの機に引退なんだ。後任にはロサンゼルス事務所代表の岩本君が来てくれることになっている。私もしばらくは一緒にお手伝いしようと思っているよ。だから、浅田君は安心して次のところに赴任してほしい」

「そうなんですか」

「そして、本当に申し訳ないのだが、満洲里案内所の状況は切迫していて、一日も早く浅田君に来てほしいとのことだ。今、ヘレンに大陸横断鉄道とサンフランシスコから上海の船、そして上海から満洲里までのそれぞれチケットの手配をお願いしたところだ。上海行きの船の日程に合わせると仕方がなかったんだ。三日後の旅立ちとなります。準備をしてください」

海は、ひぇーと声をあげそうになったが、ぐっと飲み込んで、「はい、わかりました」と明るい声で応えた。

＊＊

翌日の朝、小栗所長の後任となるロサンゼルス事務所の岩本代表が事務所に顔を出した。とても元気な明るい人であった。なんと、ロサンゼルスから家族を乗せて自家用自動車で大陸を横断して来たということだった。アメリカでは、日本で考えられないことができるのだなと海は驚きを隠せなかった。

岩本新所長は机で作業をしていた海に声をかけた。海は慌てて立ち上がり、頭を下げた。

「君が浅田君かい。大変ご苦労をおかけしました。大きな契約の成立に大貢献したんだってね。素晴らしい仕事ぶりだったと小栗所長も褒めていたよ」

「そんなことはありません、まだまだ新米です。でも、凄い時期にニューヨーク事務所で働けたことに感謝しています」

「次は満洲ですか。きっと楽なところではないと思いますが、益々立派なビューローマンになることでしょう。頑張ってください」

元気で力強い岩本新所長の言葉に勇気がでてきた。岩本新所長は小栗所長との打ち合わせに、ミーティング・デスクに向かった。


海はロックフェラーセンターの中にある日本領事館をはじめ日本の企業に挨拶回りをし、顔見知りになっている領事館では、ひと月に一度日本から届く新聞を見せてもらった。半日かけ数年分の新聞の束と格闘した。考えてみると、海は満洲国のことも、大陸でどんどん大きくなっている戦争のこともほとんど知識がなかった。領事館では新聞は年ごとに整理され、一日たりとも欠けていることがなかった。

満洲国が建国された昭和七年からの新聞に目を通し始めた。紙は変色しているが綺麗に保存されていたので充分に読めた。眼を通し始めると気になる記事がいっぱいあったが、満洲国と中国大陸での戦争の見出しを探し、拾い読みした。満洲国ができた翌年に、ドイツではヒトラーが首相に就任したという小さな記事が出ていた。その年に日本は国際連盟を脱退している。その日本の全権代表は松岡洋右(ようすけ)と書かれていた。ビューローのユダヤ難民輸送業務に理解を示してくれた外務大臣の名前だ。新聞は次第に薄くなっていった。記事に出来ることが減ってきたのか、紙が不足していったのだろう。

夜は海のために送別会を開いてくれた。大村次長が「どんなに忙しくても送別会を開く。それがビューローマンシップだ」と手配してくれた。岩本新所長に自家用自動車での大陸横断の話を是非聞きたかったが、ワシントンに行く用事があるとのことで参加しなかった。しかし、ヘレンも参加してくれて、日本語と英語の混ざった、海にとっては忘れられない楽しい送別会となった。

翌日は事務所の机を整理し、引き継ぎ書を作り、その後領事館でまた新聞を見せてもらった。

夕刻は、小さな事件のあったビアレストランでニューヨーク最後の食事をとった。期待していたが、アードルフは現れなかった。もし会えたら、ヨーロッパで困っているユダヤ難民を救う仕事ができるかもしれないと話すつもりだった。短い間だったけど、結構ビューローマンらしい仕事ができた、とまでは話せないが。

冷たいビールを飲みながら、街の一角で買った、ニューヨークの摩天楼が描かれた絵葉書を書き始めた。日本の父親宛である。一度も連絡をしていなかったことを少し後悔しながら、今度は満洲国の満洲里案内所に行くこと、日本には寄れないこと、ニューヨークではちゃんと仕事をしたことだけを書いた。いつ届くのか、本当に日本に届くのかと思いながら、明日の出立前にニューヨークステーションで投函しようと思った。

II 一九四〇年秋◉満洲里

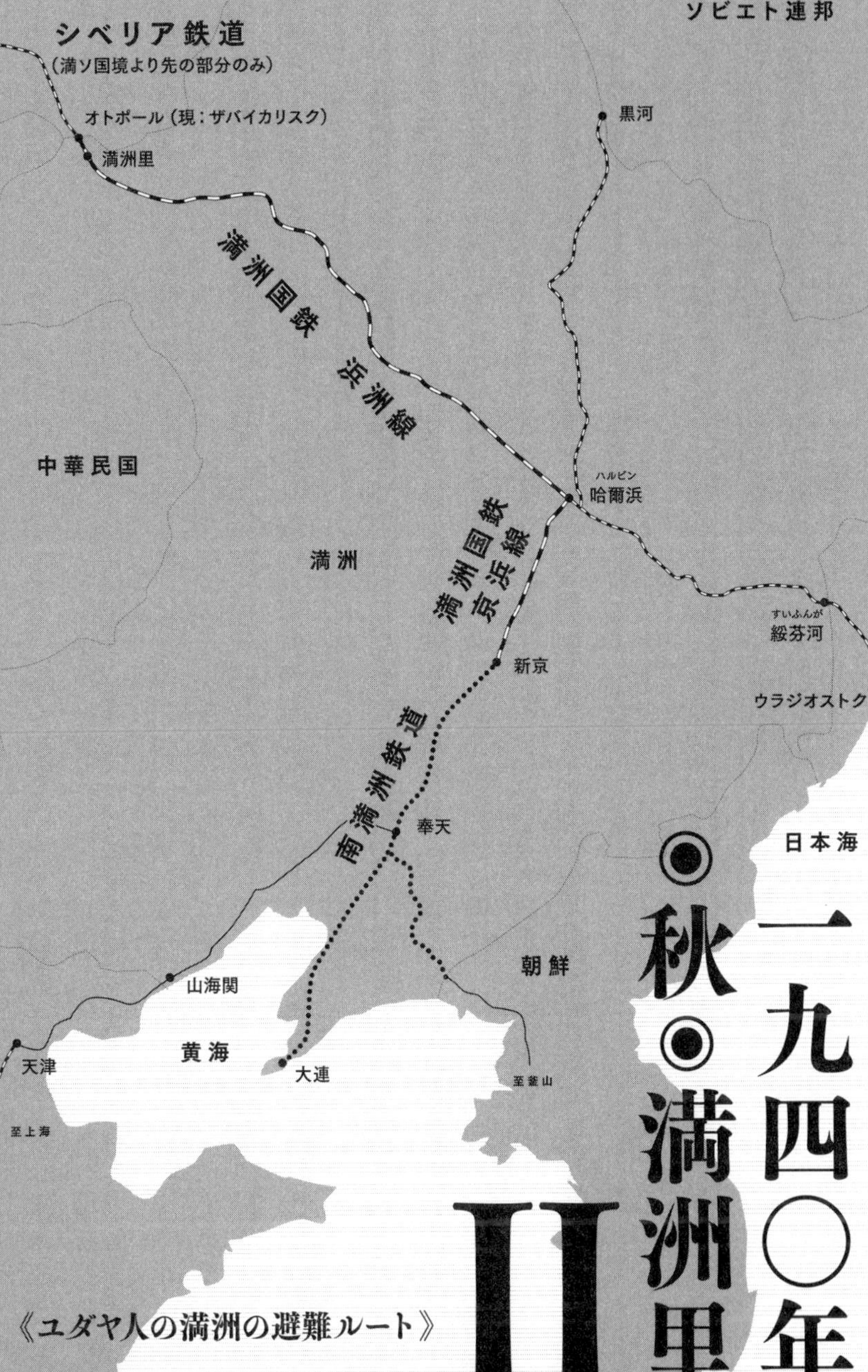

《ユダヤ人の満洲の避難ルート》

満洲国鉄の満洲里駅に到着した時には九月になっていた。息もするのも苦しい暑さだった真夏のニューヨークを出発してから二週間程経っていた。ここ満洲里には冷たい空気が流れ、もうすぐ冬がやってくるのではないかと思われた。

ただ広漠とした平原を走り抜けたところにある満洲里駅は意外と大きく、西欧風の立派な駅舎であった。満洲国鉄といっても、実際には満鉄と呼ばれる南満洲鉄道が運営する浜洲(ひんしゅう)線の終着駅であり、国境の駅でもある。その先はソ連領となり、シベリア鉄道に連絡している。

列車を降りると物売りと怪しげなポーターがまとわりついてきたが、それを無視し、トランクを持ちながら駅頭へと向かった。駅舎は広く、西洋式の立派なシャンデリヤを飾った高い天井、鮮やかな樺(かば)色に彩られた四囲の壁面、大きなガラス窓、凝った木彫りの調度品、どれも重厚で歴史を感じさせるものだった。

駅舎を出て駅頭に立った海は、このままジャパン・ツーリスト・ビューローの満洲里案内所に着任を告げに行くつもりなので、勿論真っ白なワイシャツにネクタイをしっかりと締め、ズボンに折り目がきちんと入った背広を着ていた。その上、おそらくこの辺りでは見られないであろうハットを被っている。完璧なビューローマンの身だしなみであると、今一度自分の服装を確認した。

駅前は整備されていて、駅前広場の向こうには、二階建ての赤煉瓦や白壁のビルヂングが並んでいる。空気は冷たいだけでなく、とても砂っぽく感じた。おそらく道路が舗装されていないためだろう。駅前の広場の先は碁盤の目のような街並みになっていて、真中の道路は幅広く、貧相な柳と楡の並木道だった。貧相に感じるのは既に木々が冬支度を始めているからで、葉は萎れ、茶色くなり、すでに散り始めているようだった。

街は恐らくロシア人が建設したのだろう、構造も様式もロシア風に感じられた。高い建物は見当たらず、街並みの向こうに濃い青色をした玉葱型のドームの寺院の尖塔が見えた。ロシア正教会だろう。もうひとつ高い建物は望楼であった。これは恐らく国境警備隊の監視塔に違いない。遠望できる距離にソ連の国境があるのだろう。少し寒気を感じる光景であった。

駅前だけあって、人々の流れはまばらとはいえ途切れることはなかった。海が予想していたよりは都会である。人々は、粗末ながら清潔そうな袖丈の長い中国服を着ている満洲人かと思われる人と、小奇麗な上着を着たロシア人と、協和服と呼ばれているらしい国防色の質素な服を着ているのは日本人だろうか。浮浪者風な、満洲人とも蒙古人ともロシア人とも見分けのつかない人が混ざり、皆決して急がず、のんびりと歩いていていた。

列車から降りてきた客を捕まえる古びたタクシーも数台並んでいた。客引きに懸命なのは辻馬車と人力車の車夫たちであった。海はいずれの客引きにも眼もくれず、駅からほど近いと教えられていたビューロー満洲里案内所に向かった。そろそろオーバーコートが必要だなと思った。しかしアメリカから直接来た海が持っているはずもなく、この街で調達できるだろうかと少し不安になった。

＊＊

海は大陸横断鉄道でニューヨークからサンフランシスコまで、数か月前にとった経路を逆に辿った。乗り物に乗るのが好きな海は苦にならず、日本では経験のできない壮大な鉄道の旅をまた十分に楽しんだ。今回もサンフランシスコ市内を見学することはできずに、上海に向かうアメリカ船籍の大型客船に乗船した。客船は行きに乗った浅間丸ほど豪華ではなかったが、快適な船旅であった。太平洋は時化(しけ)ることもなく、好天が続いた。名前のせいか、海上の天気も海(かい)の味方だった。行きの客船との大きな違いは、様々な階層の中国人が多く乗っていることだった。

上海に到着し、港の活気と猥雑さに圧倒されながらも、同じ港に停泊する大連(だいれん)行きの客船に乗船した。混雑している客船に少し狭苦しさを感じながらも、いよいよ中国大陸に入ってきたことを実感した。

大連からは少し我が儘(わがまま)を言い、一日一便運行している「特急あじあ号」に乗せてもらった。あじあ号は満鉄自慢の最新式の特急である。大連駅で初めて見たあじあ号の威風に海は眼を見張った。風の抵抗を無くすため流線型をした蒸気機関車で、その大きさは日本の汽車の倍はあるように感じた。牽引する客車も流線型になっている。アメリカの大陸横断鉄道を体験した海でも、その風格と力強さには感動すら覚えた。

海は二等車に乗ったが、列車自体が大きいので座席は広く、天井や窓など車内の意匠も重厚であった。それだけではなく、冷房が利いているのだった。こんなに居心地の良い列車は初めてだった。日本でも話題になっている食堂車にも行った。レストランのような四人掛けと二人掛けのテーブルに綺麗なクロスがかかり、花までが飾ってある。メニューは洋食が中心で、ビーフステーキからカレーライス、はたまた親子丼まで用意され、ウェイトレスは背の高いロシア人女性だった。海はそのウェイトレスに迷わず親子丼を注文した。

大連を出発したあじあ号は想像を絶する速度で大陸を走り続け、奉天、新京という満洲の大きな町を通り、哈爾浜には十二時間半ほどで到着した。日本の誇る特急燕号より、間違いなく速い。海は早く父親にあじあ号に乗ったことを自慢したいと思った。

哈爾浜からは満洲国鉄の浜洲線に乗り換え、のんびりとした汽車の旅となった。二十四時間ほどかけて終着駅の満洲里に着いた。乗り物好きの海にとって、この長旅も嬉しくてたまらない行程であった。苦にならないもうひとつ理由は、どこでもどんな状態でもぐっすりと寝られる海の特技のためであった。

＊＊

ジャパン・ツーリスト・ビューロー満洲里案内所は駅にほど近い、二道街のニキチンホテルにあった。街路名は駅から見て縦通りがロシア語名で、横通りが支那語風に呼ばれているらしい。駅から広場を越え、駅前通りといった感じのプーシキンスカヤ街を歩く。鉄道と並行に走る最初の道路が一道街で、その次に現れる道が二道街であり、満洲里の中心街のようであった。ホテルは外見から洋風ホテルとも思えるが、窓の作りなどから明らかに日本旅館のようでもあった。入口に「ジャパン・ツーリスト・ビューロー」と、おそらくロシア語に訳された社名が並列に書かれた看板が掲げられていたので、すぐに分かった。海はその扉の前に恐る恐る、しかし気持だけは堂々と姿勢を正し、立った。

入口の扉を開けると中は案外広く、長いカウンターがあった。幾つかの旅館の部屋を繋げて、大きな案内所を作ったようである。東京にあるビューローの案内所とほぼ同じような作りだった。奥のカウンターでは白人の婦人が、職員となにやら話し込んでいる。職員は皆、背広とネクタイをきちんと着用していた。

カウンターの前に立つと、ひとりの職員がやって来て丁寧にお辞儀をし、日本語で海に話しかけた。

「いらっしゃいませ。日本の方ですね。どのような御用ですか」

「いえ、僕は、私はニューヨーク事務所より着任いたしました、浅田海と申します。松山所長はいらっしゃいますか」

「待っていましたよ、浅田君ですね。私が所長の松山繁之（しげゆき）です。さきほどの列車で着いたのですか。本当に長旅お疲れ様。どうぞこちらへ」

相手は満面の笑みを浮かべ、心から嬉しそうに言う。

海は、まだ三十代後半ぐらいに見える松山が所長というのに少し驚いた。促されるままにカウンターの中に入り、奥の応接ソファに腰を下ろした。トランクはその脇に置いたが、手にしていたハットはどうしたらよいか分からず、膝の上に置いた。

「恰好のいいハットですね。ニューヨーク仕込みですか。若いとはいえ、本当に疲れたでしょう。ここがビューローの満洲里（マンチュウリ）案内所です。昭和元年の開設ですから、ニューヨーク事務所よりちょっと歴史のある外地の事務所です」

「そんな昔から外地に事務所があったんですね。なにも知らないまま、あちこちと動いています」

海の言い方が変だったのか、松山所長は笑った。

「浅田君は面白そうですね。とても楽しみにしています。浅田君にはこれからいろいろな仕事をしてもらうことになります。聞いていると思いますが、満洲里案内所は今大変なことになっていて、四人の優秀な職員に急遽来ていただくことになったのです。今日は嵐の前の静けさというところでしょうか。明日には新人四人が揃います。皆さんが揃ってから仕事の内容をお話しますので、今日は旅館に入って、ゆっくりと過ごしてください」

「ありがとうございます」

「浅田君たちが寝泊まりする旅館はこの先の三道街にあります。すぐ分かりますよ。朝晩の食事も用意してくれますし、ちゃんと和食ですよ。ただし、時折、支那風、満洲風、蒙古風、ロシア風もでてきますがね。旨いか旨くないかはお楽しみに。近頃内地では腹いっぱいになるまで食べることができないという風に聞いていますので、それを考えると文句は言えないですね」

「その通りです。朝晩食事が付いているだけでも夢のようです」

「それに、大きなお風呂もあるので、まずは旅の汗を流してください」

「お風呂があるのですか。嬉しいです」

そういえば、風呂の湯船につかったことは横浜を出てから一度もなかった。

「僕、本当はお風呂が大好きなのです。ありがとうございます」

湯船に身体全体を沈めた感触を想像し思わず、意味不明なことを口走った。

「本当に愉快な方ですね」

松山所長は終始笑顔を浮かべていた。海だけではなく四人の応援部隊が来ることが嬉しくてたまらないのだろうと思った。

三道街にある旅館はすぐに見つかった。旅館の主人は愛想のいい、日本語の達者な満洲人のようであった。主人は海のトランクを軽々と持ち上げ、二階の部屋に案内した。食事の場所と浴場を説明し、戻っていった。

部屋は畳の六畳間でとても清潔な感じであった。細い床の間（とこのま）のようなものがあり、水墨画の掛け軸が掛かっている。窓側には狭い縁があり、応接セットが置いてある。応接セットがあるからか、部屋には座卓がなく、おそらくすぐに布団が敷けるようになっているのだろう。いずれにしても畳の上で寝るのは数か月ぶりである。海はトランクを縁の端に置き、畳の上に大の字に横になった。

しばらくウトウトし、楽しみの風呂に行くことにした。浴場は一階の奥にあった。入口には表裏に男と女と書かれた札があったので、男を表にして入った。狭い脱衣所であったが風呂は案外広く、三、四人は一緒に入れそうだった。まずはヘチマに石鹸をつけ、体をごしごしと洗い、髪も幾度も洗った。そして誰も入っていない湯船に浸かり、足を伸ばした。まさに極楽だった。

風呂の後、同じく一階にある食堂へ行き、早めの夕食を取った。海にとってはまずは充分な晩御飯であった。白いご飯が全身を満足させた。

部屋に戻ると、布団が二人分敷かれていた。海は、この部屋を一人では贅沢だと思っていたのであまり驚かなかった。松山所長の言っていた優秀な新人四人のうち一人が同室となるのだろう。まだ満洲里に到着していないのだろうか。

海は浴衣に着替え、布団に大の字となった。やはり、畳の上、布団の上は極楽であった。海は食堂から持ってきた『旅行満洲』という雑誌を開き、読み始めたが、一頁も読まぬ間に寝てしまった。

部屋の扉を叩く音で海は眼を覚ました。

「失礼します。失礼します」と、声をかけている。旅館の主人の声ではない。

「どうぞ」

海は飛び起き扉を開けた。そこには三つ揃いの背広をきっちりと着た、品のいい若者が立っていた。

「はじめまして、郎佳慶と申します。同室の新人です」

日本語に訛りはほとんどないが、名前から察すると満洲人か中国人のようであった。

「どうぞ部屋に入ってください。もうお布団が敷いてありますが。荷物はここに。上着は脱いで楽にしてください。衣紋掛けはここにありますよ」

「ありがとうございます。どうぞお構いなく」

郎は恐縮して棒立ちしていた。頭のてっぺんから足の先まできっちりしていて、まさに真面目な秀才という面持ちをしている。海も戸惑いながら挨拶に応える。

「僕も新人で、今日ニューヨークから到着した浅田海といいます。どうぞよろしくお願いします」

六畳間に二組の布団が敷かれているので、足の踏み場がなく、二人は縁の応接セットに座った。

「私は奉天支店から来ました、郎佳慶と申します。ビューローに入職して三年目です。このたび満洲里案内所の緊急応援にやってきました」

「奉天支店からですか。満洲の方ですか？」

「はい、満洲人です。日本語は独学ですが、なんとか喋れます。昨年は半年間、内地研修勤務をしてきました」

「内地研修勤務というのがあるのですか」

「はい、光栄なことに指名され、東京の神田案内所で勤務していました。とても忙しい案内所でした」

「神田ですか。僕はビューロー二年目です。郎さんが一つ先輩になります。もともと横浜事務所で外国人旅行者の斡旋をしていました。この春、ニューヨーク事務所で紀元二千六百年記念式典参加の方々の輸送斡旋の応援をしていました。そして今度は満洲里です」

「ニューヨークから満洲里（マンチュウリ）ですか、長旅お疲れ様でした」

「マンチュウリ？」

「日本の方はマンシュウリと言うこともありますが、現地ではマンチュウリと言うのが普通なのです」

「そうなのですか。松山所長がマンチュウリ案内所と言っていたので、気になっていたのです」

「浅田さんにニューヨークの話や大陸横断鉄道、太平洋横断の話を聞きたいです。私は満洲と中国、日本しか知りませんので」

「僕もまずは郎さんに満洲国のこと、支那の大陸のことなど教えてもらいたいです。何も分からずに来てしまったものですから」

海は郎と気が合いそうだと感じた。

「郎さんお風呂は？　食事はまだですか？」

「はい、まだです」

「まずは浴衣に着替えて、お風呂と食事に行って来てください。その後いろいろとお話しましょう」

郎が浴衣に着替え部屋を出ていった後、海はまた布団に横になり『旅行満洲』を読み始めると、不覚にも寝入ってしまった。


翌朝、隣に寝ていた郎に起こされ目覚めた。

「やっぱり、長旅お疲れになったのでしょうね」

ニコニコと笑顔で声を掛けてくれた。海としては列車でも船でも熟睡できる自信があり、疲れていないと思っていたが、風呂に布団は、やはり日本人なのだろうか、長寝をしてしまった。久しぶりの風呂に布団でしたのでと言い訳しようかと思ったが、変なのでやめた。

二人は朝食をとると、部屋に戻って身支度を始めた。郎が寝押ししたズボンを布団の下から取り出すのを見て海は嬉しくなった。もちろん海も同様にズボンを引き出し、郎と顔を見合わせ笑った。

＊＊

二人で案内所に行くと、職員たちは開店の準備に忙しそうだった。声をかけるとすぐに奥の会議室に案内された。様々な資料が山積みにされている食堂兼倉庫兼会議室といったところのその部屋には、既に海と同年齢ぐらいの二人の若者が腰を掛けていた。ひとりは白人の若者だった。

「おはようございます」と声をかけながら同じように腰掛けると、扉が開き、松山所長ともう一人が会議室に入ってきた。

「皆さんそれぞれ長旅お疲れ様でした。緊急の招聘(しょうへい)でびっくりしている間もなく着任されたのではないでしょうか。まずは満洲里案内所への応援、ありがとうございます。私はもうすでにお会いしていますが、所長の松山繁之です。どうぞよろしくお願いします」

「よろしくお願いします」

四人は声を揃える。

「そしてこちらは、主任の上田浜次(はまじ)君です」

「上田です。どうぞよろしく」

「よろしくお願いします」

四人は緊張した声を出す。

「緊張しないでくださいね。これからは一緒に働く同僚です。本当は時間をかけて教育とか研修とかしなくてはならないのでしょうが、当案内所には今そんな余裕はありません。今日これから、業務に必要なことをお話しします。そして明日からは現場に出て実践してもらいます」

「はい」

ちょっと軍隊に入営したみたいだなと海は思った。緊張は解けなかった。

「後でゆっくりお話ししますが、この満洲里案内所は、ヨーロッパから欧亜連絡列車で来た方々の、ここからのご旅行の手配や予約などをすることが大きな仕事です。昨年あたりから少し異常事態になってきました。以前は英国人が多かったのですが、今ドイツ人が急増しています。多分ご存じだと思いますが、ナチス・ドイツに迫害を受けて国を追われたユダヤ人たちです。最初は人数もたいしたことなく、旅券もビザもしっかりあり、切符やバウチャーも持ち、お金もある人たちばかりだったのですが、今は着の身着のまま脱出してきた人たちが大半になり、その数も半端ではありません。とても今の陣容では対応することができなくなってしまいました。国境を預かる案内所としてはまさに緊急事態になっています。そこで、本社人事部、大連支部の人事部にお願いして、急遽、優秀な、特に語学に秀(ひい)でた若手を招聘したわけです」

松山所長は四人の顔を眺め、それぞれ視線を合わせながら一気に喋った。

「大雑把に言うとそういうわけです。まずは皆さんの自己紹介をお願いします」

松山所長は郎に口火を切るように促した。

「奉天支店より参りました、郎佳慶と申します。ビューローに入職三年目です。奉天支店では、主に満洲国内の関係機関との契約、手配、支那、日本への鉄道、船便の手配をしてきました。私は奉天生まれの奉天育ちの満洲人ですので、満洲語と支那語を話せます。英語は大学でしごかれました。日本語は独学です。昨年は半年間、内地研修勤務を東京の神田案内所でしてきました。日本語はなんとかなると思っています」

郎は完璧な日本語で自己紹介をした。海は不安になってきた。

「郎君は北京の国立精華大学を卒業し、ビューローに入職してくれた職員です。国立精華大学といえば、大陸全土から優秀な若者が集まる大学です。きっとその力を発揮してくれると思います」

やはり秀才だった。次に指名されたのは白人青年だった。

「私はニコライ・バンシチコフといいます。見ての通りのロシア人です。哈爾浜支店からやってきました。私も入職三年目です。日本語は大学と日本語学校で学びました。話すのは問題ありませんが、書くのはあまり得意ではありません。漢字は苦手です。私はまだ日本に行ったことがありません。私は哈爾浜生まれの哈爾浜育ちですが、欧亜連絡鉄道に乗って、モスクワやその先のヨーロッパの都市には行ったことがあります。ロシア語は任せて下さい。ドイツ語も少し話せます」

「ニコライは優秀なロシア人子弟が学ぶ、哈爾浜の哈爾浜法科大学を卒業してすぐにビューローに入ってくれた、貴重な存在です」

「哈爾浜支店では何を担当していたのですか」

郎が興味深そうに質問した。

「カウンター業務や手配業務、いろいろな業務を経験しました。この二年はロシア人やヨーロッパ人への営業や斡旋をしていました」

「ありがとう。この二人は満洲のビューローをこれから支えていく人材だと思っています。よく満洲里に来てくれました」

ニコライの生気あふれる姿は厳格なロシア青年という印象だが、人の良さも感じられた。次にもう一人の日本人が促された。

「私は細谷俊男と申します。内地の神戸営業所から来ました。神戸営業所では、神戸港に着く外国人旅行者の斡旋をしていました。私も入職三年目です。このたびの赴任命令は本当にびっくりしました。きっと赤紙が来た時でもこんなにびっくりしないのではというぐらい驚きました。しかし、いずれ大陸で大きな仕事をしたいと思いビューローに入職したので、とても嬉しく思っています。大学では支那語を専攻していました。満洲語も研究外国語として少し勉強しましたが、こちらに来て使ってみたもののあまり伝わらないようです。すみません。英語はなんとかなります」

細谷は背が低く物静かな文学青年という印象だったが、喋り始めると人が変わったようで、人懐こさもある人物に思えた。

「細谷君は大阪外国語学校を優秀な成績で卒業した支那語の達人と聞いています。期待しています」

最後に残った海は思わず立ち上がった。

「僕は浅田海です」

「浅田君、座ったままでいいですよ」

「すみません。僕は、私は浅田海といいます。カイは船が浮かぶ海という字です。私はビューロー二年目ですので、ひとりだけ後輩です。昨日、ニューヨーク事務所からこちらへ着任しました。ニューヨーク事務所で、紀元二千六百年記念式典参加の方々の輸送斡旋の応援をしていました。ニューヨークにいたといっても四カ月程です。もともとは横浜事務所で、外国人旅行者の斡旋をしていました。以上です」

「なかなか元気がいいね。浅田君は東京外国語学校独逸語科を……」

「優秀な成績ではなかったです。ただ、ドイツ語だけは一生懸命勉強しました。ニューヨークで分かりましたが、僕の英語も案外通用しました」

「なかなかのドイツ語の達人だと聞いています。しかも、ニューヨークでは紀元二千六百年記念式典の輸送斡旋の他に、ユダヤ難民輸送という大きな仕事の契約に頑張ったとも聞いています。ヨーロッパの事情に詳しいということなので、いろいろ教えてください」

「そんなことはありません」

海はこんな遠いところまで自分がしてきた仕事が伝わっていることに驚いた。きっと本社の人事部も、ユダヤ難民輸送業務の契約に関わっていることを知っていて、こんなむちゃな赴任命令を出しているのだろうと思った。

「ここからは研修です。必要と思われることは手張に書き留めておいてください。また質問は山ほどあると思いますが、少しずつ自由にしてください」

松山所長に引き継ぎ、上田主任が話し始めた。

「私も満洲里案内所に来て三年しか経っていないので、分からないことがまだまだたくさんありますが、お話しします。まず、満洲里ですが、郎君とニコライ君は知っていると思いますが、満洲国とソ連との国境の街です。満洲里駅より先はソ連領となり、シベリア鉄道ザバイカル線になります。満洲里は昔から蒙古貿易の窓口、ロシアとの交易、毛皮や呼倫(フルン)湖の水産物の輸出駅として利用されていて、多分、満洲最大の陸運交易の街と言っていいでしょう。ですから案外都会ですし、物は豊富にあります。そんな歴史があるのでロシア人や蒙古人が数多く住んでいますし、ロシア文化の香りが漂っています。日本にとっても重要な街なのでしょう。この街には、貿易商社や水産業などの日本の国策企業も結構ありますし、日本領事館もあります。ソ連領事館もドイツ領事館もあるところを見ると、国際的な街なのかもしれません」

四人は頷きながら手帳に書き込んでいる。

「ヨーロッパから来ると、満洲里は満洲国の入口の街です。簡単に言うと満洲里で入国手続をし、切符を買って満洲国鉄に乗り換え、満洲国内や上海、さらには日本へと行くことになります。そのお世話をするのが当案内所の大きな役割です。特に、週に二度来る欧亜連絡列車のお客に対応することが大仕事になります。もちろん、内地や満洲内の案内所と同じように、住民の旅行や日本企業の出張、日本からの旅行者のお世話も大きな仕事です」

松山所長が口をはさむ。

「今、ビューローは凄い勢いでこの大陸各地に拡大している。この満洲国内だけでも支店、案内所、出張所、駐在所、代理店など入れると三十近くもある。満洲里案内所はその一つになります。ビューローは大連にある満洲支部を拠点にして華北、華中、さらに蒙古にまで進出している。先日聞いた話では内地の本部従業員の数が千人ちょっと、満洲支部が千三百人くらいと、従業員の数では内地の本部をはるかに上回っている。今、内地の本部もこちらも職員の確保に困っている。内地ではとくに応召、入営で男子職員の確保が難しくなっているようだ。そんななかで、緊急事態とはいえ、よくぞこんな優秀な若手が満洲里案内所に集まってくれたものと感謝しています」

上田主任が話を続ける。

「ニコライ君が乗ったことがあると言っていた欧亜連絡鉄道は、昔も今も当案内所に大きく係わります。欧亜連絡列車は、明治四十五年というから今から三十年も前に、東京とヨーロッパ、つまりモスクワ、ベルリン、パリを一枚の切符で結ぶ鉄道だったのです。先の世界大戦やロシア革命で一時期無くなってしまった時期がありましたが、今は日本とヨーロッパを最速で結ぶ交通手段となっています。船旅でスエズ運河経由なら約一か月半、太平洋航路を使ってアメリカへ、北米横断鉄道を経由して大西洋航路のルートで行くと少しは短くなって、それでも一か月弱かかりました。ところがこの欧亜連絡列車を利用すると、東京からパリ、ロンドンは約二週間の行程で結ばれています。欧亜連絡列車のお蔭でヨーロッパはぐっと近くなったわけです」

「……」

四人は聞き入る。上田主任は立ち上がり、壁に貼られた日本からヨーロッパが描かれている地図を指で示していく。

「ルートは、東京から敦賀、そこから連絡船でウラジオストクへ、そこから満鉄で哈爾浜、そしてここ満洲里、国境を越え、シベリア鉄道のザバイカル線でチタ、ここでシベリア鉄道本線に乗り換え、モスクワ、さらにベルリン、パリ、ロンドンへと繋がっています。このルートが最速です。日本からは、下関から船で釜山(ふざん)、京城(けいじょう)、平壌(へいじょう)と朝鮮半島を通るルートもありますが、このルートも満鉄に乗り、哈爾浜から東清(とうしん)鉄道でここ満洲里を経由してシベリア鉄道に乗ることになります。いずれにしても、満洲里がまさに欧亜をつなぐ十字路であることが分かります」

「東清鉄道？」

　誰かがふと口にする。

「すまん、欧亜連絡鉄道の歴史を話すと、つい東清鉄道と言ってしまう。皆さんが哈爾浜から満洲里まで乗ってきた満洲国鉄の浜洲線、この鉄道線は昔、東清鉄道と呼ばれていました。満洲里から哈爾浜を経て綏芬河（すいふんが）へと続く路線と、哈爾浜から大連を経て旅順（りょじゅん）へと続く路線が東清鉄道と呼ばれ、当時のロシア帝国が建設した鉄道です」

「ロシアの鉄道だったのですか」

「ロシアはウラジオストクまで、満洲北部を横断する近道路線を建設したのでしょう。満洲国が建国されると、ソ連は満洲国を承認しなかったものの、東清鉄道は事実上の満洲国とソ連の合弁会社になり、北満鉄路という名前になったようです。その後、日本はソ連との衝突を避けるため鉄道の満洲国への売却を提案したのですが、両者の間でなかなか価格の折り合いが付かず、ようやく五年ほど前に北満鉄路全線を満洲国に売却し、満洲国鉄となったのです」

　上田主任はこの話が好きなのか、得意げに続ける。

「この交渉で面白い話があります。ソ連側の当初要求額は六億円以上、これは日本の国家予算の一割以上の額ですよ。これを一億四千万円にまで値下げさせ締結したそうです。大橋日本総領事の要請でそれを成し遂げたのは杉原千畝という外交官だったそうで、その頃この話を聞いて、我々は大いに溜飲を下げたものです」

「千畝!」

海は思わず声を上げてしまった。あの千畝だろうか。千畝という人はそんなことまでやっていた人なのだろうか。

「浅田君の知っている人かい」

「チウネとは珍しい名前ですが、センポと書きますか」

「そうそう、そんな字だったような気がします」

「その杉原千畝という人、いまリトアニアのカウナスという街の日本領事館の副領事です。ナチスのユダヤ人迫害でポーランドのユダヤ難民は逃げる場所がなくなり、多くの人がリトアニアに逃げ込んだようです。彼らはそこからシベリア鉄道を使い、日本へ行き、アメリカやパレスチナ、それぞれの目指す国に行く経路しか残されていないようで、日本領事館に日本の通過ビザを取ろうと、何千というユダヤ人が殺到しているのです。杉原千畝という人はユダヤ人の代表者と話し、通過ビザの発給を始めたのです。ちょうど僕がニューヨークを出発する頃の出来事です」

「同盟国ドイツとの関係もあるし、この時期、そう簡単には日本のビザは発給できないでしょう」

上田主任が海に質問をする。

「おそらく日本政府は良しとはしていないと思います。人道的な見地から独断で、ではないでしょうか」

「日本には腹の据わった凄い外交官がいるのだね。さすが、東清鉄道の無茶な交渉を成し遂げた人だ。そうすると、ポーランドのユダヤ人もこの満洲里に殺到するのだろうか」

今度は松山所長が心配そうに海に尋ねる。

「その可能性もありますが、彼らの多くはシベリア鉄道本線でウラジオストクへ向かい、敦賀に上陸するルートを取るようです」

上田主任が今度は怪訝な顔を海に向けた。

「すみません。余計なことを喋りました。実は……」

海はニューヨークでの出来事をみんなに話しておいた方がいいと思い、概略を話した。

「それでそんなに詳しいのか。我々もかなりの情報を集めているつもりだったか、浅田君の情報はユダヤ人の情報網のもので信憑性が高いようだ。また、時間ができたらこの件で情報交換会議をしよう」

一服しようと上田主任はお茶を用意し始め、四人は慌ててその手伝いをした。

「話を東清鉄道に戻すと、そんな経過で我が満洲国の国有鉄道となったが、知っての通り経営は満鉄に委託されている。鉄道好きは皆知っているが、ケージ、つまり軌間もそれまではシベリア鉄道と同じ広軌の千五百二十ミリだったが、今は満鉄に合わせて標準軌の千四百三十五ミリに改軌されたんだ」

嬉しそうに解説する上田主任は、どうやら大の鉄道好きのようだった。

「これから幾度も見ることになるが、従って直接列車の乗り入れは出来ない。満洲里駅ではホームを挟んで、シベリア鉄道の列車と満鉄の列車が向かい合って停まり、乗客は乗り換えることになる」

松山所長が、いよいよ本題に移るという口調で上田主任の話をさえぎる。

「この欧亜連絡鉄道に乗って満洲に入国する旅客は日本人も決して少なくないが、ほとんどがヨーロッパ人で、満洲への入国者の数は毎年千人程度、一回でやってくるのは二、三十人ほど、しかも上の方の政府の役人や軍人、貿易商などの金持ち、文化人などで、旅券もビザも、何より所持金も問題のないお客だった。それに英国人が多かった。もちろんヨーロッパのあらゆる国々からやって来るが、ほとんどの人が英語を話せた。つまり、案内所は今までの陣容で十分機能していたんだ。ところが二年前あたりからドイツ人が増え始める、ほとんどがユダヤ人のようだった。今年に入ってその勢いが止まらず、列車が満員で満洲里にやってくる。もともと、ユダヤ人は金持ちと相場が決まっていたが、徐々に服装なども貧しくなっていった。多分、着の身着のままで国を脱出してきたのだろう。しかも、旅券やビザも不備が多くなり、十分な所持金を持っていない人も増えてきた」

上田主任が話を引き取る。

「本案内所の役割は、満洲国に入国した人達の、その後の乗り物や宿の予約と手配だ。中には最終目的地までのしっかりしたトーマス・クックのバウチャーを持っているユダヤ人もいたが、今では目的地すら定かでない人が多い。ただ、この満洲国はユダヤ人には優しい国だ。哈爾浜などには大きなユダヤ人社会が作られている。また、その先には自由の地、上海もある。そんな状況でますます増えるだろうユダヤ人の斡旋をして行かなくてはならない。きっと彼らは命がけでこの満洲里まで来ているのだから。また、欧亜連絡鉄道だけではなく、不定期の列車や貨物列車などに乗ってやってくるユダヤ人たちもいる。彼らもビューローとしては見殺しにすることはできない。ドイツ語のできる浅田君、イワノフ君は忙しくなるだろう」

イワノフは「はい」と大きな声を出す。

「そういえば、皆はオトポール事件を知っていますか?」

松山所長が思い出したように言う。

「だいたいは知っています」

「私も一応知っています」

郎とイワノフが応えるが、海は聞いたこともない事件だった。日本の新聞には出ていなかったような気がする。細谷もキョトンとしている。

「オトポール事件というのは、一昨年の三月、オトポール駅で始まった事件のことだ。オトポール駅はソ連と満洲の国境にあるシベリア鉄道の終着駅、言ってみれば満洲里の次の駅だな。そのオトポール駅に十数人のユダヤ人が到着した。シベリア鉄道を貨物車に乗ってやってきたらしい。これから君たちもじっくり味わうことになるが、三月とはいえこの地域の寒さは半端ではない。ドイツやオーストリアから着の身着のまま脱出してきたユダヤ人たちはビザも無く、所持金も無く、満洲国の入国管理官に入国を拒否されてしまった。国境近くで野営し、食事も防寒服も満足になく凍死寸前の状況だった、しかも後続がいると言う。この時の満洲国の入国拒否は規則通りだったのだと思う。勿論、日本の同盟国であるナチス・ドイツに気を遣ったという側面もあったかもしれない」

「満洲国はなかなか厳しい国なのですね」

細谷が小さな声で口をはさむ。

「決してそんなことは無いのだが……。そんなユダヤ人たちを救ったのが、哈爾浜で関東軍特務機関長だった樋口季一郎(ひぐちきいちろう)少将だ。ユダヤ人協会から相談を受けた樋口少将はこの惨状を見かねて、翌日には、独断でユダヤ人に対し食事と衣類、燃料の配給、病人には薬を用意した。そして、膠着(こうちゃく)状態になっていたソ連出国、満洲国への入国も押し通した。それから友人だった満鉄の松岡洋右総裁に連絡を取り、満鉄の救援列車の出動を命じてもらい、臨時の救出列車が満洲里駅と哈爾浜駅を何往復もし、さらに彼らの上海租界まで手助けしたという。人道的にとても感動的な話だった。もちろん、当時我々は事情が呑み込めないまま斡旋の手伝いをした」

「松岡洋右！」

またしても海は声を出してしまった。ニューヨークで確かに聞いた名前だ。

「浅田君またか。松岡洋右は七月に外務大臣になった人で、特に満洲では誰でも知っている人ですよ」

「違うんです」

「何が違うんだい」

「さっき話した、ウラジオストク、敦賀からのユダヤ難民輸送業務の話。ドイツとの関係もあるし難しいとも思っていたのですが、ビューローは最後、高久専務が決裁されました。しかもその松岡大臣が承認してくれたらしいのです」

「さすがビューローだ。松岡洋右とはそういう人物なのかもしれないね」

松山所長は感慨深く言う。

「樋口少将はその後おとがめなしだったのですか」

細谷が興味深そうに丁寧に尋ねる。

「いや、その後結構大変だったのだよ。ユダヤ難民救済を知ったドイツ外務省は日本政府に猛抗議をしてきた。ドイツは同盟国であり、陸軍には親ドイツ派が多いらしい。しかし、日本の参謀長は、日本はドイツの属国に非ず、また満洲国も日本の属国に非ずと一蹴したらしい。どこまで本当か分からないが、この話はそれで終わったようだ」

「日本はなかなかやりますね」

細谷が少し嬉しそうに呟く。

「そもそも満洲国はれっきとした独立国だし、建国時より五族協和の理念をかざしている国だ。万民安居楽業も満洲国の理想で、もしかしたら最も人種や宗教による差別のない国かもしれない」

「五族協和？　万民安居楽業？」

また海が聞き慣れない言葉に反応すると、郎が多分、自分がただ一人の生粋の満洲人だという気持ちからだろう、皆を見渡し、松山所長の頷きを待って答える。

「五族とは満洲族、日本人、朝鮮族、蒙古族、漢族の五民族のことで、皆が協調して暮らせる国を建国から目指しています。また、万民安居楽業とは、全ての人の居場所があり、地位も安定して楽しく仕事できる国になる、という意味です。ロシア人も以前より数多いし、ユダヤ人に対しても建国時より入国を歓迎しています。たしかに人種による差別の無い国かもしれません」

「確かにそうかもしれませんね。それぞれの国の事情がどうあろうと、ビューローは何人であれ、旅する人のお世話をするのが仕事だ。ビューローの仕事に国籍や宗教や肌の色、目の色による差別などありようがない」

松山所長がとりあえずまとめた。

「さて、本案内所の業務だが、基本的には内地や満洲の案内所と同様である」

業務事項が書かれた紙が配られた。

「一、内外主要交通機関の切符売買。鉄道、汽船、航空、自動車、ホテルなどの切符を売ること。二、急行券、寝台券の予約売買。三、乗車船券類の配達。役所や大きな日本企業などには無料で配達しています。四、旅行日程、旅費概算の作成。五、団体旅行、請負旅行の引き受け。残念ながら本案内所にこの仕事は少ない。六、旅行保険の引受け。これはなかなか収入に貢献しています。七、遊覧券、旅館券、旅行小切手の発行。八、旅行案内書、地図、絵葉書、時間表、雑誌などの販売。これらは全案内所共通の業務です」

上田主任が紙を読みながら説明する。

「裏を見てください。本案内所で取り扱っている切符です。一、東亜遊覧券。日満支の各乗車券を一冊に綴じ込んだ便利な切符、鉄道も汽船も割引になる。二、内鮮満周遊券。経路は十五種類あり、自由に選択できる。三、内鮮満往復券。四、船車連絡切符。手荷物も自分で積み替える手数が要らない切符だ。五、旅館券。良い旅館が選ばれているし、茶代を置く心配もない。六、旅行券。満鉄の切符類一切、列車食堂、駅構内食堂、満鉄直営ホテルなどの料金支払いに使用することができる。七、旅行小切手。必要な時に各地ビューロー案内所、または指定銀行で現金に換えられる。なかなか便利な切符を売っているが、実はお客はよくは知らない。上手に説明して、もっとも最適な切符を案内予約してあげることが肝要だ。予約や手配は郎君の専門なので皆教えてもらうように。郎君はカウンターの後ろで皆が受けた切符を予約、発券してください。勿論あとで紹介しますが、小松田さんというベテランがいます。細谷君、浅田君、イワノフ君はお客の要望を聞き親切丁寧に心を込めて、しかも迅速に窓口業務をこなしてください」

「はい、分かりました」

「頑張ります」

「もうひとつ大きな仕事があります。欧亜連絡鉄道の添乗業務です」

「添乗？」

また海が声を出す。

「列車に乗客と共に乗り込み、お世話をする仕事です。満洲里から哈爾浜までの往復をしてもらいます。満鉄から委託された業務で、とても大切な業務です。大変ですがとても面白い仕事ですよ。詳しくは実際にお願いする時に説明しますね。だいたいの業務内容は分かりましたか。とにもかくにも実践が大切です。明日、欧亜連絡鉄道が満洲里駅に五時三十七分に到着します。そして、多くのユダヤ人をはじめとしたお客が本案内所に殺到します。様々な要望がありますが、それを上手に捌（さば）き、十五時三十分発の列車に乗り込ませてください」

「列車は定刻に着くのですか」

細谷が質問する。

「定刻に着くこともあれば、数時間遅れることもあるし、一日遅れることもあるし、来ないこともあります」

「そうなんですか」

「でも満鉄は時刻通りに運行される。また定刻通り着いたとしても、満洲里滞在時間内で次の行き先が決まらないお客もいる。ここに宿泊いただき、長期戦となることもある」

上田主任はちょっとやるせない感じで付け加えた。

「お疲れ様でした。一応ここまでにしよう。あと、小松田君と石田君は今仕事中だが、上田主任が紹介してくれます。質問は適宜(てきぎ)時間のありそうな人に聞いてください。今日はちょっと余裕のある日なので、この後は案内所の中の申込書や切符の場所とか確認しておいてください。そのあと満洲里駅に挨拶に行ってください。上田主任が案内します。それから、ちょっと離れているが、質屋さんにも挨拶に行っておいてください」

「質屋?」

また海は声を上げた。これからの仕事と質屋と、どんな関係があるのだろう。松山所長は海の言葉を無視して、四人に笑顔を見せながら。

「そうだ、明日は早いが、今夜四人の歓迎会をします。ビューローマンの掟(おきて)ですね」

＊＊

歓迎会の会場は、海たち四人の新人が滞在する旅館の食堂だった。その決して大きくはない食堂に松山所長と上田主任、先ほど案内所で紹介されたカウンター業務を仕切っている石田健さん、手配や発券など後方業務の責任者の小松田靖さん、そして四人の新人が参集した。テーブルには和食と中華料理が大皿に盛られ、交互に並んでいる。ビールも既に置かれていた。

「凄い豪華な食事ですね。内地ではこんな食事はもうお目にかかれません」

細谷が、決して贅沢な料理ではないがいっぱいに盛られた大皿を眺めながらぽつりと言った。

「内地はとても厳しい状況になっているのに、確かに申し訳ないと思うが、有り難いことにここ満洲里はまだ食べるものには困っていない。感謝しながら頂こう」

松山所長が少し神妙な顔をしながら言った。

「変なこと言うてすんませんでした」

細谷は立ち上がって直立不動となり、頭を下げた。慌てたのか関西弁が出る。海は、ニューヨークでの分厚い大きなビーフステーキを思い出し、いたたまれない気持ちになった。

「久しぶりの歓迎会だ。料理も並んでいるようなので早速始めよう。お互い、もう顔は分かったと思う。それではビールを注いでください。いいですか。細谷君、郎君、イワノフ君、浅田君、ようこそ満洲里案内所に。乾杯」

「乾杯」

全員が声を合わせる。ビールは冷えておらず生温かかったが、案外旨かった。松山所長はビールを一気に飲み干し、思い出したように新人四人に顔を向けた。

「忘れていました。案内所にはもう一人、鳥居益男君がいます。今日お話した当案内所の大切な業務、欧亜連絡列車の添乗中で、只今満洲里に向かっているところです。歓迎会に参加できないのは残念でしたが、明日改めて紹介します」

「所長、冷たいですよ。鳥居君も新人が来るのを楽しみにしていたのですから。でも、彼は今頃食堂車で旨いものを食べている頃かもしれませんね」

上田主任がビールを飲みながら嬉しそうに言った。

「上田主任、欧亜連絡列車の添乗業務はどないなことをするんですか？」

細谷が興味深そうに聞いた。

「そう焦らないで下さい、細谷君。今、添乗業務は私と鳥居君、石田君の三人で輪番でやっているが、君たちにもすぐにその輪番に加わってもらいます。満洲里駅から哈爾浜駅の往復乗務で、往路は哈爾浜到着後の手配や日本、上海などの案内。復路はシベリア鉄道の寝台席の割り当てなんかが業務かな。詳しくはお願いする時に。ただ、結構嬉しいのは、我々添乗員は往復とも一等寝台、三度の食事は食堂車が使えることだ。なかなか楽しみだろ」

「はい、分かりました」

細谷は納得したとは思えぬ表情で応えた。ちょっとはぐらかされた感じであったが、海にはなにか興味深い仕事のような気がしてきた。

「僕ちゃん、欧亜連絡列車の添乗、面白そうだろう?」

「あっ、はい。面白そうです」

この地でも僕ちゃんが登場してきた。怪訝な顔で所長を見る。所長は胸から紙切れを取り出す。

「怒らない、怒らない。実は、ニューヨーク事務所の所長さんから電報をもらった。極めて優秀なビューローマン、ドイツ語堪能、英語問題なし、旅客斡旋上々、今般のユダヤ難民輸送問題熟知、お役にたてると思料、愛称僕ちゃん、以上。素敵な所長さんだね。僕ちゃんもニューヨークでよく頑張ったということだな」

「僕ちゃんは勘弁してください」

「愛称があるのは素晴らしいことだよ。ユダヤ難民問題熟知のお墨付きは凄い。その真っ只中に来てしまいましたね」

「はい。僕に、いえ、私にできることは頑張ります」

「僕ちゃん、いい呼び名ですね」

イワノフが真顔で言うと、全員が声を出して笑う。

「海と呼んでください」

海は大きな声で皆に向かって宣言した。

「そういえば、満洲国は人種による差別の無い国だと言っていました。建国以来、ユダヤ人も数多く入国していると言っていましたが……」

細谷が姿勢を正した。ビールを飲み、料理に箸をつけていたが、気になっていたのだろう、関西弁を出さずに思い出したように口にした。

「満洲国は建国したのはいいが、国を作り上げていくには人だけでなく資本や技術が必要だ。満洲には資源もあり人もいるが、それを活かせる資本や技術は十分でない。勿論、日本が全面的に力を貸すが、それだけでは対応できないので、進んだ国からの支援は欠かすことができない。特に、世界中で活躍するユダヤ人の資本と技術は魅力的だった。多分、そんな背景で外国人を招き入れているのではないかな。そういう意味では五族協和の理想通り、人種差別などしていられないというところではないだろうか」

松山所長の話に頷きながら聞いていた郎が突然話し始める。

「皆さん、河豚計画というのを聞いたことありますか。十年ぐらい前から日本が進めてきたユダヤ難民の移住計画です。ヨーロッパでの差別や迫害から逃れたユダヤ人を満洲国に招き入れ、ユダヤ人の自治区を建設する計画だったようです。自治区というより、満洲ユダヤ国家を作ろうともしていたらしいですが。満洲国にユダヤ人を呼び寄せるという彼らの構想は、ユダヤ人が多くの資金や政治権力、それらを世界各地から獲得する能力みたいなものがあると確信していたからです」

今度はイワノフが口を開く。

「日露戦争で、多くのロシア人はそう思ってはいませんが、結果日本の勝利に終わったのは、ユダヤ人のお蔭だったということを日本の偉い人たちは覚えているのでしょうね。確か、ドイツ系ユダヤ人のアメリカの銀行家が日本政府に巨額を投資し、そのお金で日本は日露戦争に勝利できたと言われています」

「そうかもしれませんね」

松山所長が頷く。

「その河豚計画というのは上手く進んでいるのですか」

小松田が興味を示し、郎が真面目に応える。多分、精華大学ではこんな情報交換と議論をしていたのだろう。

「多くのユダヤ人たちが哈爾浜を中心に住みつき、ユダヤ人社会ができたことは事実です。また商売上手な彼らは、恐らく満洲国の経済に役立ち始めているようですが、ユダヤ人迫害をさらに推進するナチス・ドイツと日本の友好が深まるにつれて、形骸化していっているようです」

「なんで河豚計画というのですか？　変な計画名ですよね」

小松田がまた尋ねる。

「本当かどうか分かりませんが、日本の偉い人が、ユダヤ人の受け入れは日本にとって非常に有益だが、一歩間違えば破滅に繋がると考えたようです。つまり、非常に美味しいが猛毒に中(あた)ることもある河豚を料理するような計画、ということではないでしょうか」

郎は言い終わって、余計なことを言ってしまったと神妙な顔をした。場を和ませるように、松山所長が郎に尋ねる。

「河豚もいいけど、北京（ペキン）の本場北京ダックは美味しいだろうね。郎君、大学時代に食べましたか」

「大学の寮住まいの貧乏学生でしたが、一度だけ、北京の前門大街にある全聚徳（ぜんしゅとく）という有名なお店で北京ダックを食べました。世にも美味しい食べ物でした。満洲にも美味しい料理はたくさんありますが、やはり北京にはかないません」

「それは是非食べに行きたいものだね」

松山所長が嬉しそうに応える。

「北京に行って紫禁城を見て、万里の長城まで行き、北京ダックを食べる。一度作ってみたい団体旅行の旅程ですね」

海も旅行会社の職員らしい発言をする。

「満洲の人たちにも、日本人にも、ヨーロッパの人たちにも行ってもらいたい旅程ですね。でも、今北京は戦争で観光どころではないようです。私の卒業した精華大学も、一昨年、北京大学と一緒に長沙に移転してしまったそうです。学生も大変でしょうね」

「そうなんですか」

三年前から始まった支那事変、日本と中国との戦争は拡大するばかりだった。満洲は大きな影響を受けていないようであったが、大陸で起こる様々な出来事は他人事ではなかった。しかし、皆その深刻さはよく知っていたが、満洲ではあえて話題にしていなかった。

松山所長が無理やり話題を変えてきた。

「イワノフ君、ロシア料理はどうだい」

「はい、私はお母さんの作ったロシア料理が大好きです。でも、満洲料理も上海料理も日本料理も好きです。美味しいロシア料理屋は哈爾浜にいっぱいあります。ぜひ皆さん食べに行ってください」

「イワノフ君、結構美味しいロシア料理屋はこの満洲里にもあるよ。なんていったって、満洲里はロシアに一番近い街だし」

小松田が楽しそうに受け答えた。

「私は鉄道の食堂車で食べるのが大好きです。欧亜連絡列車でモスクワに行ったのも、両親の故郷であるモスクワを見たいというのもありましたが、食堂車でロシア料理を食べたかったからです。本当ですよ。ですから、休暇が取れると私は食堂車のある列車で旅行をします。満鉄はほぼ全線乗りました」

「ビューローには鉄道キチは沢山いるけど、食堂車キチとは珍しい趣味だね。それで、どの食堂車がいちばん美味しかったですか」

きっとイワノフ同様に、鉄道キチに違いない上田主任が興味深く尋ねる。

「勿論、超特急あじあ号の冷房のきいた食堂車で食べるビフテキです。あじあカクテルを飲みながら食べるのは最高でした」

イワノフはその光景を思い浮かべるようであった。

「あじあカクテルって何ですか？　僕もこの満洲里に着任する時に乗ってきたのですが」

海が話に加わる。

「えっ。海さんはあじあ号に乗ったのに、あじあカクテル、頂かなかったのですか」

「はい。食堂車には勿論行きましたが、つい親子丼を頼んでしまいました。あじあカクテルには気付かず、美しいロシア人ウェイトレスに見とれていました」

「あじあカクテルは、あじあ号の絶対外せない名物です。グリーンとスカーレットがあります。どちらもいけますが、やはりウォトカベースのグリーンが私の好みです」

「とても残念なことをしました。次乗る時は親子丼でなく、洋食とあじあカクテルを頼むことにします」

「ビフテキ、すっかりご無沙汰していますね」

黙々とビールを飲みながら大皿料理をつついていた石田が、料理をほおばりながら口を挟む。

「ニューヨーク事務所で開いていただいた歓迎会はビーフステーキでした。こんなに分厚くて、こんなに大きな」

海は手でステーキの厚さや大きさを表現した。

「やっぱりアメリカは凄いですね。そのビフテキ食べてみたいです。大学の頃、先生の多くはアメリカ留学帰りで、よくでかいステーキの話をしていました」

郎が真顔で言う。

「私はアメリカの大陸横断鉄道の食堂車でビフテキが食べてみたいです」

イワノフも合わせる。

「私も食べてみたいけど、こんな時期に食べ物の話をしていていいんかな」

細谷がまたぽつりと言う。その言葉で今の内地の食事情が感じられた。しかし、細谷はそう言いながらも箸の勢いは衰えていない。

「確かに。でも細谷君、よく食べて、よく飲んでいるよ。いいことだ」

「すんません」

話を変えようと、上田主任が今度はイワノフに尋ねる。

「イワノフ君は相当鉄道に乗るのが好きなようだね」

「はい。私のお父さんは鉄道技師です。モスクワから東清鉄道の建設や管理をするために哈爾浜に来ました。その後、ロシア革命で帰国することができず、そのまま哈爾浜に住みつきました。ですから、私は小さいときから鉄道の話を聞かされて育ちました」

「道理で鉄道に詳しいと思った」

「はい、鉄道に関係する仕事につきたくて、日本語も勉強し、ビューローに就職しました。ビューローに入ると鉄道にいっぱい乗れるので、とても嬉しかったです」

イワノフの話に驚いた。海と少し似た境遇であったからだ。とはいえ、帰る国を失ってしまった白系ロシア人の実情を垣間見てしまったことに動揺した。

「僕のおやじも日本の国鉄の技師です。僕は特に鉄道好きというわけではないですが、考えてみると鉄道も船も、乗り物に乗るのは苦にならないし、好きです。ビューローに入職したのも国鉄がらみだったかもしれません」

松山所長は頷きながら細谷に水を向ける。

「細谷君は何故ビューローに入ったのですか」

「私は大陸で大きな仕事をしてみたかったからです。だから支那語を勉強しました。英語と支那語がこれからは必要だと思ったのです。神戸に住んでいると世界中の人たちと出会いますが、彼らと互角に大陸で仕事をしたいと思ったからです」

「まずは希望通り、大陸にやってきたわけだ」

「はあ」

望んでいる仕事とはどうやら違いそうだったが、細谷は弱々しく頷いた。皆よく食べる。大皿の料理はいつの間にか少なくなっていた。気づけば、支那の老酒やロシアのウォトカの瓶もテーブルの上に載っている。皆手酌でどちらかの酒を注ぎ、嬉しそうに飲んでいる。酒に弱い人はいないようだった。

「強い酒を飲まないと、満洲の冬は越えられないよ」

小松田が言い訳のように言い、ウォトカを一気に飲み干す。

海は気になっていたことを誰ともなく質問した。

「この広い満洲国に、旅行社はビューローだけなのですか」

松山所長が、そうだなあという顔をしながら答える。

「内地の方はこのご時世でいつの間にかいっぱいあった旅行社は営業できなくなって、今は我がビューローだけになってしまったようだが、満洲には旅行社はたくさんあるようだ。実際、中国旅行社は各地に案内所を作っているし、トーマス・クック社も満鉄沿線にヨーロッパ行き旅客のための案内所がある。ワゴン・リ社は哈爾浜で旅行業を手広くやっている。もちろん、各地には怪しげなものまで含め、小さな旅行社がいっぱいあるようだ」

「競争ですね」

「そうだね、特にヨーロッパ人相手は競争しているかもしれない。日本人はやはりビューローだと思う。満洲の人々はそれぞれの街の旅行社を利用することもあるし、ビューローを利用していただくことも多い。でも、うちの案内所のように外地に来て商売をしている以上、どこかと競争していると思った方がいいね。勿論、商売は勝たなくてはならない」

「従って、我々はどんな国の、どんな人種の、どんな宗教の人々の旅も心から真摯に斡旋、奉仕しなくてはいけないということです」

「はい」

皆が決して元気な声ではないが、一斉に応える。

松山所長の言葉が締めになり、歓迎会は終わりに近付いていた。

＊＊

翌日、まだ陽の昇らぬ早朝から、新人四人は満洲里駅のホームでシベリア鉄道からやって来る欧亜連絡列車を待っていた。オーバーコートを持っていない海は下着を重ね着してきたが、まだ九月だというのに想像を越えた寒さだった。

満洲里駅の満洲人らしき駅手から、いつ到着するか分からないのでストーブのある駅舎の中で待つように促されたが、四人はそれを断り、ホームからソ連国境の方角を見つめた。シベリア鉄道本線からの分岐点であるチタ駅をほぼ定時に出発したとの電信を受けているらしい。そろそろ現れてもおかしくない。

六時過ぎ、朝もやの中から忽然（こつぜん）と、どす黒い鉄の塊が轟音とともにホームに進入してきた。間違いなくソ連の大地を走り続けてきた欧亜連絡列車である。その頃にはいつの間にか、満洲里駅の駅長、助役はじめ駅手が整列し、敬礼で列車を迎えていた。到着すると数人の満洲の入国管理官が乗り込む。いつの間にか四人の後ろに来ていた上田主任が教えてくれる。

「いま列車に乗り込んだのは満洲国外交部の入国管理官たち。まずはパスポート、つまり旅券の検査と満洲国の入国ビザの確認をする。以前はそんなことはなかったが、恐らく満洲の通過ビザを事前に取得している旅客はほとんどいないので、只今ひとり毎に発給中というところだ。救われるのは税関検査が楽なこと。ソ連へ入国する時は、それはそれは厳しいらしいが、満洲に入国する時の税関検査はほとんどない。それでも、列車から降りられるのは、あと二、三時間かかるよ」

「二、三時間もですか」

「多分、一等のお客から降りてくる。この人たちはユダヤ難民ではないどこかの国の役人か、金持ち商人だ。ユダヤ人であっても旅券、ビザ、バウチャー、所持金の問題ない人だと思うけど、まずはここから先の切符の引換や購入があるから、うちの案内所に誘導していく。慌てていない人はひとまず駅前の満洲里ホテルのレストランにご案内。これは駅手も手伝ってくれる」

「まず一等車のお客ですね」

「その後は二等車、三等車と続く。ここからが大変だ。多分、この列車もドイツやオーストリアのユダヤ難民でいっぱいだと思う。ここまで来て、なんとかソ連を通過できて今ホッとしているに違いないが、満洲里からの切符を持っていない人たちばかりだ。でも、我々ビューローにはどんな方々もお客だ。なんとか気持ちよく旅を続けられるようにしてあげましょう」

「はい」

四人は凍える身体の姿勢を正し、大きな声で返事をする。

「それでは、細谷君と郎君はここで旅客が降りてくるのを待って、案内所まで誘導してください。旅客の大きな荷物は駅手が次の列車に積み替えるので、皆手ぶらで来てもらうようにしてください」

「わかりました」

「浅田君とイワノフ君は案内所に戻って、全員に列車が到着した旨を伝え、開店準備をして下さい。そして、窓口に付いていてください。全員なんとか十五時三十分発の列車で哈爾浜に向かってくれるといいのだけれど」

海とイワノフは駆け足で案内所に向かった。駅にはまたいつの間にか、食べ物売りや様々な商品を抱えた人々、タクシーや辻馬車、人力車の車夫らが列車から降りる客を待ちかまえていた。その周りには警察官が立ち、ちょっと離れて、明らかに日本人と思われる幾人もの憲兵が直立し、眼を光らせている。ここ満洲里駅は国境の駅であることを思い起こさせる。

ビューローの案内所のカウンターは横に長く、四人で客に対応するようになっている。すでに待機していた石田、そして浅田とイワノフ、しばらくして案内所に戻ってきた上田主任の四人が配置された。皆、英語は問題なく、ロシア語はイワノフができ、ドイツ語は海とイワノフが対応することになる。石田は蒙古語ができるらしい。この街にはロシア人だけでなく蒙古人も多いからだ。後方で、切符の発券、入金の勘定、両替の処理、電話での予約などの業務には小松田と松山所長が入った。海はだんだんと怖くなってきた。こんなドキドキするのは初めてのような気がした。細谷と郎が早く戻って来てくれないかなとも思っていた。

列車到着から二時間ほど過ぎただろうか、突然、案内所の扉が開き、郎を先頭に外国人たちが入ってきた。人数は二十人程度に見えた。彼らは慌てている様子もなく、とても紳士的だった。郎と細谷が一組ずつ窓口へと誘導し、残った人たちは後ろの窓際に並んでいるベンチへ上手に誘導していた。これといった混乱もなく、窓口の業務が始まった。

海が最初に対応した外国人客はイギリス人夫妻だった。パスポートを確認し、英語でいけると思いホッとした。

「どちらまでいらっしゃいますか」

イギリス人の紳士は、二人のパスポートとともにトーマス・クック発行のバウチャーを示した。

「大連、上海と経由して香港までです。二人分のすべてのチケットは揃っているはずです」

満洲国の通過ビザも事前に取得しているし、中華民国のビザも取得してある。香港は英国領なので問題ない。トーマス・クックのバウチャーも正規のものである。

「ありがとうございます。全く問題はございません。少々お待ち下さい」

バウチャーを小松田に渡すと、小松田は即座に発券業務に取り掛かる。

「こちらは満洲里から哈爾浜までのチケットです。一等寝台がご用意されています。こちらは哈爾浜からは大連までのチケットです。特急あじあ号の一等車です。あじあ号は満洲の誇る最高の列車です。列車の旅を十分にお楽しみいただけます。そして、大連から上海までの船のチケットです。一等船室がご用意されています。上海から香港の船は、上海のジャパン・ツーリスト・ビューローか、トーマス・クックの案内所でチケットに引き換えてください」

「ありがとう。少しだけ満洲のお金が欲しいのだが、ポンドから両替出来ますか?」

「勿論です。おいくら両替いたしましょう」

イギリス紳士からポンド紙幣を受け取ると、受付書に金額を記入し後方に回す。すでに郎がそこに待機していて、紙幣を受け取りながら海に笑顔を見せた。

このイギリス人夫妻は両替が終わるとすぐに満足そうに案内所を出ていった。それほどの時間もかかっていないし、案外簡単にできそうだなと海は思った。

「浅田君、ちょっと交代してくれ、こちらのお客はドイツ語しか喋れないようだ」

上田主任がとなりの窓口から海に声をかける。明らかにドイツ人と分かる夫婦が窓口の向こうに立っている。

「はい、わかりました」

海は俊敏に上田主任と交代する。

「いらっしゃいませ。これからどちらにいらっしゃいますか」

ドイツ語で声をかけると、ドイツ人夫妻は笑顔を見せた。二人とも服装は高級なものを身につけているようであった。知的な職業に就いているドイツ人に見えた。

「パスポートを確認してもよろしいでしょうか」

二人のパスポートは確かにドイツのもので「J」のスタンプが押されていた。間違いなく国を追われてきたユダヤ人であった。しかし、ベルリンの満洲国公使館で発給された満洲国の通過ビザもあり、ハンブルグの日本領事館でとった日本の通過ビザをもち、さらにオーストラリアのビザも取得していた。

「オーストラリアに行かれるのですね」

「やっとソ連を抜けられて、今とても喜んでいます。私はハンブルグで病院を経営していた医者でしたが、全てを奪われました。しかし、メルボルンの病院から招聘状が送られてきて、それぞれのビザを取得することもできました。決して容易ではありませんでしたが、なんとかドイツを出国することが出来ました。どうかオーストラリアのメルボルンまでのチケットを用意してください」

「聞きにくいのですが、旅費は問題ありませんか」

「勿論です。米ドルでもドイツマルクでも支払うことが可能です。どうかふたりのチケットを作ってください」

おそらく大きな病院を経営していた立派なドクターであったに違いない。姿形はその風貌を残したままだか、へりくだって哀願する。ここに辿り着くまでに、ドイツ脱出、ソ連通過の中で、へりくだり頭を下げることが身についてしまったのだろう。

「どうか頭を上げてください。私どもは皆さまの旅のお手伝いをするのが仕事ですので」

ユダヤ人紳士は夫人とともに頭を下げ続けている。

「ありがとう。どうぞお願いします。出来たら一等か二等で。勿論、とれなければどんな席でもかまいません」

「かしこまりました。まずは日本までのチケットを作ります。どうぞ、あちらのベンチにお掛けになってお待ちください。声をお掛けいたしますので」

手配書に、パスポートに書かれた氏名と満洲里から哈爾浜、朝鮮経由の釜山、そして下関の行程を記入し、後方に回した。郎が受け取り、一応、大連経由長崎も調べてみますねと小声で海に言った。

窓口を受け持つ他の三人も何とか対応している様子だった。上田主任、石田はそれぞれ流暢な英語で、イワノフは英語とドイツ語を上手に操っていた。後方にいる郎と小松田、そして松山所長はバウチャーやチケットの発券、様々な貨幣の入出金、ときに電話で予約手配をしたりと、見ていても気の毒なほどの忙しさだった。

「また、ドイツ語オンリーのお客だ。浅田君、頼む」

隣の上田主任から声がかかる。

「分かりました。どうぞこちらへ」

次の客はドイツ人家族だった。夫婦に十歳ぐらいの女の子が母親に隠れるようにして立っていた。大人にとっても辛い長旅なのに、子供にとっては耐え難い旅だったに違いない。体半分しか見えない女の子は酷く顔色が悪かった。パスポートを受け取ると、やはりユダヤ人であることが分かった。この家族も、ベルリンの満洲国公使館で発給された満洲国の通過ビザがあり、目的地は上海ということで大きな問題はなかった。

「聞きにくいのですが、旅費は問題ありませんか」

「旅費は十分にありますのでご安心ください」

ユダヤ人紳士は自分の上着の胸をトントンとたたいた。

この家族には、満洲里から哈爾浜経由の大連までのチケット、勿論、満鉄の誇るあじあ号を手配依頼した。そして、上海までの船便も大連汽船を手配して渡した。上海は入域が簡単でビザも必要ない。外国人租界地があり、ユダヤ人の街もできているらしい。彼らは、自由都市上海を希望の地と思っている。三人分のチケットを手にしたこの家族は、全身に疲れの色は出ているものの暗さがなく、ソ連領内から抜け出たことで新天地はもう目の前だという喜びの表情を浮かべていた。

オーストラリアを目的地としていたユダヤ人夫妻のチケットも発券が完了したので、ベンチに静かに腰掛けていた夫妻に声をかけた。

「大変お待たせしました。こちらがチケットです」

海がチケットを一枚ずつ説明すると、夫妻は嬉しそうに頷いた。

「長崎は日本です。長崎に着いたら、またジャパン・ツーリスト・ビューローにお立ち寄りください。そこで、メルボルンまで行く相談をしてください。おそらく、神戸か横浜に行き、船を待ち、そこから船旅となります。日本には良いホテルも沢山ありますので、ご安心ください」

「ありがとう。ありがとう。ありがとう」

「こちらこそ、ありがとうございました。また、大変お待たせして申し訳ありませんでした。ここから先も気をつけて旅をお続け下さい」

海は日本流に深々と頭を下げた。カウンターを離れていくユダヤ紳士の、幾度も繰り返されるダンケシェが耳から離れなくなった。

気が付くと案内所の中は大混雑していた。窓際に並んでいるベンチに座りきれぬほど多くの人たちが、カウンターの向こう側にいた。そして、窓口で受け付けている客の後ろに整然と列ができている。

おそらく、二等三等の客が入国管理と税関検査を終え、順次案内所にやって来たのだろう。

「いよいよ戦争だ」

いつの間にか後方で采配していた上田主任は、客が日本語を解さないのをいいことに物騒なことを叫ぶ。

「上田主任、この時期不謹慎ですよ」

上田主任のいた窓口に入っていた細谷が真顔で諫(いさ)める。戦争の中から逃げてきた人たちの前で言う言葉ではない。

「次の方どうぞ」

海は英語で客を窓口に誘う。

「上海までのチケットを下さい」

ドイツ語だった。六十を越えた夫婦、疲れきっているようなのでそう見えたが、案外もっと若いのかもしれない。十七、八歳とみえる男と女の子供が二人の後ろに影のように立っている。二人とも無表情である。

「はい、かしこまりました。パスポートを拝見できますか」

パスポートを見るまでもなく、ドイツを脱出してきたユダヤ人一家であった。

「目的地は上海ですね」

「そうだ。上海まで四人分のチケットを」

苛だたしそうに男はそう言い、カウンターに金色の腕時計を置く。純金かどうかは分からないが、安物の腕時計には見えなかった。海は状況を把握できず固まる。

「あのう」

「私たちには金がない。ソ連で使い果たしてしまった。しかし、どうしても上海に行かなくてはならない。上海に行けば仲間たちがいっぱいいる。どうにかなる」

「旅費がないのですか」

「どうにかこの腕時計で、上海までの四人分のチケットを売ってくれ。これはスイス製の腕時計だ」

哀願というよりも脅しに感じた。ドイツ語はこういう場面には迫力があると海は余計なことを思った。海を睨みつける二人の子供の目は、男の目より険しかった。

「ちょ、ちょっと待ってください」

「どうにかこの腕時計で、上海までの四人分のチケットを売ってくれ」

男は同じ言葉を繰り返した。

その時、窓口の向こう側の待合で客の整理をしていた上田主任が、大きな声で英語を発していた。

「皆さん、旅費がお困りで質屋さんに行きたい方は申し出てください」

他のカウンターでも同様のことが起こったのだ。上田主任は何度か繰り返したが、反応がない。

「浅田君、ドイツ語で同じことを言ってください」

僕が、という顔を返したが、そんな顔をしている場合でもなかった。質屋のドイツ語、すぐには出てこない。しばらく考え、プァントハウスが思いついたが通じるだろうか。

「皆さん、旅費がお困りで質屋(ファントハウス)に行きたい方は申し出てください」

「浅田君、もっと大きな声で」

海は同じことを大きな声で繰り返した。すると、何組もの客が手を上げ、海の前に近付いてきた。

「この国にも質屋があるのですか。是非連れて行って下さい」

これからチケットを購入しようとしていた人たちの半分以上は同じようなことを言って、海の前に並んだ。

「質屋に行く人はこちらです」

上田主任が手を上げ、入口の扉に誘導した。

「細谷君、彼らを昨日行った質屋に連れて行って下さい。質屋は通訳いりません。万国共通ですから」

それで昨日の説明会の後、満洲里駅だけではなく質屋に挨拶に行ったのだ。その時は何の説明もなかったが、こういうことだったのか。その質屋は無愛想な支那人の経営する質屋であった。上田主任がひと言、この質屋が満洲里で一番信用できると言ったのを覚えている。赴任してきた我々がいずれ必要になるときが来るから、という意味だと思っていた。ユダヤ人と思われる客はぞろぞろと細谷のあとに従い、案内所を出て行った。

「石田君、イワノフ君、浅田君。ボーっとしていないで、窓口受付続けてください」

上田主任の厳しい声が飛んだ。


所持金に問題の無い客の対応が再開される。ほとんどがドイツ国籍のユダヤ人たちであった。夫婦ふたりが多かったが、家族連れもいる。ユダヤ人たちの多くは英語が分かるようであったが、ドイツ語しか話せない客は海が対応した。

休憩も食事も取らないまま時間が過ぎて行った。おそらく、欧亜連絡列車が到着した日は仕方がないのだろう。しかも、今までは応援の四人はいなかったのである。どのように対応していたのか想像もつかなかった。

いつしか、質屋に行った客がばらばらと戻り、それぞれのカウンターに並び始める。イワノフは英語とドイツ語で対応している。ときおり明らかなロシア語も聞こえてくる。ドイツ人でロシア語を解する人は案外多いらしい。「ドイツ語オンリーのお客」の声がかかると海が対応するというルールがいつの間にかでき、窓口での対応は上手く回り始めた。

ユダヤ人たちは全員が憔悴していたが、ソ連領を無事越えたことにホッとしているようでもあった。服装は男女とも一様によれよれではあったが、元は高級生地で仕立てられたものに見受けられたし、長いシベリア鉄道の旅の中でも清潔を保ってきたように感じられた。彼らは難民といえども、おそらくちゃんとした職業に就き、しっかりとした生活を送ってきた人々に違いないと、決して騒いだりせず静かに並んでいるユダヤ人たちを見て海は思った。

質屋から戻ってきたユダヤ人たちに、トーマス・クック社やソ連のインツーリストのバウチャーを持っている者はなかった。なんとかシベリア鉄道のチケットを手に入れ、満洲里まで辿りついた人たちだった。大切に身につけていた時計や宝石、ライターなどが無事お金になったようだった。ほとんどのユダヤ人は上海を目的地にしていた。哈爾浜までという人も何組かいた。皆口を揃え、そこにはユダヤ人の知人がいるのでなんとかなると言っていた。それは確信というよりも、自分に言い聞かせているようだった。

チケットを手渡すと、皆同じように幸せそうな顔をして「ダンケシェ」を繰り返した。なかには「これでナチスの魔の手から逃れられた」と低く呟くユダヤ人もいた。「良かったですね」と言ってよいのかどうか海には分からず、「ありがとうございました。ダンケシェーン」と日本語とドイツ語で言い、頭を深々と下げた。

十五時過ぎにやっと最後の客がチケットを握りしめ、駅へと向かった。おそらく六、七十名の客のチケットを作り、渡しただろう。カウンターの内側にいる人間たちは喋る気力すら残っておらず、疲労困憊（こんぱい）していた。まだ、後方業務を預かる小松田と郎は慌ただしく書類やチケットの断片、様々な国の金を整理している。

「良かったですね。全員が十五時半の列車に乗れそうで」

海は皆に向けて声を絞り出した。

「よくやった」

松山所長も、ちょっと感無量という声を出した。

「久しぶりですね。乗継の欧亜連絡列車の便に全員乗せることができたのは」

小松田が見慣れぬ紙幣を数えながら、淡々と言う。松山所長の気持ちが分かった。多分、新人の四人が来る前は大忙しどころか、乗継便に全員を乗せることができない事態が起こっていたのだと推測できた。

「鳥居さんは？」

海はふと、まだ挨拶をしていない欧亜連絡列車の添乗をしていた鳥居のことが気になって、松山所長を見た。

「鳥居君は連添だ」

「レンテン？」

海だけでなく新人三人も松山所長に視線を集める。

「今日はこの体制で連絡列車の初めての斡旋だったので、添乗の方の輪番が上手く調整できなかった。

そこで、鳥居君には折り返しでもう一本添乗してもらうことになった。連添、連続添乗ということだね。少し可哀そうだったかな。でも、旅客全員にしっかりしたチケットを渡せたから、業務は多分楽だよね、上田君」

話を振られた上田は一瞬困ったような顔をした。

「そうですね。たまに連添もいいですよね」

おそらく頓珍漢(とんちんかん)な言葉を返していた。

「皆、ご苦労さん。手を動かして。もう一息、小松田君の指示に従って、残った業務をしてください」

松山所長の厳しい声が飛んだ。

＊＊

海たちが鳥居の姿を見たのは数日後だった。窓口が空いている昼過ぎに、入口の扉から、この街では見かけそうもない派手な空色の制服と大げさな帽子を被り、重そうな革の鞄を持った日本人が入ってきた。

「おはようございます。ただ今戻りました」と大きな声で挨拶をした。新人四人は何が起こっているのか理解できずに、立ち上がり、茫然とその制服の日本人を見つめた。

「連添、お疲れ様」

松山所長が後方から大きな声をかける。上田主任、小松田、石田も「お疲れ様でした」と声を合わせる。新人四人は、この人が連絡列車の添乗をしていた鳥居だと理解した。

客がいないのをいいことに、四人はカウンターから出て鳥居を取り囲んだ。

「お疲れ様でした。お帰りなさい」

「ああ、君たちが優秀な応援部隊か。鳥居益夫です。どうぞよろしく」

「とてもハイカラな制服ですね。すごく恰好いいです」

細谷らしくないお世辞を言う。ちょっと派手すぎる、これを着て街中を歩くのはちょっとつらいかなと海は思ったが、列車の中では案外いいかもしれないとも思った。松山所長たちはニヤニヤしている。

「とてもお似合いですよ。本当に恰好いいです」

郎は心から言っているようだった。

「からかうのは堪忍して下さい。やっと慣れましたが、やっぱり街中を歩くのは今でも恥ずかしいですよ」

「そうなんですか」

「最初の頃は、駅から案内所までの途中で、子供たちが珍しがって寄って来るし、道行く人も見てはいけないものを見るようにちらちらと見るのですよ」

石田がいつの間にか鳥居の近くにやって来た。そして、新人四人に教えるように喋り出した。

「列車の中では何ともないけど、街を歩くのは本当に今でも気が重たい。実は、最初は背広を持ちこんで、着替えてから案内所に戻るようにしていたんだ。ところが、背広に着替えて帰るところを、たまたま案内所視察に来ていた満鉄の偉い旅客課長さんに見つかってしまい、えらく怒られた」

「どうしてですか？」

「この制服は、その旅客課長さんがフランス留学中、フランス国鉄の従業員の制服からヒントを得て作らせたご自慢のモノだったらしい。それからはこの制服で案内所から往復しなくてはならなくなったという次第さ」

「へえ」

四人はもう一度、鳥居の制服姿を舐めるようにして見た。

「この鞄には何が入っているのですか？」

イワノフは制服より持ち物に興味があるようだった。

「時間表と事務用品、それから着替え。それともうひとつ、バウチャーを作るタイプライターだ」

「タイプライターを持っていくのですか」

「今度はわしの番だ。君たちも輪番に入ったら詳しく説明しますね」

石田は鳥居から重そうな鞄を受け取り、鳥居と共に奥の会議室に入っていった。

＊＊

欧亜連絡列車は週二回、モスクワからのシベリア鉄道で、もう一方は哈爾浜からの浜洲線でやって来た。シベリア鉄道の乗客は、一等車にヨーロッパ各国の高級官僚や貿易商、日本人の軍人や官僚が乗っていたが、徐々にドイツやオーストリアなどのユダヤ人ばかりになっていった。そして、数も増えているようだった。彼らの服装も貧相なものになり、食事も十分にしていないのか、皆うつろな目をし、やつれ果てているように海には見えた。

連絡列車の到着時刻は大きく予定と違うことはあったが、しっかりと定期的に、満洲里駅のプラットホームに重そうな車体を横付けした。ビューローの案内所は四人の援軍を得て、これらの客に同じように対応していた。質屋へ案内する数は毎回増えるようであった。

半月ほど経ち、海たち新人もすっかりカウンター業務に慣れてきた頃、こんなユダヤ人客が増え始めた。

「ここからどちらにいらっしゃいますか？」

海は上品な顔立ちをしているが疲れ果てているユダヤ人女性に、丁寧にドイツ語で訪ねた。黒いコートに身を包み、まるで葬式の帰りのようだと思った。その後ろにはやはり黒いコートを着た少女が影のように立っていた。

「これを見てください」

女性は一枚の写真を取り出し、海に向けた。道路に無数の死体が横たわり、脇にハーケンクロイツの紋章を着けたナチスの軍人が、不敵な笑顔で立っている。何故こんな写真を持っているのだろうか。誰が撮った写真なのだろうか。

「玄関に軍靴で入ってきたドイツ兵が、父と夫を問答無用で銃殺して、泣き叫ぶ母を無理やり連れていきました。私とこの子はたまたま奥の部屋にいて助かりました」

泣きながら語りはじめる。海はどう応えていいか分からず、ただ写真を見続けた。

「訳も分からず逃げ出し、同じ境遇の人たちに助けてもらいながら何日も何日も逃げ続けました。気が付くと、シベリア鉄道に乗せてもらっていました。シベリア鉄道の中でも怖い目に幾度も遭いました。じっと耐え、やっとソ連の国境も越えました。神に感謝しています。上海まで行けば多くの同胞がいると聞いています。この子と上海まで二人分の切符を下さい。お願いします」

女性は泣き続けて海に哀願する。きっと、今まで対応してきたユダヤ人たちも同じような苦労をしてきたに違いないが、目をそむけたくなる写真と女性の悲痛な泣き声が、初めて海を動揺させた。

「かしこまりました、上海まで二名様ですね」

海は絞り出すように声を出し、次の言葉を言っていいかどうかを躊躇したが、唾を飲み込み尋ねた。

「聞きにくいのですが、旅費は問題ありませんか」

女性は応えず俯き、すすり泣いている。しばらくお互いの沈黙が続く。

「すみません、現金は持ち合わせていません。ここまで来る間で使い果たしてしまいました」

「大変だったのですね。申し上げにくいのですが、時計とか指輪とか、貴金属をお持ちでしたら質屋さんをご紹介します。皆さまがお持ちのお品は十分に切符代になるようですよ」

女性の泣き声が大きくなる。

「知っています。時計や宝石が旅費になることは。決して豊かな生活をしていたわけではないですが、逃げ出す時に、金目のものはできるだけ身に着けてきました。逃げる間に徐々になくなり、シベリア鉄道に乗った時は、結婚指輪と母の腕時計だけになっていました。これも隠し持っておけば良かったのですが、列車に乗り安心し、手に着けていたのが災いしました。列車の停まるたびに乗り込んでくるソ連の官憲に気付かれ、盗られてしまいました。私はまだ良かった方かもしれません。一緒に乗っていた青年は書類に不備があると言われ、列車から降ろされ、どこかに連れて行かれてしまいました。周りの人に聞くと、シベリアに送られたのではと言っていました」

海は声が出ない。でも仕事は続けなくてはいけない。

「それは大変な目に遭いましたね。とてもお気の毒です」

「本当にすみません。私たち親子は全くの無一文です。それでも何とか上海まで行かせてください。

お金は必ず後でお送りします。どうかお願いします」

海は自分の財布からお金を出して上海までの切符を手配しようかと一瞬思ったが、これから続々とやって来るユダヤ難民のことを考えると躊躇(ためら)った。

「しばらくお待ちください」

海は後方の松山所長に相談することにした。松山所長は事情を聞くと「これからもっと増えるだろうな」と呟き、大きなため息をついた。

「辛いけど、駅前のホテルの部屋を手配して泊まっていただくほか仕方ないですね。そして方策を考えましょう」

「方策があるのですか」

所長は答えず、窓口に戻るように指示する。

無一文の親子には、切符は渡せない旨を説明し、ホテルの案内をした。ホテル代すらないのにどうしたらいいのだろうと海は思ったが、所長の指示通りに進めるしかなかった。親子も落ち着きをとり戻し、ホテルへと向かった。

徐々に、現金や換金できる貴金属すら持たぬユダヤ難民の数が増えていった。想像もできぬ辛い目に遭いながら、やっとの思いで満洲里まで来たユダヤ難民たちに、どうにか目的地までの切符を渡したい海たちであったが、そういうわけにはいかなかった。

松山所長は、この現状を満鉄、さらに哈爾浜のユダヤ人協会、さらに奉天や大連のユダヤ人協会に訴え、なんとかお金の無いユダヤ難民を救ってくれないかと懇願していた。

海がそれを知ったのは、松山所長から電話を代わってくれないかと言われた時だった。

「浅田君、すまん、この電話代わってくれ。ドイツ語オンリーだ。大連のユダヤ人協会の偉いさんだ、丁寧にな。無一文のユダヤ難民が大量に来ているのでお力を貸してください、と言ってくれ」

「えっ、僕がですが」

電話は既につながっていて否応なかった。海はドイツ語で満洲里の事情を繰り返し説明した。先日の黒いコートを着た母娘の顔を思い浮かべ、彼らを助けて欲しいと訴え、電話に向かって幾度も頭を下げた。


数日後、松山所長は満鉄の旅客課長に哈爾浜まで呼び出された。足かけ三日の出張である。松山所長は案内所に戻ると、全員を招集した。

「大変忙しい中、出張で不在して、みんなに迷惑をかけて本当に申し訳なかった」

「満鉄が一体何の用だったのですか?」

所長の代理を務めていた上田主任がまずは尋ねた。

「聞いてくれ。旅客課長の話を聞いてきた。本日以降、無一文のユダヤ人にも、構わないので切符をどんどん渡してよいとの指示だった」

全員が仰天した。信じられない話だが、もしそうであれば多くのユダヤ難民は喜ぶだろう。

「支払いはどうするのですか？」

「彼らの名前だけ記録すればいいようだ。ただで切符を発行したユダヤ難民の名簿を哈爾浜と大連のビューロー支店に送る。それを各支店が現地のユダヤ人協会へ持っていけば、全員分の切符代を回収できるという仕組みだ。ユダヤ人協会もやっと動き出してくれたようだ。うちのそれぞれの支店の担当者とも打ち合わせをしてきた」

「所長、お疲れ様でした。ユダヤ難民の方々もひと安心ですね」

「ユダヤ人協会も大したものだが、この件、関東軍から、ユダヤ人を大事にしろと指示があったそうだ」

「そうだったんですか。でも、所長の粘り強い交渉が実ったわけですよね。さすがビューロー松山所長です」

「違う違う、私にはそんな力はないよ。でも良かった。ユダヤ難民も喜ぶに違いない。ユダヤ民族の結束の力だと思う。それに、これで切符がたくさん売れるわけだから、大いに喜ばしいことだ」

照れている松山所長の顔を見ながら、海は涙がこぼれそうで眼頭を押さえた。なんだか身の丈には合わぬ途轍もない、凄い仕事に携わっているのだと体が震えてきた。そして、とにかく嬉しいと感じた。

＊
＊

その後、予想していたようにユダヤ難民の数は増え、旅費を持たぬ難民も増えた。しかし、パスポートの名前を控え、切符を発行し、サインをもらうだけで彼らを目的地まで向かわせることができるようになった。質屋通いが減ってきた。今まで足止めされていたユダヤ人たちにも、それぞれの切符を渡すことができた。

ユダヤ難民の数が増加するなか、新たな問題が生まれていた。満洲国の通過ビザを持たぬユダヤ人たちがほとんどを占めてきたのである。到着した欧亜連絡列車に乗り込み、ビザを発給していた入国管理官が悲鳴を上げていた。ユダヤ人に対してはほとんど無条件にビザを発給していたが、それでも、到着して何時間たっても乗客たちがプラットホームに降りてこないということがしばしば起こった。

ある日、松山所長が満洲里の満洲国外交部に呼び出された。皆、今度は何事かと心配した。松山所長が案内所に夕方戻ってきた。閉店準備をしていたところだった。所長は全員を招集し、話し始めた。

「皆も気が付いているように、ここのところやって来るユダヤ難民の人たちはほとんど入満ビザを持っていない。仕方がないので入国時にビザを発給しているが、外交部だけではとても対応できなくなってきたということだ」

郎が不思議そうな顔をして、質問した。

「以前は何やかや言いながら満洲国のビザを持っていたのに、どうしてここのところは持たずにやってくるようになったのですか?」

「私もいろいろ聞いてみたところ、ドイツの駐ベルリン満洲国公使館の王替夫（おうたいふ）という外交官がこの春までいて、一万人以上のユダヤ難民に満洲国の通過ビザを発給していたらしい」

「凄いです。難しい条件なしで発給できるとはいえ、杉原千畝のような外交官が満洲国にもいたのですね」

「今までのユダヤ人たちは、この王替夫からもらった通過ビザを持っていたわけだが、王が配転でいなくなり、事情が変わったようだ。しかし、その後もシベリア鉄道の乗換駅、チタの満洲国領事館でも通過ビザを発給しているが、とても追いつかない状況らしい」

「そこでビューローへの依頼だ。入国管理業務、つまり通過ビザを外交部に成り代わって発給する業務だ。仕事が増えて申し訳ないが、断れなかった。断ったら、多くのユダヤ難民たちが入満出来なくなり、その先の道が閉ざされてしまう。ひとりでも多くのユダヤ難民を助けられればと決断した」

「大丈夫です。僕たちは頑張ります」

海が皆を代表するように元気に応える。

「ありがとう。なんだか綺麗事を言ってしまったが、ひとりでも多くのユダヤ人が入国ビザをもらえれば、切符がたくさん売れる。大いに喜ばしい」

松山所長は照れを隠すように笑顔を作った。

次の欧亜連絡列車から、ビューローが入国管理の仕事を手伝うようになった。海とイワノフが最初の当番になった。列車が到着すると、駅の改札口付近に机を並べ、税関の検査が終わった旅客から順に旅券をチェックし、名前を記帳し、満洲国のビザがない者には、何も聞かず無条件でビザの印を押し、それらしい署名をする。これで、彼らは満洲国に五日間滞在することができる。本当に、一国のビザを民間人の若造がこんな簡単に発給していいのだろうかと疑問に思ったが、ユダヤ難民たちは皆一様に感謝の言葉をくれた。それは儀礼的なものではなく、心からのものであることが伝わってきた。イワノフも黙々とその作業をこなし、旅券を丁寧に旅客に戻す。旅行者のお世話をすることが我々の喜びだという、自信に満ちた顔をしている。

最後に、本物の満洲国の入国管理官がビザの発行手数料を徴収する。この時も無一文のユダヤ人がいて少し滞るが、旅券番号と氏名を台帳に控えるだけで無事通過し、安堵した様子で満洲国に第一歩をしるす。そして、ほとんどの旅客はビューローの案内所へと向かう。

入国管理の業務が終了すると、海とイワノフは休む暇なく案内所に戻り、窓口業務を始める。ビザと旅費のことを心配せずに対応できるようになり、ひと頃よりも客の回転が速くなった。それは勿論、海たちがこの業務に慣れてきたことも大きい。

しかし、ユダヤ難民の人数は減らないし、ますます疲労の濃い人々を対応することになった。そして、彼らがどうして国を追われ、どのようにしてシベリア鉄道に乗ることができたのか、約二週間のシベリア鉄道での地獄を嫌でも聞くようになる。

案内所には時折、嬉しくない客がやってくる。日本の憲兵である。皆鋭い目つきをしている。そして、皆居丈高（いたけだか）な物言いで「怪しい人物は来ていないか」と言って帰っていく。怪しいといえば全員怪しいし、どんな人が怪しいのかを教えてくれなくては答えようがないが、対応した者は直立不動で「異常はありません」と答える。

イワノフが対応する時が少し面倒くさい。

「お前はビューローの職員か」

「はい、正規の職員です」

「お前はロシア人か、ソ連人か」

「いいえ、私は哈爾浜生まれ哈爾浜育ちの満洲人です」

「日本語は喋れるのか」

「はい、ただいま日本語を喋っているつもりであります」

すべて日本語でのやり取りなので、横で聞いている方は笑いを堪えるのがひと苦労であった。

＊＊

新人四人が業務に慣れてくると、休みは欧亜連絡列車の来ない日に順番に取るようになった。といっても、この満洲里で遊びに行くような場所はなさそうだった。それに日一日と寒くなってきた。海は休みの午後、一人で、まずは厚手の外套と、ハットならぬロシア人が好んで被る毛皮の帽子を買いに行くことにした。支那語の看板のある商店、ロシア語の看板のある商店が街には入り混じっていたが、どこも品物は豊富そうだった。ロシア語の看板の商店に入る。ニューヨークの帽子屋に入った時の緊張感はないが、大きな身体をしたロシア人の主人が目の前に現れると恐怖を感じた。しかし、その店の主人は意外にも流暢な日本語で声をかけてきた。

「いらっしゃい。ロシア帽をお探しでっか」

「ええ、暖かいロシア帽を探しています」

「これなどどうでっか？　日本の皆さんが言うロシア帽は、ロシア語ではウシャンカいいますねん。ここには最上のウシャンカがありまっせ」

ウシャンカ、つまりロシア帽は耳当てのついた毛皮の帽子だ。耳当ては寒くないときは上方へ折畳んで被り、寒いときは耳に当てる。

「これは最上品です。ウサギの皮でできたウシャンカでっせ。こちらと触って比べなはれ」

確かに勧められたウシャンカは柔らかく、軽く、暖かそうだった。

「確かに暖かそうですね。それではそれを下さい」

「おおきに。被っていきまっか?」

誰から日本語を習ったのだろう、時折混じる関西弁が変ではあったが、かえってこのロシアの大男の人の良さを感じたので、外套もここで買うことにした。食事以外で、満洲のお金を使うのは初めてだった。

それほど寒いわけではなかったが、買ったばかりの外套を羽織り、ウシャンカを被り、街をぶらぶら歩いた。時折人とすれ違い、時折自動車が通り過ぎて行き、のんびりと辻馬車が走り、大量の荷物を積んだ自転車がふらふらと海の脇を通り抜けて行く。

この街には中国料理店は勿論、蒙古料理店、ロシア料理店、日本食堂などが違和感なく肩を並べている。興味はないが、それぞれの酒が飲める夜の街もあるらしい。小奇麗な小さなロシア料理店が目に付いた。ロシアの家庭料理の店というところだろう。ウシャンカにはお似合いな店だなと入ってみることにした。テーブルが四つほど並べてある小さな店で、先客は誰もいなかった。

海が店に入ると、奥から若い女性が出迎えてくれた。

「いらっしゃい」

また、日本語である。日本人がそれほど来るのだろうか。窓際の席に案内され、メニューを渡される。メニューはロシア語なので全く分からない。

「何が食べたいか？　何が飲みたいか？」

女性をよく見ると、ふと日本人かなと思える清楚な可憐さがあった。まだ子供のようにも見えた。顔立ちは日本人に間違いないように思えたが、透き通るような白い肌は見たこともないものだった。それに、目鼻立ちがすっきりしていて均整のとれた小さな顔は、確かにロシア人の少女の顔立ちでもあった。海はつい見とれてしまった。

「何が食べたいか？　何が飲みたいか？」

片言の日本語はこのロシア女性には似合わないような気がした。ロシア語では受け答えできないので、英語で応えた。

「このお店のお勧めの料理と、ロシアのビールを下さい」

意外にも英語が通じた。

「かしこまりました。私は日本語より英語の方が得意です。英語は学校で学んでいますから」

「それは素晴らしい。私はロシア語が全く分かりませんが、英語は得意です。ドイツ語も得意ですが、英語で話しましょう」

「英語で話しましょう。料理は牛肉のストロガノフでいいですか。お店の一番人気です」

顔立ちは日本人のようであったが眼は真っ青で、それはまるで宝石のようだと、海は柄にもない感想を抱いた。しばらくして、ビールとコップが運ばれてきて、ビールの栓を抜くとコップに注いでくれた。

「とても親切ですね。ありがとうございます」

「どういたしまして。すぐにお料理を持ってきますね」

奥へ入ると、しばらくは出てこなかったが、ビールを飲み干した頃、料理皿を持ってくる。

「もう一本ビールを下さい」

「少々お待ち下さい」

ビールを持ってくるとまた注いでくれる。そして、横に立ち、海が食べ始めるのをじっと見ている。

「美味しいですか?」

今度は日本語で聞くので、日本語で答える。

「とても美味しいです。ロシア料理は大好きです」

「あなたはジャパン・ツーリスト・ビューローの方でしょ」

「どうして知っているのですか?」

「先日、哈爾浜に行くときに切符を買いに行きました」

「それは大切なお客様だ。ありがとうございます」

「あなたはちゃんとした日本人です。私に日本語を教えてください」

「どうして日本語を学びたいのですか」

日本語がもどかしいのか、急に英語に変わる。

「母と二人でこの店をやっています。二人ともロシア人ですが、ソ連には帰れません。今は満洲人です。一生懸命働いてお金をためています。将来、日本の神戸でロシア料理の店をやりたいからです」

「素晴らしいことですね」

「日本語を教えてもらいたいのだけれど、ここに来る日本人は悪い人が多い。あなたはちゃんとした日本人だと思います。日本語を是非教えてください」

「困ったな」

「私はユリヤといいます。あなたのお名前は」

「日本人の名前のようですね。僕は浅田海といいます。お客さんがいないので、前の椅子に座ってください。お客さんが来るまで日本語でお話しましょう」

次の客はなかなか来なかった。料理とビールを追加し、海はユリヤと日本語での会話を楽しんだ。

ユリヤは十九歳で、英語の専門学校に行っているということだった。日本語は独学で学んでいるが、ちっとも上手くならないという。この街に日本人は沢山いるが、母親から、この街の日本人は悪い人ばかりだから気を付けろと言われている。ビューローは日本を代表する立派な会社だから、いい日本人だと言ってくれた。

はじめはちょっと無理をして話に付き合っていたが、徐々に面白くなってきた。本当にユリヤに日本語を教えてもいいかなと思い始めたときに、数人の客が店内に入ってきて、つかの間の日本語教室は終了した。

翌週も海は一人でこのロシア料理店に足を運んだ。やはりその時間に客はいなかったが、店に入ると、小柄で太った中年の女性がにこやかに迎えた。体型はロシアの中年女性特有のものであったが、顔立ちは品があり均整がとれていた。すぐにユリヤも奥から出てきて、その女性は母であると海に紹介した。ユリヤも齢を経るとこのような体型になるのだろうかと、つまらぬ思いがよぎった。

この日も料理とビールを注文し、ユリヤとテーブルを挟んで、日本語で会話をした。

「どうして神戸を知っているのですか」

「亡くなったお父さんから聞きました」

「どうして神戸にお店を出したいのですか」

海は先週聞けなかったことをゆっくりとした日本語で尋ねた。

「私のお父さんの故郷です」

「えっ」

「私のお父さんは日本人です」

海は驚き、食べていた料理を喉に詰まらせた。ユリヤの肌は透き通るように白く、眼の色は青いのだからロシア人であることに間違いなかったが、確かに顔立ちは日本的であり、小柄で、漂う雰囲気には日本少女の可憐さがあった。

「それに神戸は、中国料理やフランス料理、ドイツ料理、イタリア料理、ロシア料理、世界の料理店がある街だと聞きました」

ここからは日本語と英語を混ぜた会話となったが、ユリヤの父は神戸の出身で、モスクワにロシア料理を修業しに来ていた日本人だった。街のロシア料理店で修業をしているときに、縁があってロシア貴族の家で料理人の下働きとなった。そこで同じく下働きをしていたユリヤの母親と知り合って結婚した。その後、ロシア革命で貴族が没落してしまう。しかし、親切だった貴族からいくばくかの金を渡され、夫婦二人でこの満洲里まで逃げて来た。そして、この小さなロシア料理店を開いたらしい。

「お父さんは、私がまだ小さい頃に病気で死にました。だから、お父さんから、ちゃんとした日本語を教えてもらっていません」

「……」

「この店のロシア料理を日本人は美味しいと言ってくれます。今はお母さんが作っていますが、多分、日本人のお父さんが作ったロシア料理だからだと思います」

今はいない父親のことを話すユリヤは、少し嬉しそうだった。

「だから神戸にロシア料理店を出したいと考えたのですね」

「それに神戸は、世界の料理店がある街だと聞きました。うちのお店のロシア料理は、きっと神戸の人も美味しいと言ってくれるはずです」

「確かに美味しいです。日本人の口に合うロシア料理なのかもしれませんね」

「私たちもそう思っています。絶対に神戸にお店を出したいです。お母さんも私もそれが夢です。だから日本語を話せるようになりたい」

「素敵な夢だと思います」

「神戸でのお店の名前は、ロシア料理ナカムラにします」

「ナカムラ?」

「はい、ロシア料理ナカムラです」

なんでナカムラ、と聞き返せずこの日は終わった。一生懸命日本語で話すユリヤを見つめながら、ユリヤにしっかりと日本語を教えたいと海は心から思った。思うと同時に、自分はたまたま満洲里に、おそらく短期間の応援で赴任してきた身であることを思い出していた。

週に一度は、新人四人で旅館の食堂の片隅で夕食後に酒を飲みかわすのが、いつの間にかの習慣になった。

ビールから始まり、支那の老酒とロシアのウォトカを、少しのつまみで飲むのが案外楽しかった。

「海さん、アメリカの話をしてください。ニューヨークは上海や東京をしのぐ大都会なのでしょ。絶対に行ってみたい。そのために英語を勉強したのだから」

郎はアメリカの話を聞くのが好きだった。

「海さん、アメリカの大陸横断鉄道の話をしてください。日本の燕号とどちらが速いですか」

イワノフは鉄道の話を聞きたがった。鉄道の話をする時はまるで子供のようだった。こんな他愛のない話が楽しかった。

「郎さん、北京はどんな街ですか?　満洲の街とは違うのですか?　支那の人たちは、この広大な国をどうしようと思っているのですか?」

細谷はこの大陸のことを知りたくてしょうがないという感じだった。何か大きな夢を抱いているようだったが、それはよく分からなかった。

＊
＊

海は聞かれたことに答えるが、自分から何かを聞き出そうとすることはなかった。ただ、国も民族も違う四人が日本語で、時に英語で酒を酌み交わしているのが楽しかった。

「満洲国はいい国ですね。こんな風に、いろいろな国の人が普通に喋れる国は案外ないと思う」

海らしくなく自分から話し始めた。

「日本にも変な差別が残っているし、自由の国アメリカも実をいうと凄い人種差別があった。黒人に対してだけでなく、ヒスパニックやネイティブ・アメリカン、我々アジア人に対しても、それにユダヤ人もその対象になっている。僕にとってはとても意外だった。ヨーロッパではユダヤ人が迫害されている」

「そうですね、と言いたいところですが、この四人は特別ですよ。満洲国もやっぱり差別だらけ、怒らないで下さいね。日本人が威張っている国ですよ」

「私たちロシア人は、差別しているのか、されているのかも分からない変な立場です。同じロシア人でも、白系ロシア人とソ連人は仲が悪い。でも、この国では日本人が一番偉いんだろうな」

「面倒な話になっちゃったね。僕の故郷の神戸は日本の中では珍しいほど外国人の多いところで、そういう意味ではあまり差別の無いところだけど、白人達は自分たちが上だと思っている人が多い」

「万民が平等というのは難しいことだね、きっと」

「満洲は今、まあまあ平和に感じるけど、いつまで続くのか不安だよ」

郎が今度は平和の話をし始めた。海は自分から投げた話がいけなかったのかなと少し後悔しながら、ウォトカを一気に喉に流し込んだ。

「ノモンハン事件、知っているよね」

政治通の郎が喋りはじめる。

「うん、だいたいは」

「名前だけは」

海は正直に答えた。

「去年、ノモンハンで起こった軍事衝突事件です。満洲国とモンゴルの国境で勃発した両国の警備隊の交戦をきっかけに、日本軍とソ連軍の大規模な戦闘に発展しました。数か月にわたって激突して、停戦協定を結んだらしい。ノモンハンはこの満洲里から百キロぐらい南に位置します。小松田さんはこの時、南の空で日ソの戦闘機が交戦するのが見えたと、いつだったか言っていました」

「そんな近いところで戦争があったのですか」

「なんで我が国とモンゴルの国境で日本軍とソ連軍が戦闘するのか、全く分からない」

郎は憮然(ぶぜん)とした表情でこの話を終えた。

ある時はこんな話題になった。

「今年のビューロー標語の一等入選、どんな標語か知っていますか？」

本部からの通達書面にしっかり目を通している郎が切り出した。

「さあ、ビューロー標語って何ですか?」

海は初めて聞く言葉だった。

「毎年この時期に朝礼で発表しているやつだよね。このご時世だから、どうせつまらん標語でしょ」

細谷が本当につまらなそうに答える。

「どんな標語なのですか?」

イワノフが郎をせっつく。

「銃をとる心で斡旋奉仕」

「なかなか力強い標語ですね」

イワノフは素直に評価したようだ。

「斡旋奉仕はいいけど、我々は銃などとらへんよ」と、細谷。

「銃をとる心、だよ」と、イワノフ。

「そんな心で斡旋奉仕したら、お客が怖がっちゃうんじゃないかな」

海も素直に感想を言う。

「皆、言葉に気を付けた方がいいですよ。どこで誰が聞いているか分からない。ビューローまでもが、こんな変てこな標語を作る時節ですから」

郎が言う。

「それも憲兵に聞かれたらまずいですよ」

四人は笑うが、本気では笑えない時節になってきたことを皆知っていた。同じビューローマンといいながら立場の違う四人の飲み会は危うさもあったが、海は素晴らしい仲間との集いだと感じていた。確かに軍靴の足音はあちらこちらから聞こえ始めているし、内地はもう臨戦態勢になっているようだ。それでも、この仲間との繋がりが続くことを祈った。

週に一度の四人の飲み会、それと、これも週に一度のロシア料理を食べながらのユリヤとの日本語会話教室が、海の満洲里での楽しみとなった。

* *

業務に慣れてくると、役所や日本の商社、水産会社などへ切符を届ける仕事もするようになった。十一月に入ると、海と細谷が欧亜連絡鉄道の添乗業務の輪番に加わった。派手な空色の制服と大げさな帽子を被ると、海は、案外着心地も良く特別な仕事ができそうな感じになり、決して恥ずかしいと思わなかったが、細谷はしきりに恥ずかしがっていた。引き継いだタイプライターの入った革の鞄に、ワイシャツと下着の着替えを入れて準備を整える。カウンターの多忙さは続いていたので、添乗業務は最初から一人であった。

往路は満洲里から哈爾浜まで、約二十四時間の添乗業務である。ユダヤ難民の世話が大変だったが、ほとんどは満洲里案内所で切符を買っていたので、たいしたことはなかった。一等車、二等車には日本人や他のヨーロッパの役人や貿易商などが乗っていた。それらの客への哈爾浜到着後の手配と、上海や朝鮮、日本の案内が主な仕事だった。必要に応じて、バウチャーを発行したり、客の希望を聞いて、電報で哈爾浜案内所へ手配を通知することもあった。

もうひとつ、面倒な仕事があった。乗客からシベリア沿線の情報、ロシアやヨーロッパの情勢などをさりげなく聞き出し、満鉄経由で関東軍に報告することであった。不審な乗客がいたら、下車後すぐに軍へ連絡することも言われていた。さすがにこんな間諜のような仕事は引き受けたくなかったが、極めて重要な仕事だからと釘を刺された。この添乗業務の輪番に郎やイワノフが入らなかった理由が分かった。

復路も乗客の世話が主な業務で、ヨーロッパ人の乗客と車掌や食堂車の給仕との間に入って通訳する仕事が多かった。シベリア鉄道やロシアの情報の案内も大切な仕事だったが、これは十分には案内できなかった。また、満洲里からシベリア鉄道の寝台席の割り当ても案外苦労の多い業務だった。添乗員の仕事を知っている乗客がいて、「良い席を頼む」、「車輪の上の方はうるさいから外してくれ」、「化粧室に近い席がいい」とか、要望を叶えるのは大変だった。しかし、この頃ヨーロッパへ向かう乗客は徐々に減っていた。

　列車は満鉄が二十年以上前にイギリスに発注した車輌で、最新式のあじあ号と比べると前世紀の遺物のように見えた。しかし、内装は意匠を凝らし、重厚感があった。室内は全て絨毯（じゅうたん）敷きで、化粧室も広々としており、欧亜連絡列車という名に恥じないものであった。食堂車も古いながら清潔感があった。洋食が中心だったが、朝食には和食が用意され、浅草海苔、大根おろし、玉子焼き、野菜の小鉢、味噌汁が付いていた。給仕は日本人女性とロシア人女性、満洲人のボーイで、皆流暢な日本語を話した。

　添乗員はこの食堂車で三度の食事をすることができ、一等寝台を利用することができたので、海は添乗業務が決して嫌ではなかった。仕事の無い時は、窓外のあまり変わらないとはいえ、日本とはどこか違う雄大な景色を見ているだけでも楽しいひと時だった。しかし、往復ともに海拉爾（ハイラル）付近になると約二時間の展望禁止措置がとられるのが興ざめであった。日本軍のソ連侵攻に備えた海拉爾（ハイラル）要塞があるためだ。ここに来ると、車掌とどこかの駅から乗り込んできた憲兵とともに全車両を巡回し、全ての鎧窓を閉めさせるのが大仕事であった。

　添乗業務に慣れた頃だった。いつものように満洲里から乗り込み、車掌や食堂車の人たちに挨拶をして、哈爾浜に向け走り出してしばらくしてから、一等車の乗客から順に「何か用事はないか」、「不便なことはないか」と、日本語、英語、ドイツ語と相手によって言語を使い分け、巡回を始めた。

最初の乗客はオーストリア人の老夫婦だった。

「何か御用がありますか」

「できれば、もう一枚ずつ毛布をお借りできませんか?」

「はい、喜んで。今お持ちしますね」

海が毛布を持ってくると、夫妻はとても喜び、話し始める。

「ドイツ語でお話しできるのは何週間ぶりでしょう。日本の方ですか、満洲の方ですか、ドイツ語がお上手ですね」

「日本人です」

老夫婦はユダヤ人ではなかったが、ドイツに併合されてからのオーストリアが住みづらく、アメリカに住む子供のところに行く途中のようだった。トーマス・クック社の発行した日本経由アメリカまでのバウチャーを持っていた。オーストリアでも地位のある富裕層であることは、話をする前から分かった。

とくに婦人が話し好きで、オーストリアでの暮らしが悪くなっていった様子、ナチス・ドイツの横暴さ、好きなオペラが見られなくなってしまったことなど面白おかしく話してくれた。婦人は溜まっていたものを吐き出したかったのだろう。海は頷きながら、話を聞いてあげるだけしかできないけど、少しは長い旅を続けてきたこの夫妻の役に立ったかもしれないなと思う一方、嫌とはいえ、関東軍に報告する話題ができたなとも思った。

次の一等寝台席には、二人の日本人紳士だった。二人とも鋭い眼をしていたので軍人かと思ったが、高級そうな三つ揃いの背広にきちんとネクタイをしており、声をかけると意外に優しい声が返ってきた。

「特別問題はありませんよ。シベリア鉄道より快適なようです」

「そうですか、ありがとうございます。シベリア鉄道の旅はいかがでしたか？　嫌な思いはされませんでしたか？」

「嫌な思い、というのはどんな意味かね」

「失礼いたしました、特別な意味はありません。お仕事のお帰りですか」

「そうだよ。貿易の仕事をしていて、久しぶりに日本に戻るところだ」

「それはお疲れ様でした。哈爾浜までご一緒しますので、何か御用がありましたら、お申し付けください」

「君はドイツ語ができるのかね。隣で、ドイツ語でいろいろ話しているようだったので」

「はい、ドイツ語と英語を少々話すことができます」

二人の紳士は目配せをして、もう行っていいよと手で合図した。

次の乗客は二人のイギリス人であった。いかにも外交官という印象を受けたが、その通りであった。回を重ねる毎に、海は国籍や職業を当てることができるようになった自分に驚いている。彼らは上海に行く途中であった。外交官なので余計なことは喋らないが、添乗員相手の気安さで、シベリア鉄道の様子やモスクワの街の様子などを、こちらから尋ねたわけでもないのに話してくれた。

こんな具合に、乗客の話を聞きながら車内を巡回するだけでも結構時間を費やす。その間にも、座席を変えてほしいとか、車掌から通訳をしてくれとかの仕事が入る。食事の時間には食堂車に待機し、乗客と給仕やボーイの間に入って世話をする。二等車、三等車にはユダヤ難民が溢れていたが、皆それぞれの目的地までの切符を手にし、落ち着いていた。切符の説明や乗り換えなどの説明をしながら、海はできるだけユダヤ人たちとのドイツ語での会話を心掛けた。それは決して、関東軍に報告する情報を集めるためではなく、疲れきっている彼らの話を出来るだけ聞いてあげることが、添乗員のできる唯一のことだと考え始めたからだ。話を頷きながら聞くだけで、彼らは「ダンケシェ」と笑顔を作った。

この添乗は追加手配の電報を途中の駅から打った位で、特に大きな事件もなく、列車もほぼ定刻通りに、巨大な哈爾浜駅のプラットホームに到着した。海は一等車の扉の外で乗客一人ひとりに手を貸し、挨拶をして送り出した。ほとんどの乗客が駅舎へと向かい、最後の乗客は、あの貿易商だという二人の日本人紳士だった。

「お疲れ様でございました」と、手を貸そうと思ったと同時に、海は一人の男に手を後ろ手にとられた。

「何をなさるのですか」

「貴様、間諜だな」

「間諜って」

「黙れ、列車中で各国の情報を集めていたことは分かっている」

「私らは陸軍の参謀だ。見逃すわけにはいかん」

二人の男は力ずくで海を引きずり、駅舎の中に入り、駅長室の隣にある会議室のようなところに連れ込んだ。海は何が起こっているのか分からず、どうしたらよいのかも見当がつかなかった。過去経験のしたことのない恐怖を感じた。無理やり椅子に座らされる。

「貴様は何者だ」

「ジャパン・ツーリスト・ビューロー満洲里案内所の浅田海です」

「ビューローの職員が何故、情報収集をしている」

「特別、何も」

「客から根掘り葉掘り聞き出していたな。それに、途中、何処かへ電報を打っていただろう」

「はい、哈爾浜案内所に切符の手配を依頼しただけです」

「これから陸軍の司令部に連行して、そこでゆっくり話を聞く。ここで静かに待っていろ」

海の体は硬直した、拷問を受けるのだろうか。そもそも、情報収集は関東軍の指示でしていることだ。それを言えば良かったが、とても言い出せる雰囲気ではなかった。

それから三十分ばかりが経った。見張りがいるわけではないので逃げ出そうかとも思ったが、逃げたら銃で撃たれるのではないかと悪い想像をした。そんなことを考えているとき、二人の男が部屋に入ってきた。

「浅田海、もういい。仕事に戻ってよい」

男の一人は居丈高にそれを言い、部屋を出ていった。

「哈爾浜駅助役の宇佐美です。浅田さん、大変ご迷惑をかけてすまなかった。彼らは内地の参謀で、こちらの事情が分からない方々だったようです。君たちの特殊な業務については十分説明しておきました。満洲里案内所の松山所長には電話で事情を説明しておきました」

「そうですか」

海はしばらく腰が抜けて動けなかった。助役自らがお茶を持ってきて勧めてくれた。

「助役さん、こんなことを言うと本当に殴られるのかもしれませんが、この関東軍に報告する業務、僕たちはやるべきではないと思います」

「そうですね、私もそう思っています。しかし、今この満洲では、関東軍の言うことが絶対なのです。分かってください」

「……」

「今日の件は、本気で浅田さんを間諜だと思ったわけではないと思いますよ。彼らは民間人のあなたが様々な外国人と話しているのが気に食わなかっただけですよ、きっと」

翌日、復路の仕事を務め案内所に戻ると、皆知っていて、からかわれた。四人の飲み会ではもっとからかわれるのだろうなと海は思った。

この事件以降も、窓口仕事とこの添乗業務は続いた。当初それなりに好きだった添乗業務は、少し嫌いになった。しかし、十二月の声を聞く頃、カウンターも添乗する列車も客は急に減ってきた。ユダヤ難民のドイツからの脱出が終わりを迎えてきたようだった。全員が脱出できたわけではなく、多くは捕まり収容所に送られていると、辛(から)くも脱出に成功し、満洲里まで辿りついたユダヤ難民が悲しそうに言っていた。

＊＊

内地では戦争の影が濃くなる一方の一年だったが、紀元二千六百年記念式典の各地での開催は、少し世の中に明るい話題を提供したようであった。その輸送斡旋のほとんどをビューローが手掛けたことが昭和十五年の大きな成果であった。

昭和十六年が迫り、年末を迎えるころ。海の耳に、敦賀港に続々とユダヤ難民が上陸しているという話が聞こえてきた。こちらの新聞にも小さいが記事になっている。海がニューヨークで手伝ったユダヤ難民輸送事業が着実に進んでいるようだった。

敦賀に上陸しているユダヤ人はポーランドから脱出してきたユダヤ人で、リトアニアで、あの杉原千畝副領事から日本の通過ビザを取得した人々のようだった。まだまだ、ナチス・ドイツからの迫害を受け、絶望の淵から日本に向けて厳しい逃亡をしている多くのユダヤ人がいた。

年末のある日、松山所長は所員全員を集めた。

「皆感じているように、ユダヤ人たちの訪満は峠を越して、以前の業務になってきました。いや、このところは以前より旅客数が減って来ています」

みな次に繋がる言葉は想像がついた。

「応援の細谷君、郎君、イワノフ君、浅田君、本当にお疲れ様でした。本当によくやってくれました。ちゃんと数えてはいませんが、数千人のユダヤ難民の方々の旅を手助けすることができました。心から感謝します」

「お疲れ様でした」

皆の声が揃う。

「本部から辞令が来ているので発表します。細谷君、神戸営業所に戻ります。神戸は今、戦争の影に脅えて、日本を脱出する日本在住の外国人で大忙しだそうです。もちろん、日本を経由して目的地に向かうユダヤ難民も数多くいるようです。またまた大変な業務になりそうですが、よろしくお願いします」

「はい、ありがとうございます」

細谷はちょっと残念そうな顔をしたが、元気に返事をした。

「郎君、大連支部、満洲ビューローの本部だ。ここで満洲ビューロー全体を見る仕事らしい。凄いね。郎君、頼みます」

「はい、ありがとうございます」

「浅田君、福井県の敦賀臨時駐在員事務所に引き続き応援。海君はまだまだユダヤ難民輸送からは逃げられそうもないね。海君だから出来る仕事だ」

「僕は敦賀ですか。は、はい、ありがとうございます」

海は一瞬、驚いたが、実は次こそ敦賀に発令されるのではないかという予感があった。

「以上だ」

「イワノフは？」

三人が声をそろえて尋ねる。

「イワノフ君は当案内所に正式に辞令が出ました。このまま案内所を守ってもらいたい」

「えっ、分かりました」

イワノフは何とも微妙な表情で答えた。

「それから、私もビューローの天津支店に転勤です。天津支店長の辞令を受けました。天津も世界中からやってきた人たちで大変なことになっている港町です。ビューローがお手伝いすることはたくさんありそうです」

「松山所長、ご栄転おめでとうございます」

「ありがとう。所長の後任は上田君がなります。彼なら、この国境の街の案内所長をしっかり務めてくれると思います」

全員が大きく頷いた。

「さあ、今日もしっかり仕事をして下さい。急ですが、仕事が終わったら、今夜は送別会をしましょう。浅田君は明日出発してもらうことになるので」

「えっ。明日ですか」

海が素っ頓狂な声を上げる。

「浅田君。本当に申し訳ない。敦賀に一刻も早く来てもらいたいとのことだ」

「……」

「海、送別会、盛大にやろうな」

イワノフが言い、細谷と郎も肩をたたく。

「送別会と、それに、ちょっと早いけど忘年会かな」

松山所長が心なしか、肩から重い荷物を下ろしたときのような、ホッとした顔をしながら付け加えた。


日常の業務が始まると、松山所長は海を会議室に呼び入れた。

「浅田君、本当にありがとう。とても感謝しています」

松山所長は海に向かって深々と頭を下げた。

「とんでもないです。こちらこそ、大変お世話になりました」

「明日出発とは無理を言ってすまない。君の応援を本当に急いでいるようで、断りきれなかった」

「いえ、大丈夫です」

海はもうすでに吹っ切れていた。ただ、ロシア料理店のユリヤの顔だけは見て、さよならを言いたいなと、それればかりが頭の中でぐるぐると回っていた。

「今日の明日で荷作りも大変だろうが」

「いえ、荷物は鞄ひとつですから」

ユリヤの顔が頭の中で点滅している一方、荷物はいいが帽子はハットを被っていくか、それともウシャンカを被っていくか、どうでもいいことが頭をかすめた。

「すまないが、最後の仕事をお願いします。敦賀までの切符は自分で手配発券してください。満洲里から哈爾浜はお手のものですよね。哈爾浜から新京へ、そこからは釜山行の直行列車がありますよ。

急行ひかりと急行のぞみです。夢のある名称ですね。ともにいい名称でしょう。乗るだけでいいことが起こりそうな列車名ですよね」

「ひかりにのぞみ、ですか。たしかに素敵な名称ですね」

海はすべてが急な話で現実感がなかったが、夢のある名称の急行に乗れそうだと、そこだけには反応した。

「新京からは、たったの二十八時間で釜山桟橋へ着きます。釜山からは八時間ぐらいの短い船旅で下関、内地になります。そこからは日本の鉄道の旅ですね」

「わかりました。早速手配します。福井県の敦賀までですね」

次の赴任地を嚙みしめるように言った。

今回もまた東京には寄れず、親父には会えそうもない。今度は、あじあ号に乗ったこと、欧亜連絡列車で添乗業務をしたこと、ひかりでものぞみでも、ともかく夢のある名称の急行に乗ったことを葉書に書いて、下関に着いたら投函しよう。内地なら必ず父親の手元に届くだろう。

《ユダヤ人の避難ルート(シベリア鉄道)》

III 一九四〇年 ◉冬◉ 敦賀——浦潮(ウラジオストク)

海が敦賀駅に降り立ったのは十二月も押し迫った頃であった。初めて訪れる日本海側の港町である。敦賀の街はもう冬であった。雪こそ積もってはいないが、空はどんよりと鉛色をしており、駅前の街路樹も皆冬支度を済ませているようであった。

駅前には商店が並び、案外大きな街に感じられたが、人通りは少ない。おそらく日本海から吹いているのだろう、決して強くはないが止むことのない風は冷たい。駅前を歩く人の姿も厚手のものを着こんでいる印象であった。

海は満洲里で買い求めた、皮でできた外套を着てきて良かったと思った。この寒さなら、ウシャンカも持ってくればよかったかなとも思った。満洲里出発の日、時間の無い中ユリヤの店に行った。食事する時間もなく、突然日本に戻ることになったこと。敦賀という町でしばらく仕事をすること。短い時間だったが二人の日本語教室はとても楽しかったこと。慌ただしく伝え、考えてみると何か記念になるものを渡したかったが、何も用意していないのに気付き、何も考えずに被ってきた毛皮のウシャンカを渡した。このウシャンカを買った日に見つけた店だったことを思い出したからだ。しかし、ロシアの若い女性に男物のウシャンカをあげても何にもならないとすぐに考えたが、ユリヤがそのウシャンカを大事そうに胸に抱きかかえているのを見て、なんとなくこれで良かったと納得した。

ユリヤは少しべそをかきながらも笑顔で、日本語を絞り出した。

「もっと日本語を勉強したかった。もっともっと」

「僕もだ。ゴメン」

「必ず日本に行く。神戸でロシア料理店をする」

「きっと夢は叶うよ」

「ツルガは神戸に近いか」

「日本は小さな国だから、どこも近いよ」

「よかった」

「私の名前、ユリヤ、ユリヤ・ナカムラ。忘れないね」

「えっ、ナカムラ」

中村という姓だったのか。海はこの時、初めてそれを聞いた。だから神戸で開く料理店の名前をナカムラにするのか。自分の鈍感さに呆れた。十九歳のロシア女性との別れに、海は胸が締め付けられた。

＊＊

敦賀の街は初めてであったが、欧亜国際連絡列車で満洲里と結ばれている街であり、何故だか、やっとたどり着いた街のような気がした。明治四十五年に、東京とヨーロッパを一枚の切符で結ぶ鉄道ができた。この敦賀駅から支線で伸びる、昔、金ヶ崎（かねがさき）駅と呼ばれた敦賀港駅が、日本国内の最終駅であった。ここから連絡船でウラジオストクに渡り、いよいよ朝鮮半島、哈爾浜、満洲里などを経由し、シベリア鉄道でヨーロッパに結ばれる。その満洲里から海は今、敦賀に到着した。

ビューローの敦賀臨時駐在員事務所は敦賀港に面した辺りに設置されたらしい。もうすでにウラジオストクからの連絡船を何回も迎え入れ、多忙を極めているに違いない。一刻も早く事務所に行かなくてはと海はトランクを持ち上げた。氣比（けひ）神宮を目指し、そこを越えて港に出ればすぐ分かると教えられていた。まずは駅前の道を進み、敦賀街道を右に曲がればいい。

駅前の道をまっすぐに進むと、太い道に繋がっていた。目立たないが案内看板があり、これが敦賀街道で、右に曲がれば氣比神宮である。海は曲がったとたん、声を出しそうになった。港の方から数十人の黒々とした人の群れがこちらに向かって来るのが見えた。

ゆっくりと、決して整列しているわけではないが、同じ速度で悠然とこちらに向かってくる。誰からの説明もいらない。海にははっきりと、それがユダヤ人たちの集団であることが分かった。満洲里の駅からビューローの案内所に向かって歩く、疲労感を全身にまとったユダヤ難民の人々の歩みと同じであった。

海は茫然と立ち竦む。トランクを道に置き、おそらく敦賀駅に向かっているであろうユダヤ人の集団を見つめた。先頭に、国鉄の制服か国民服かは分からないが、きちっとした服を着た日本人らしき人が無表情にゆっくりと先導している。おそらく国鉄職員か市役所の職員か、あるいはビューローの職員かもしれない。その後に顔を蔽（おお）い隠すような髭を生やし、小さな黒いお皿のような帽子を頭に着け、黒い外套をまとった三人の老人が続き、小さな子供の手を引く数名の塊があり、その後ろには、年配の男女が大小のトランクを重そうに手に持ち、整然とではなく、といって雑然とでもなく、ひと塊となって歩いている。服装は大部分の人は黒っぽい外套をまとっているが、中に数名の年老いた白髪の女性が、日本ではあまり見かけない真っ赤な外套を着ているのに違和感を覚えた。皆、疲労の色は濃く、如何（いか）にも空腹そうで、表情がほとんどない。よく見ると集団から離れた後方を制服の警察官が同じ歩調で、監視するという様子でもなく付いて歩いている。

　時折、住民とすれ違うが、彼らは決して好奇な視線は浴びせず、そのまま通り過ぎる。厄介なものに関わりたくないというよりも、もう慣れてしまった、よくある光景なのかもしれない。

　そんなときに、横の小路から中学生と思われる少年が、林檎（りんご）でいっぱいになった籠（かご）を両手に大事そうに抱え、早足で飛び出してきた。集団に追い付くと、先頭にいた、小さな黒いお皿のような帽子を頭に着けた老人に言葉もなく差し出した。海は何事が起ったのかと目を凝らした時に、あの小さな黒い帽子、キッパという名前だったと突然思い出した。ユダヤ教徒の男性が被る帽子である。欧亜連絡鉄道で添乗業務をしていた時、聖職者らしきユダヤ人からその名を教えてもらい、その時に「どうして頭から滑り落ちないのですか」と尋ねて笑われたのを思い出した。

集団は全員が足を止めた。老人は少年と林檎の入った籠を当惑したように見つめ、しばらくして懐中から財布らしきものを取り出した。少年を物売りだと思ったのだろう、少年は老人が財布からお金を取り出す前に籠を老人の足元に置き、頭を下げ、その籠から林檎をひとつ手に取り、近くにいた小さな子供に手渡すと、逃げるようにして来た道を引き返し、小路に消えた。

老人は困ったような笑顔を見せ、籠を持ち上げ、少し離れていた先導する日本人に「もらっていいものか」と身振りで尋ね、日本人も身振りで「どうぞ」と答えたのを確認すると、まず子供たちに林檎をひとつずつ手渡し食べるように言い、残りの林檎を大人たちに渡した。子供たちは、やはりお腹が空いていたのだろう、嬉しそうに食べ始めた。林檎を受け取った大人たちは、一口齧ると、後ろの人へと手渡していった。そして、また駅に向かって歩き始めた。

日本に帰ってきて良かった。やっぱり、日本人は捨てたものではないな、海はひとり言を呟いた。トランクを持ち上げ、港へと歩きだすと、何事もなかったかのように林檎を一口ずつ大切そうに食べながら歩を進めるユダヤ人の集団とすれ違った。早く、この出来事を誰かに話したかった。

＊
＊

ビューローの敦賀臨時駐在員事務所は欧亜国際連絡列車の日本国内の最終駅、敦賀港駅に隣接した国鉄の小さな建物の中にあった。海は身じまいを正し、ネクタイを改め、外套を脱ぎ、建物に入り、一番奥の物置のような部屋の扉を開けた。

新しい職場は暗くどんよりとした空気が流れる狭い部屋だった。中央に作業机が置かれ、電話機が二台並んでいる。奥の片隅に、部屋に似合わない大きな金庫が置かれていた。

部屋に入ると、四人の男性が椅子から立ち上がり、海を迎えた。

「浅田君ですか?」

海が名乗る前に、四人の内、一番年配と思われる男が問いかけてきた。

「はい。只今、満洲国満洲里案内所から着任いたしました、浅田海です。どうぞよろしくお願いします」

海はいつも通り、丁寧に挨拶をして頭を深く下げた。暗い室内ではあったが、四人の男性は皆笑顔で迎えてくれ、明るい気持ちになった。よく見ると、皆一様に若い。最初に声を掛けてくれた男性以外は海と同じくらいの年齢に見えた。

「長旅お疲れ様でした。狭いところですが、まずはお掛け下さい。椅子は人数分ありますから」

「ありがとうございます」

海は深呼吸をして、近くの椅子を引き寄せ座った。

「お疲れのところ、まずは宿屋に入ってゆっくりお風呂にでも浸かってくださいい、と言いたいところなのですが、明日午後には船が出ます。五人が揃うことは滅多にないので、これから業務の話をしていいでしょうか。本当に申し訳ないのですが」

本当に申し訳なさそうに頭を下げる。

「申し遅れました、私は所長でも何でもないのですが、とりあえずの責任者をしています、小川修三と申します。ちょっと皆より職歴が長いだけですが。京都駅の案内所に籍を置いています。今は主に、本社の外人旅行部とのやり取り、国鉄とのやり取り、銀行とのやり取り、皆さんのお給料の計算など、陸の仕事をしています」

「陸の仕事？」

「海の仕事ではなく陸の仕事、駐在業務です。こちらが鈴本勝利君、一緒に陸の仕事をしています」

「鈴本です。何度か乗船業務もしましたが、基本的には駐在業務を担当しています。入職三年目、まだまだビューローのことが分からないままに敦賀駐在しています」

海の先輩のようだが、見た目はまだ学生のような初々しさを感じた。

「それから、こちらが迫田辰也君、入職三年目。英語の達人。青山学院仕込みのイングリッシュ。主に乗船業務をお願いしています。もう何回往復した？」

小川は迫田に顔を向けた。

「えー、何回でしょう。なんだかずっと船に乗っているみたいですよ。浅田君、心待ちにしていました、迫田です。この業務、英語だけではとても勤まりません。浅田君の語学の力、是非貸してください」

端正な凛々しい顔立ちで、眼鏡の奥で光る瞳が美しく感じた。誠実さが身体全体から伝わってきた。

「役に立つといいのですが……」

「もう一人、ずっと乗船勤務をやっていました、兪容世君。兪君は浅田君と同期ですよ。やはり語学が得意なビューローマンですが、浅田君と入れ替わりになり、下関案内所に戻ります。英語だけではなく当たり前ですが朝鮮語も話せるので、下関では大変困っているようで、どうしても戻ってきて欲しいようです。とはいっても、しばらく陸の仕事をしてもらって、帰任は年明けにしてもらいます」

ビューローは内地でも日本人に拘らずに職員採用していたのだと、海は初めて知った。同期にもちゃんといたんだと、ちょっと感激した。

「兪さんは同期ですか、どうぞよろしくお願いします」

兪は爽やかな笑顔で頷き、嬉しそうな顔をした。

「皆、精鋭の応援部隊です。少ない人数ですが、そして、この臨時駐在員事務所の仕事がいつまで続くのか分かりませんが、なかなか経験できない貴重な業務なので、誠心誠意やり遂げましょう」

小川はなんだかとても嬉しそうな顔をして、全員の顔を見渡し立ち上がった。

小川は金庫の上に置いてあった書類の束を抱え、皆が囲む作業机の上に大きな音を立てて置いた。

「浅田君は遠い満洲から着いたばかりだし、迫田君と兪君は今朝、陸に上がったばかりで、皆とても疲れていると思いますが、船は明日、予定通り出港するので、業務打ち合わせと準備をしてしまいましょう」

海は姿勢を正し、緊張した。

「浅田君、本当に申し訳ありませんが、明日から乗船業務、添乗お願いすることができますか？」

「は、はい」

海は予想していたこととはいえ、着任した翌日から添乗業務が始まるとは思っていなかったので、驚きを隠せず、立ち上がって大きな声で返事をした。皆、その様子を見て噴き出した。

「緊張しなくていいですよ。大変な業務ですが、浅田君であれば問題ありませんよ。船は大丈夫ですよね？」

「はっ。僕は、私は乗り物が大好きで、船も大丈夫です。自信あります。太平洋も東支那海も経験しました」

「頼もしいですね。でも、太平洋横断とは凄い経験をしていますね。羨ましいな」

緊張する海の気持ちを和らげるように迫田が言う。

「浅田君、我々にとっては添乗ですが、乗船勤務にあたっては、天草丸(あまくさまる)のアシスタント・パーサーという待遇になります。つまり、正式な船員です。これが船員手帳ですので目を通しておいて下さい。

乗船時には必ず携行して下さい。明日からはしばらく迫田君と一緒に添乗してもらいますが、船員服も用意してありますので明日から着用して下さい。なかなか恰好のいい制服ですよ」

　小川は淡々と説明をする。

「アシスタント・パーサー、なんかいいですね。ありがとうございます。迫田先輩、足手まといにならないよう頑張りますので、よろしくお願いします」

　大事そうに船員手帳を受け取り、内ポケットにしまった。制服は、いい思い出ばかりではない欧亜連絡列車の添乗以来だが、どんなものなのだろうと頭の中で想像した。

　小川は書類を皆の前に広げる。英文でタイプされたリストである。これがニューヨーク事務所で作成され、打電してきたユダヤ難民のリストに違いない。タイプライターを打ち続けるヘレンの姿が遠い昔のように思い出されたが、それは決して昔の話ではなく、今現在もヘレンは軽やかな音を立ててタイプライターを打っているに違いない。

「浅田君には初めてのリストですが、これは日本に向かっているユダヤ人のリストで、氏名と送金額が書いてあります。ニューヨーク事務所から電報で送られてきたものを本店外人旅行部がまとめて送ってきたものです。浅田君はニューヨーク事務所でこの仕事に携わっていたとのことなので、我々よりよく分かっていますね」

「は、はい」

海は何と答えていいか分からず、小さな声で返事をし、頷くばかりであった。

「前回リストまでに残っている人たちがこの三枚、新しく送られてきた氏名がこの四枚です。何とか、迫田君と浅田君とで、船中で該当者に送金引換証を渡してくれると助かります。チェックしきれなかった人は下船時に私と鈴本君、今回は兪君で対応します。勿論、三人で、送金引換証と交換で日本円の見せ金を入国審査の前に間違いなく渡します」

「見せ金?」

海はいつもの調子で声を出す。

「日本入国時に必要なお金で、ニューヨークから送金されたものです。入国管理官に対する見せ金という意味です。米国ユダヤ人協会からのお金、日本円二百五十円の入った封筒を渡します。中には、家族や親戚からもっと多くのお金が送金されている人もいますので、リストに従って封筒を作ります」

「そうだ。見せ金ですね」

海はニューヨークでのやりとりを思い出し、ひとり言のように呟く。

「外国人が日本に入国するには、正式なパスポートと日本のビザ、それと、通過ビザの場合は二百五十円、日本に滞在を目的とする者は千五百円見当の見せ金を示さなくてはならないことになっています。通過ビザの場合は、日本出国後に受け入れる国のビザもいる。だんだん、このすべてを揃えていない人が増えてきています。私たちができるのはこの見せ金をお渡しすること。そして、無事日本に入国できたら、神戸や横浜までの列車を用意することだけです。それだけでも大変なことですが。現金はリストに従って、天草丸が敦賀に戻ってくるまでに、鈴本君たちとちゃんと準備しておきます」

「よろしくお願いします」

海は十分に業務の流れが分からないまま、素直に頷いた。

「おそらく、次の船も五百人を超えると思いますが、予定通りの時間に敦賀に戻ってきたら、敦賀港駅からの汽車になります。下船してそのまま列車に誘導して、敦賀、米原（まいばら）、そこで二手に分かれ神戸、横浜へという段取りです。あとはビューローの神戸営業所、横浜事務所の仕事です。鈴本君、国鉄との確認をお願いします。この列車に間に合わなかった場合の次の列車の便、宿泊可能な宿なども一応まとめておいてください」

「考えてみると一週間後のことですが、定刻で戻れれば、敦賀駅まで歩いてもらったり、宿泊してもらったりしなくて済みますね。祈るばかりです」

迫田がおどけて言う。

「天草丸の運航予定を確認します。明日、土曜日十六時、敦賀港出港、二日後、月曜十時にウラジオストク到着、二泊繫留、水曜十二時、ユダヤ人の皆さんに乗船いただいてウラジオストク出港、金曜六時、敦賀港戻りです。天気は往路がちょっと心配です。ここのところは大体予定通りで運航されているので、今回もそうだといいのですが」

海は頭の中で、乗船時間を計算していた。片道二泊三日、四十二時間、往復を考えると結構長い船旅だなと思った。しかし、もっと長い船旅を経験しているので、何とかなりそうだとも思い、大丈夫だと自らに言い聞かせた。

「そうそう、浅田君と迫田君、明日は午後から乗船なので、午前中はゆっくりして下さい。しかし、過酷な勤務ですね、迫田君」

「若いですから大丈夫です。それに、今日は宿屋で、揺れない畳の上で寝られますから」

迫田は嬉しそうに答える。本当にほとんど毎日を海の上、天草丸の中で過ごしているのだろうか。

「もう少し三人で打ち合わせをしますが、迫田君、浅田君を宿屋に案内して、少し落ち着いたら、敦賀駅と敦賀港駅、それと日本海汽船の事務所に浅田君と挨拶に行って来て下さい。天草丸も掃除が終わっている頃を見計らって、浅田君に見せてあげてください」

「わかりました。そうします」

迫田は海を促し、立ち上がった。

「それでは、後ほど宿屋で」

小川は軽く手を振った。

海は迫田に促され、事務所を出て歩いてすぐのところにある、船宿とも食堂ともどちらとも言えない宿屋に着いた。ここが、彼らが寝泊まりしている宿屋なのだろう。

玄関を入ると食堂で、迫田の顔を見ると中年の女性が厨房から「お帰り」と声をかける。

「いやあ、ただ今戻りました。こちら浅田君、新しい助っ人。今日からお世話になりますので、よろしくお願いいします」

女性は厨房から手を拭きながら出てきて、海の顔を見た。

「よろしくね。ここのおばちゃんです」

「こちらこそ、よろしくお願いいします」

海が丁寧に頭を下げる。

「とはいっても、浅田君もほとんどは天草丸泊まりになると思うので、顔を忘れないようにね、おばちゃん」

迫田は海に説明するようにおばちゃんに言う。

食堂の端に階段があり、そこを上ると、二階には三室の座敷があった。決して清潔な客室とはいえない、そのうちのふた部屋をビューローの職員が使っているようであった。

「まあ、船宿としてはいい方らしいよ。ここが今夜のねぐら。でも浅田君、この部屋で寝るのは天国だと思うようになるよ」

迫田はからかうように言う。

「はい、僕も、私もここのところ汽車と船の旅を続けていたので、畳の部屋が嬉しいです」

「この宿は風呂もあるし、なんといってもこのご時世なのに、食事が旨い。ご主人は漁師で、獲れての魚を毎日だしてくれるし、白いご飯もちゃんとある」

「そうですか。それは楽しみです」

確かに久しぶりに日本に上陸してから、汽車の中での乗客の会話を聞くとはなしに聞いていると、以前より食糧事情が悪くなっているのかなと感じていた。もっとも、弁当と外食の繰り返しだったので、海には本当のところは分からなかった。

トランクを部屋に置き、休むことなく、海は迫田とともに敦賀駅に、その後にまた同じ道を引き返して敦賀港駅に行き、挨拶をした。敦賀港駅に隣接する建物にある日本海汽船の事務所に寄り、事務所にいた職員の全員に挨拶し、船員服と制帽を借り受けた。日本海汽船は明日から添乗する天草丸を運航する船会社である。どこも人数はまばらで、忙しそうに立ち働いていた。海が丁寧に挨拶すると、「ご苦労様です」と皆一様に声をかけ、気の毒そうな顔をしたのが海の心に引っかかった。

海と迫田は日本海汽船の事務所を出ると、すぐ目の前の港に向かった。説明を受けるまでもなく、港に停泊しているのは天草丸であった。

「この船が、明日から二人で添乗する天草丸です」

迫田が掌を、目の前で疲れたように停泊している船に向けて言った。

「これが天草丸ですか」

海はここのところ多くの船に乗ってきた。太平洋航路の巨大な客船と比べても仕方がないが、それでも外航船としては心もとない感じがした。日本海とはいえ、海を渡って異国の地まで行けるのだろうか。

「案外小さいでしょ」

海の心配がすぐに分かったかのように、迫田が呟く。

「いえ、そんなことは。でも、もう少し大きな船かと思っていました」

海は正直に応える。

「天草丸、二千三百四十六トン、乗客定員三百六十五人、確かに決して大きな客船ではないね。でも、この船に五百人以上詰め込むこともあります。ちょっと心配ですが、今までは何とかなっているので大丈夫でしょう」

「船はなかなか丈夫ですからね」

海は頓珍漢な返答をする。

「この輸送計画の第一便はもっと大きな、はるぴん丸という船だったそうです。五千トン以上あり、七百人以上乗れたらしいです。しかし、船体が大きすぎてウラジオストクの港に接岸できなかったらしく、この天草丸に代わったようです。これは最初に添乗をした兪君から聞いた話です」

「へえ、そんなことがあったのですか」

「大きさも心配だと思いますが、古さの方が心配です」

「確かに年季の入った船に見えますね」

「一九〇二年というから明治三十五年、ドイツの造船所で建造されたそうです。最初の名はアムール号で、ロシアの客船として活躍したようです。船の寿命のことはよく分からないけど、三十八歳は案外、齢（とし）なのかもしれないですね。日露戦争で日本海軍に拿捕（だほ）された後、大阪商船に払い下げられ、天草丸と改名されたようです。その後、北日本汽船に売却、さらに日本海汽船に引き継がれ、この敦賀にやってきたようです」

「ドイツ生まれのロシアの船だったんですか。数奇な運命ですね。しかし、お詳しいですね」

ドイツ、ロシア、日本と、まるで今起きている大きな出来事と重なるような歴史を背負った船で業務をすることになるのだと、海は不思議な感傷に浸った。

「これは船長の受け売りです。船長の自慢話では、この天草丸には八年前、ジュネーブの国際連盟総会に出席する主席全権代表の松岡洋右が乗船したということですよ。今、外務大臣の」

「えっ、松岡洋右！」

海は大きな声で反応した。こんなところでも松岡洋右の名前を聞くことに驚きを隠せなかった。

「浅田君、松岡洋右と何か関係があるの」

「いいえ、ニューヨークでも、満洲でも聞いた名前だったもので」

「そりゃ、時の人だものね」

迫田は海を連れて船内に乗り込もうとしたが、すっかり明日の出港の準備は終わったらしく、入口が閉ざされていた。天草丸への挨拶は明日にすることとし、宿に戻ることになった。

夕闇が深まり、周囲に繋留されている幾艚かの漁船と比べると異様な存在感を示す天草丸の船体は、どす黒い鉄の塊のように見えた。

＊＊

宿に戻り玄関に入ると、一階の食堂に小川と鈴本、兪がテーブルを囲んでお茶をすすっていた。

「お疲れ様。これで全員揃った。今日は久しぶりに宴会としよう」

小川が立ち上がって、迫田と海を迎え入れた。

「おばちゃん。よろしくね」

鈴本が厨房に大きな声をかける。

厨房からは、おばちゃんではなく主人と思われる男性が、前掛けで手を拭きつつ食堂に出てくる。

「こんばんは、新人さんだね。ここのおやじです。まあ、たいした所ではないけど、陸に上がった時はここでのんびりしてくださ い。今仕度をしますから」

おやじさんは確かに漁師らしく、小さい身体ながら、よく引き締まっていた。日焼けした顔は柔和で、人の良さを感じさせる。


しばらくするとテーブルに見事な刺身の盛り合わせが登場し、一升瓶も並んだ。

「このご時世に申し訳ないが、全員揃うこともなかなかないし、着任早々に添乗業務になる浅田君の歓迎会も兼ねて、ちょっと贅沢に飲み会を始めましょう。このご時世だけど今日は特別。とはいってもこのご時世なので静かに、明日もあるのでほどほどに」

小川は誰に対してなのか、このご時世を連発し、一升瓶から酒を注ぎ始めた。

「乾杯」

全員の声が重なる。ビューローはどこに行ってもいい人ばかりだなと、海は改めて思いを巡らせ、茶碗酒を喉に通した。

「浅田君、改めて敦賀にようこそ。明日からよろしくお願いします」

迫田も美味しそうに酒を口に含みながら海に頭を下げる。

「こちらこそ、よろしくお願いします。それにしても、この酒旨いですね。越前の酒ですよね。それに、このお刺身も美味しそうです」

「おやじさんが今朝獲ってきた、日本海のとれとれの魚の刺身だよ。旨いなんてものじゃないよ」

鈴本が嬉しそうに説明する。目の前の刺身の盛り合わせはどれも光っている。海は、このご時世なのに食べる物には全く苦労せず、多分贅沢な食事ばかりをしてきたことに後ろめたさを感じたが、新鮮な刺身だけは本当に久しぶりだなと素直に思った。刺身を一切れつまみ、口に頬張ると、魚の旨みが口中に広がった。酒をひと口すすり、また刺身を口に入れると、「日本人」という文字が頭の中に浮かんだ。

「美味しいです。本当に美味しすぎます。こんな美味しいお刺身、生まれて初めてです」

正直な言葉だった。

「おやじさん、おばちゃん。浅田君が涙流しながら美味しいと言っているよ」

鈴本が厨房に大きな声をかけ、皆は大笑いする。

「浅田君、ニューヨークと満洲の話を聞かせてくださいよ。そもそも、この敦賀臨時駐在員事務所の業務もニューヨークから始まったと聞いています」

小川は改まった調子で海に言う。他の皆も頷きながら海に注目する。

海は今まで体験してきた出来事を頭の中で整理するように、ニューヨーク事務所にかかってきた一本の電話から話し始め、本店から引き受ける旨の電報が来たまでを話した。そして、その後、満洲里に行き、陸路満洲に入ってくるドイツ人を中心としたユダヤ難民の斡旋をしてきたことを淡々と話した。皆、箸を置き、耳を傾けていた。

「浅田君、本当にご苦労様でした。確かに杉原千畝のサインがあるビザを持ったポーランドのユダヤ人がほとんどだ。まだまだ、後続があるのだろう」

迫田が感慨深げに呟く。

「ニューヨークから本店経由で、続々とリストは送られてきているからね」

小川が何処か遠くを見ながら言う。

「この我々の業務の大元は、ニューヨークでの浅田君が作ったものなのだね」

「いえ、僕は大したことはしていません。でも、ビューローのニューヨーク事務所での出来事に立ち会えたのは幸せなことでした」

「ところで浅田君、ニューヨークはどんなところでした？」

兪が仕事の話を終わらせようと、明るい声で海に訪ねる。語学のできるビューローマンが一番聞きたい事柄でもある。

「いやあ、とても口では言い表せない凄い街でした。二十階、三十階よりもっと高いビルヂングがいくつもいくつも建っていて、その下に舗装された広い道路が碁盤の目のように広がり、そこに自動車が次から次へと走っている。街のど真ん中には信じられないような大きな公園があって、昼間はそこを家族や夫婦で散歩しています。夜はネオンが派手やかで、映画館や劇場も沢山あって、それを楽しんだ後に、男性はタキシード、女性はドレスを着て食事に行くんです。でっかい電気冷蔵庫はどの家庭にもあります」

海は一気に喋った。

「一度は行ってみたいな」

鈴本がうっとりと呟く。それに合わせて皆頷く。

「でも、今は恐慌の後で失業者も多く、夜出歩くには怖い街です。ホテルの中からですが、鉄砲の音とパトカーのけたたましいサイレンの音を時折耳にしました。それに、肌の色や宗教などの差別もある街です」

「そうなんだね」

「でも、本当に発展している凄い国です。まさかとは思うけど、アメリカ相手に戦争することはないですよね」

酔いが回ってきたのか、海はこの時節に口に出してはいけないことを言ってしまい、まずいと思った。これには誰も答えない。

「……」

「話は変わりますが、敦賀の人はとっても優しいですね」

海は取って付けたように、敦賀駅を降り立ってすぐに見た、疲れ果てていたユダヤ人たちに林檎を渡した少年の話をした。皆も少しほっとした顔をして、酒を飲み始める。

「私は籠いっぱいの蜜柑(みかん)を渡した少年を見ましたよ。同じ少年かな。皆嬉しそうにしていました」

鈴本が話を広げてくれる。

「林檎も蜜柑も、今は貴重品なのに本当に親切だね」

迫田が続ける。

「先日、大内町の銭湯の朝日湯さんが、一般入浴営業を一日だけ休業して、ユダヤ人の為に浴場を無償で開放したらしいよ。シベリア鉄道、天草丸と長旅のユダヤ人たちはさぞかし喜んだだろうね」

「いいお話ですね」

海は心の底からそう思った。

「駅前の時計屋さんには船が着くと多くのユダヤ人が訪れて、身に着けていた時計や指輪を売りに来ているそうです。質屋ではないので買い取るわけにもいかなかったのですが、そこのご主人は大学出で英語が喋れたので話を聞くうちに気の毒になり、高く買い取ってあげているようです。その話が伝わり、多くのユダヤ人が訪れているらしい。ご主人は買い取るものが無い人にも、来た人には気の毒がり、食べ物をあげているということです」

鈴本が話すと、兪も思い出したように言う。

「聞いた話ですが、夜中に普通の家で玄関を叩く音がして目を覚まし、恐る恐る玄関を開けると身体の大きなユダヤ人が立っていたそうです。両手を頬に当てて寝させて欲しいという仕草をしたので、泊めて欲しいということだとすぐに分かったけど、泊めるわけにはいかず。近くのお寺まで連れて行き、そこに泊めてもらったそうです。お腹が空いている様子だったので、おにぎりを作って手渡したそうです」

「その手の話はよく聞きます。たいていは泊めてあげることはしないけど、おにぎりとかふかし芋とかをあげて喜ばれたという話です。確かに、敦賀の人たちは根っから優しいようです」

「本当はそういうユダヤの人たちも、きっちりとビューローで面倒を見なくてはいけないのだろうな」

兪が悔しそうに呟く。

「全員一人残らず、きっちりと斡旋して神戸や横浜に送り出せるといいのだけど。でも、確かに敦賀の人たちの優しさに救われているところがあるね」

小川も少し悔しそうな顔をする。

「敦賀の子供たちにもとても感心している。日本の子供たちはたいてい外国人がいたら、奇異な目でじろじろ見たり、無用に怖がったり、時には敵愾心をむき出しにしたりするじゃない。しかし、敦賀の子供たちは誰一人としてそんな対応をしていないような気がする。ごく普通に接していて、林檎や蜜柑の話ではないけど、いろいろな場面でとても優しくしている子供たちを見る」

　迫田が言うと、鈴本が話を続ける。

「この宿屋のすぐ隣に住んでいる子に聞いたのだけど、学校の校長先生が、連絡船で上陸し神戸や横浜へ行った外国人は自分達の国がないユダヤ人たちで、いまは哀れな格好をしていても、本当はちゃんとお仕事をしていて金持ちも沢山いる、外国人の中には、いろいろな事情があって、やむを得ず旅をしている人もいるのだから助けてあげなくてはいけないというような話をしているらしい。立派な先生だと思う」

「そもそも、この敦賀はそういう優しさを昔から持っている街なんだ。ポーランドの孤児たちがこの敦賀に上陸し、多くの命が助かったという話は知っているかい」

　小川も思い出したように喋り出した。

「ポーランドの孤児ですか……」

　海がポーランドという言葉に反応し、膝を乗り出す。

「二十年程前の話だから我々が知らないのは無理もない。結構、話題になった出来事らしい。その頃シベリアには、ロシアに祖国を滅ぼされたポーランドの政治犯や愛国者の家族、内戦の混乱を逃れてきた人たちが何万人もいたらしい。そこに起きたのがロシア革命、さらにその後の内戦で、シベリアのポーランド人たちは、凄惨（せいさん）な生き地獄に追い込まれる。せめて親を失った孤児だけでも救わねばと立ち上がった人たちがアメリカに助けを求めたけど叶わず、日本に救援を求めてきた。政府はこの窮状に深く同情すると、すぐさま日本赤十字社に指示し、救助活動に入ったそうだ」

「さすが日本ですね」

海はちょっと嬉しくなる。

「そして、疲れ果て、粗末な服を着て、やせ細ったポーランドの孤児たちがウラジオストクから陸軍の輸送船に乗船し敦賀港に入港した。そして孤児たちは列車で東京へ向かい、その後元気を取り戻し、全員無事ポーランドに帰国したそうだ。何回か輸送し、数百名の子どもの命が救われた」

「感動的な話です」

「孤児たちの上陸にあたり、敦賀町では宿泊や休憩所などの施設を提供した。町や地元有志、婦人会は菓子や果物、玩具、絵葉書などを差し入れして子供たちを慰めたらしい。敦賀はそういう優しい街なのだな」

小川は自らに言うように話し終えた。

「それから二十年、また、困っているポーランドの人たちを敦賀は温かく迎え入れているという訳ですね」

迫田が嬉しそうに言う。

「敦賀は凄いところですね」

海は敦賀に来られたことがとても嬉しく、誇らしいと感じた。自然に、酒が満たされた茶碗を高く上げる。皆もそれに倣い、茶碗を掲げる。

「敦賀に乾杯」

快い酔いが海を雄弁にさせ、敦賀第一日目の飲み会はまだ続いた。

＊＊

翌日の午後、海は紺青色の制服に身を包み、大きめの制帽をきちんと被り、初めての天草丸の添乗業務へ迫田とともに向かった。久しぶりに畳に敷かれた布団で熟睡し、生気が漲っていた。アシスタント・パーサーの制服はとても感じがよく、着心地が良かった。派手ではあったが、満洲の欧亜連絡鉄道の添乗業務で着た空色の制服より洗練されていて、恥ずかしさはなく、むしろ誇らしく思えた。

天草丸の船体は確かに古びてはいるが、凛とした精悍さを感じた。昨日感じた、まるで人を拒絶するような重々しさはどこにもなかった。船内に入ると、微かに船特有の臭いは感じたが、清掃が隅々までよく行きとどいていて清潔感を感じた。

まずは一等船室の食堂へ向かった。そこには天草丸の運航を支える幹部が集まっていた。四人とも海の親世代の男たちに見えた。

「失礼します。この航海からアシスタント・パーサーを務めます、私どもビューローの浅田海を紹介します」

迫田はテーブルを囲む四人の幹部たちに海を紹介した。

「浅田です。初めての業務で右も左も分かりませんが、どうぞよろしくお願いします」

海は四人にそれぞれ顔を向け、深々とお辞儀をした。

「出航すれば右も左も海だけだよ」

一番奥に座っている坊主頭の男が海に笑顔を向けて言った。

「こちらが船長の三倉さんです」

迫田が慌てて紹介する。海は改めて坊主頭の船長に頭を下げた。

「大変だと思いますが、頑張ってください」

「そしてこちらが沙川機関長」

飛び抜けて背の高い男に掌を向ける。

「沙川です。よろしく」

「こちらが通信長の猪瀬局長」

恰幅のいいというより、でぶっていると表現した方がよさそうな男を紹介する。

「よろしく。ご苦労様です」

「そして、こちらがパーサー、孫田事務長。船上での私たちの直接の上司になります。ロシア語が堪能なので、とても心強い上司です」

「孫田です。結構厳しい仕事ですが、よろしくお願いします」

「浅田君の名前は、海と書いて、カイと読むんだね」

船長が書類に目を通しながら海の顔をじろじろと見る。

「はい、海と書いて、カイと読みます」

他の三人は、へえ、という顔をし、改めて海を見る。

「実にいい名前だね。海という名前は珍しい、海の仕事を長くしているが初めてだ。浅田海君、船は大丈夫そうですね」

「船は随分乗ってきました。船酔いにもあいませんでした。多分、大丈夫だと思います」

海は嬉しそうに応えた。

「頼もしいですね」

パーサーの孫田が言うと、皆冷めた表情で頷く。

迫田が船内をひと通り案内する。一番上の階に位置する一等船室は三室あったが、決して豪華なものではなく、二段寝台と小さなテーブルと椅子が備え付けてあり、小さいながら丸窓があり、海が見えた。

「私たちはこの一等船室で寝泊まりすることになります。とても有り難いことです。先ほど挨拶したところが一等客専用の食堂で、私たちの三度の食事はあの食堂で、さっき挨拶をした四人の幹部の方たちと一緒にします。稀に、乗船する一等客と一緒になることもあります」

これは大変な特別待遇だなと海は少し安堵した。

二等客室は六室、中央の暗い廊下を挟んで左右に並んでいた。二段寝台が左右に二つ並んだ質素な船室だった。階段を最下層まで下りたところが三等で、窓のない大部屋が廊下を隔てて両側に並んでいた。雑居寝方式の造りになっていた。

「ウラジオストクから乗船するほとんどのお客はこの三等に入ります。どう見ても二百人か二百五十人というところだと思いますが、定員は三百三十五人です。ところがここに四百人以上が乗船してくることもあります。身体の大きな外国人が大きなトランクを持って」

「四百人以上もですか、見当もつきませんが」

「すぐに目の当たりにすることになりますよ」

事務室や機関室、食堂、厨房などに顔を出し、そこで忙しそうに働く人たちに丁寧に挨拶をして回った。そして、甲板に出て船を一回りした。決して大きくはないが客船の体裁は機能的にできていて、清掃も行きとどいていた。しかし、海にはここに数百人が乗船してきて、二泊三日の生活を送る様子は想像できなかった。

天草丸は夕刻、ほぼ定刻通りに大きな汽笛を鳴らし、敦賀港を出航した。乗客は商人風の日本人十人ほどと数人の白人だけであった。白人は背が高くソ連人だと思われるが、皆黒っぽい外套を着こんでいるために職業などは皆目見当がつかなかった。

海の初仕事は、日本の出国手続きを終えたこの十数人の乗客をタラップの上で出迎え、乗船券を確認し三等客室へと誘導することだったが、拍子抜けするほど短時間で終わってしまった。

海はデッキに出て、徐々に離れていく敦賀の港をじっと見ていた。雨は降ってはいなかったが、空は重たそうな雲が覆(おお)っていた。船が岸壁から離れ湾外へと出る頃には、日が暮れ、月も星もない、どす黒い空に変わっていた。

手持ち無沙汰の海は迫田に船内を巡回してきますと伝え、船内やデッキを隅々まで見て回った。特に異常があるわけもなく、時折、ゴミを拾うぐらいが仕事であった。そう大きな船ではないので、船内の様子を把握するのに時間はかからなかった。

巡回を終えて上甲板の案内所に戻ると、迫田は案内所の前に、まるで衛兵のように姿勢を正し、立っていた。

「ご苦労様でした」

姿勢を正したまま笑顔で声をかけてきた。

「だいぶ船内の様子が分かりました。特に異常はありませんでしたし、乗客の皆さんも静かにお休みのようでした」

海は答えると、迫田の真似をして、案内所の前で直立不動の姿勢をとった。しかし、乗客が訪ねてくる気配はなかった。

静かに立っていると、今まで気付かなかったが、船が上下に揺れているのが分かった。しばらくすると、上下の揺れに左右の揺れが加わり始めているのに気付いた。立っているのが難しいほどではなかったが、揺れは確実に大きくなっていった。

「迫田さん、揺れてますよね」

海が自信無げに、銅像のように寸分も動かず直立する迫田に尋ねる。

「いよいよ日本海の大海原に突入したようです」

「日本海横断ですね」

揺れは次第に大きくなり、海は時折態勢を崩した。平然とした顔で姿勢を正す迫田を見ながら、海がどうしたらいいのだろうと思い始めた時、助け船がやってきた。

「お二人さん、食事ができましたよ。今日は乗客の対応はとりあえずここまでにして、食堂にどうぞ」

ボーイ長が声をかけにやって来てくれた。

「ありがとうございます。すぐに参ります」

迫田は爽やかに答え、海に笑顔を向けた。海の身体は一瞬力が抜け、船の揺れに耐えきれずによろよろと動き始め、迫田に支えられた。

「迫田さん、すみません」

「大丈夫かい、飯に行こうか」


船の揺れはだんだんと激しくなり、食堂に向かう階段を上るのも、手摺(てすり)にしがみつきながらやっとの状態だった。迫田は慣れた足取りで階段をテンポ良く上っていく。海は何とかついていくが、階段を上りきり廊下に出ても、左右の壁にぶつかりながら手摺を手繰(たぐ)り、歩を進めた。

食堂には四人の幹部が既に食事を始めていた。こんなに揺れている船の操舵に船長や機関長がいなくてもいいのかなと海は思ったが、それどころではなく、ふらつきながら席に着いた。

「お疲れ様」と声を掛けられたが、誰の声かも分からなかった。

食事は既に用意されていて、焼き魚を中心とした和食で案外美味しそうに見えた。上下左右に揺れる身体をなんとか椅子に押しつけながら、「いただきます」と声を絞り出し、迫田とともに食べ始める。揺れに慣れ始めると箸も上手に使えるようになり、食は進んだ。味噌汁が椀の中で波立ち、溢れるところを口に流し込む。やはり船には強いなと、海はだんだんと落ち着きを取り戻し、食事を平(たい)らげる。

「この時化はこれからだな」

船長の三倉が、食事を終えて楊枝を口にくわえ、禿げた頭をなでながらひとり言のように呟くのが聞こえる。

揺れは益々激しさを増す。波が船体を打ちつける音が聞こえ始める。何か固いものが衝突する音のように感じた。音がすると、船体はガクンと落ちるように沈み込む。テーブルの上に残された食器や調味料も右へ左へと動き始める。

いつの間にか幹部の四人はいなくなっている。仕事場に戻ったのだろうか。迫田は海の分も一緒に食器を後片付けし、心配そうに海を見ている。

頭が重くなり、時折締め付けられるような痛さを感じ始める。顔から血の気が引いていくのが分かる。冷たい汗が汗腺からジワリと出てくる。食べて満足したはずの胃が痛み始め、食べた物の消化を拒否しているようだった。気持ちが悪い。海はテーブルに頭を落とし、しがみつく。これが船酔いに違いない。もう我慢できない、吐くほかないと頭から信号が送られる。

「浅田君、大丈夫かい。このバケツに吐いて」

迫田はいつの間にか、どの部屋の片隅にも用意されているバケツを持ってきて隣に座っている。

「ありがとうございます。すみません」

海は声を絞り出し、バケツに顔を突っ込み一気に嘔吐する。一瞬すっきりしたような気もしたが、胃は容赦なくすべてを吐き出させようとしている。頭も霧がかかったように思考が停止し、痛みが小刻みにやってくる。船の揺れはさらに大きくなっている。

迫田が水を持ってきてくれる。一息で飲むが、それも吐き出してしまう。恥ずかしい、申し訳ない、いろいろな気持ちが湧きあがるが、どうしたらいいのか分からない。


船室の小さな丸窓が明るくなってきたので朝になったに違いないが、頭は痛い。激しい吐き気はおさまっているが、身体が思うように動かない。船は依然として大きく上下を繰り返し、波が船体を打ちつける音は続いている。

昨日、夕食を食べた後、気分が悪くなり嘔吐を繰り返した。初めて経験する激しい船酔いであった。途中から意識もはっきりしなくなり、迫田に連れられ、客室の寝台に寝かせてもらったことを微かに覚えている。幾度もすみません、すみませんを繰り返す海を、迫田はとても優しく介抱してくれた。

その迫田が寝台の横に立ち、海の顔を覗き込んでいる。

「浅田君、気分はどうですか」

なんと答えていいのか分からなかった。

「迫田さん、すみません。迷惑おかけしてすみません」

「気にすることはないですよ。私も最初の添乗は全く同じでした」

「すみません」

「朝になりましたけど、食事はとれそうですか?」

「はい、いますぐ」

海は絞り出すように声を出すが、身体は動かない。船は依然大きく揺れている。もう出すものはないはずだが、強い吐き気を感じ、目をつぶる。

「今日は特別な仕事はありませんから、無理をせず、ゆっくり寝ていて下さい。船の揺れが静まればすぐによくなりますから」

「すみません。ありがとうございます」

海は眼を閉じたまま、小さな声を出す。

「時折見に来ますから、安心して横になっていて下さい」

迫田の優しい声がまるで仏様の声のように感じる。添乗一日目で、恥ずかしい、だらしない、情けない、申し訳ない、すみません……いろいろな言葉が靄（もや）のかかった頭の中を駆け巡る。

天草丸は屈強な日本海と戦いを続けているようであった。もしかしたら、船はそのまま日本海に飲み込まれてしまうのではないか。そんなことも海の頭のなかにしばしば浮かんだ。結局、海は寝台から一歩も出ることなく、二日目を過ごすことになった。

三日目の朝、船の揺れは随分と穏やかになり、船室の小さな丸窓からは青い空が見えた。一体、何時間寝たのだろうか、頭はまだボーっとしていたが、不思議と寝台から苦も無く立ちあがることができた。身支度を整え、海は迫田を探し始めた。

迫田は上甲板の案内所の前に姿勢を正し立っていた。

「おはようございます。昨日、いや、一昨日から大変なご迷惑をおかけしました。これからしっかり頑張りますのでお許しください」

「ネバーマインド、私も経験したことです。だんだん体が慣れてきますから大丈夫ですよ」

「ありがとうございます。本当にすみませんでした」

「朝飯を食べに行こう。お腹空いただろう」

「はい、お腹ぺこぺこです」

海にとっては迫田の爽やかな笑顔はとても辛いものだった。なんとかこの失態を挽回しなくてはと誓ってみたものの、どうしても不安が頭の中で暴れていた。

食堂で朝食をとっていた船長以下幹部に、海は乗船後の失態を平身低頭詫びた。皆笑顔で「海君」とわざわざ名を呼び、「気にすることはないよ」と優しく応えてくれた。自分の名前をこんなに恨めしく思ったことはなかった。

朝食後、船内を巡回し、迫田と共に甲板に出た。空気はひどく冷えていたが青空が広がり、一昨日からのとてつもない嵐と海のうねりは嘘のようだった。

遠くに陸地が見えてきた。

「迫田さん、陸が見えてきましたよ」

「あと三時間くらいでウラジオストクに到着かな」

「迫田さん、ソ連ですね。ユーラシア大陸ですね」

海にとって大陸は初めてではない。大陸の奥深い満洲里にいたし、ソ連との国境の間近で生活をしていた。しかし、敦賀港からのことを考えると胸に迫るものがあった。

「あの陸地はユーラシア大陸ではないよ。ルースキー島だ。ウラジオストクを守る要塞のような、でかい島だ」

「ルースキー島、でかい島ですか」

島に近付くにつれ、天草丸は減速し始める。

「ウラジオストクはあのルースキー島の裏側にある。ウラジオストクは大陸には違いないが、大陸から日本海に突き出した大きな半島の先端にある街だ」

「確かにそんな地図を見た気がします」

「ウラジオストクは素晴らしい港街だ。勿論、軍港の街でもある。極東のニースとも言われているらしいよ」

「極東のニースですか」

「船上から、極東のニースをじっくりと眺めてください」

「船上から？」

海は、徐々に近づいてくるルースキー島の島影を眺めている迫田の顔を見る。

「言っていなかったけど、ウラジオストク港に着いても我々は上陸できないことになっている。ずっと船上生活です。上陸が許されているのは船長だけです」

「そうなんですか。迫田さんも上陸したことが無いんですか」

「いや、一度だけ船長のお供で、短い時間だったけど上陸し街を歩いたことがあります。日本からこんなに近いのに、確かにヨーロッパの街並みでした」

「一度、街を歩いてみたいですね」

まだ見ぬ街に思いを馳せた。

「東に日本、西に中国、南には朝鮮を隣国とするヨーロッパの街、いろいろな文化が交じり合ってできた街じゃないかな。以前は日本人移民が沢山住んでいて、日本人街もあったそうだ。日本の会社や商店もいっぱいあり、西本願寺も日本語学校も日本語新聞もあったらしい。多いときは六千人近くの日本人が住んでいたと、どこかに書いてあった」

「確かに、日本海を隔てて隣の街といえばお隣ですよね。今はもう日本人は住んでいないのですか」

「十年位前に外国人は国外退去を命じられたらしい。ソ連の重要な軍事基地となったからだろう。従って、我々も容易には上陸できない。でも、日本の総領事館はちゃんとあるよ」

「ウラジオストクは、日本から繋がる欧亜国際連絡列車のヨーロッパへの玄関口に違いありませんよね。それに、ヨーロッパからやってくる人々の日本への玄関口でもあるんですよね」

「その通りです。そのヨーロッパからのお客を迎えるのが、この天草丸です」

天草丸はルースキー島と半島の海峡に差し掛かってきた。

「この海峡を抜けるとウラジオストク港ですか」

「そう、この海峡を抜けると金角湾に入り、いよいよウラジオストク港が見えてきますよ」

「いよいよですね」

「さあ、下船準備が始まっていますよ。仕事に戻りましょう」

「はい」

海はまだ甲板から初めて見る風景を眺めていたかったが、制帽を被り直し、船内に戻った。

各船室に下船準備の案内をし、上甲板の案内所に戻る。少ない乗客は皆慣れた様子で下船の支度をし、上甲板に三々五々集まってくる。迫田と海はパーサーの指示を受け、甲板に出て接岸を見守る。

天草丸は音もなく金角湾をゆっくりと走り、じらすように徐々にウラジオストク港に近付いていく。

入り組んだ地形の中につくられたウラジオストク港が、天然の良港だと言われる理由が分かるような気がした。

ソ連にとって極東地域の物流の要でもあり、多くの大小様々な貨物船が荷役作業をしているのが見える。小高い丘に広がる市街地も見えてきた。

太いロープが投げ込まれ、天草丸はいよいよウラジオストク港に接岸する。港にそびえる大きな欧風の立派な建物は客船待合所だろう、ソ連の赤い国旗がたなびいている。それに隣接して見えるのはシベリア鉄道の終着駅、ウラジオストク駅に違いない。さすがに瀟洒(しょうしゃ)で立派な欧風の鉄道駅舎だ。

「迫田さん、ウラジオストク港に着きましたね」

「ほぼ定刻だね。あの嵐の中、三倉船長は大したものだ」

「あれ、シベリア鉄道のウラジオストクのステーションですよね」

海は大きく指で指し示しながら尋ねる。駅舎というにはあまりにも立派だった。

「そうだよ。多くのユダヤ人が日本を目指し降りてくる、シベリア鉄道のターミナルステーションだ」

海が思わず使ってしまった英語に迫田はさりげなく英語で返す。終着駅よりターミナルステーションの方が悲壮感を感じない。

そうだ、命を賭して自分の国から脱出し、日本を目指してやってくる悲運のユダヤ人たちを迎え、添乗し、まずは敦賀まで送り届けることが海の仕事だった。

急に寒さを感じた。ウラジオストクは敦賀よりもまた一段と寒く凍りついている印象だった。タラップが下されると、船客が下船する前にソ連の官憲が数人上ってくる。迫田と海は姿勢を正し、笑顔もなくタラップの上で出迎える。

迫田が海に耳打ちをする。

「彼らはゲー・ペー・ウー、ソ連の秘密警察だ」

「ゲー・ペー・ウー?」

「中には日本語ができる奴もいるので気を付けて」

「はい、分かりました」

彼らは船内に入り、パーサーの孫田と何やら話し、船内を巡回する。孫田のロシア語はとても流暢だった。その間、乗客も船員たちもじっと待っている。

彼らの許可がでると、乗客たちはやっと仲間と話し始め、ホッとしたようにタラップを下りはじめる。迫田と海は丁寧にお辞儀をして彼らを見送るが、人数が少ないのであっという間に終わってしまう。

よく見るとタラップの下では数多くの人々が天草丸を見上げている。今にもタラップに上ってくるのではないかと思われた。海は彼らがユダヤ難民たちであるとすぐに分かった。薄汚れた外套に身を包む人がほとんどであったが、中には綺麗なコートにハットを被った紳士や、鮮やかな赤いコートを着た上品な女性の姿も散見された。ユダヤ教の僧侶も多数いる。

「彼らは天草丸のお客ですよ。おそらくほとんどがユダヤ難民の方々です。今すぐにでもご乗船いただきたいのですが、明後日の出航までそれはできません」

「本当に、今すぐにでも乗りたそうですね」

乗船を待つ人々の数は百人を下らない。騒いでいる人はいないようだが、恨めしく天草丸を見ているというより、船上にいる迫田と海に哀願しているようにも見える。中には何かを言いながら手を振っている人もいる。

「辛いですね。シベリア鉄道に乗ってやっとウラジオストクまで辿りついたのに。あと二日、ちゃんと泊まれるところがあるといいのですが」

「ホテルはないのですか」

「ウラジオストクには勿論ちゃんとしたホテルはあるようです。でも、とても高額のようです。お金に余裕のある人は大丈夫でしょう。また、船を待つ間に理由もなくゲー・ペー・ウーに捕まり、シベリア送りになったという話も聞きます。二日間、皆さん無事でいられるといいのですが」

「なかなか厳しいのですね」

海はタラップが引き上げられていくのを見ながら、同時に波止場に佇(たたず)む多くのユダヤ人たちに目をやり、辛いものを感じた。

海たちは船内の仕事をしながら二晩を過ごした。それぞれの持ち場の人たちも最初は慌ただしく働いていたが、ひと通りの準備が整うと皆、休暇のように過ごした。食事もきちんと出て、この間は和食が続き、ビールなど酒を飲むことが許された。

* *

到着した翌日も、天草丸が接岸した波止場にはユダヤ難民が押し掛けていて、その数は二百人を超えているように見えた。そして出航の朝、その数は倍に膨れ上がり、波止場はユダヤ難民たちで埋め尽くされていた。

出航予定は十二時である。この日のウラジオストクは小雪が舞い、凍りついていた。いよいよ彼らを迎え入れる時間が迫ってきた。

タラップが下され、パーサーと迫田、海がタラップの上で彼らを待つ。手のあいた船員たちも船の入口付近で待機している。

タラップの下では出国管理官なのか税関吏なのかゲー・ペー・ウーの隊員なのか、かなりの人数が出て、一人ひとりのおそらく旅券または身分証明書、日本の通過ビザ、日本から先の目的地のビザ、そして乗船券の確認をしているようだった。中には荷物を調べられている人もいる。

ユダヤ難民といってもその姿様子は千差万別で、最も分かりやすいのはユダヤ教の僧侶、上から下まで黒装束で、頭に小さな丸い黒色のキッパを載せていた。かなりの人数がいる。彼らはほとんど喋らずに静かに姿勢よく立ち、順番を待っている。多くは疲れた黒っぽい外套を身にまとった人々で、老若男女、小さな子供も入り混じっていた。小さなバッグをひとつだけという人が多いが、中には大きなトランクを何個か重そうに抱えている人もいる。

いよいよ、ソ連の官憲に許されたユダヤ難民たちはタラップを上ってくる。彼らは疲れ果てた顔をしながらも、タラップに足を踏み入れた途端に笑みを浮かべた。そして、家族や仲間と声をかけ始め、楽しそうに話しながら上ってきた。

「ようこそ天草丸へ」

迫田と海は、乗船券を確かめながら笑顔と誠意をもって彼らを迎え入れた。彼らが話している言葉を海は理解することができなかった。ほとんどがポーランド語のようであった。時々、英語でよろしくと声をかけてくる人もいた。

明らかに綺麗な服装の紳士淑女然とした中年男女は高級そうなトランクを数個抱え、タラップを辛そうに上ってくる。海が英語で声をかけトランクを持ってやり、乗船券を確認すると、やはり一等船室の客であった。すぐに分かるのかボーイ長が飛んで来て、トランクを受け取り船室に案内する。

ほとんどの乗客は三等船室への案内となる。三等船室までの導線上に船員が配置され、船室では数人がかりで奥の方に詰め込むように送りこんでいく手筈になっている。そうしないと全員が乗れないかもしれないからだ。

ユダヤ難民の乗船はまだまだ続くようだった。時折、タラップの下から大声で言い合いする声が上まで届く。おそらく、書類の不備で乗船を許可されなかったユダヤ人の悲痛な訴えであろう。見ると、ソ連の官憲に食らいつき、叫んでいる姿が見える。彼は逆に官憲に取り押さえられ、どこかに連れて行かれた。やっとウラジオストクまで辿りつき、この船に乗れないなどということがあるのだろうか。しばらく、海の視線は官憲に連行されていくユダヤ人の姿を追っていた。

「浅田君、笑顔で乗船券の確認」

迫田が厳しい声をかけた。海は我に返り、仕事を続けた。ユダヤ難民の乗船はまだまだ時間がかかるようだった。


乗船した客の数は四百名近かった。ほとんどがユダヤ人であった。船腹の三等船室に続く階段は人で溢れていた。海も迫田も全員の乗り込みを確認すると三等船室に駆けつけ、船員たちと何とか全員を大部屋に詰め込む作業にあたった。身体が大きいうえに荷物がある人々をこの空間に入れるのは、もともと無理があると思えたが、仕方がない。英語でなんとかお願いしながら、ユダヤ人たちを押し込んだ。しかし、彼らは決して不平不満を言わず協力的だったのが、海にとっての救いだった。三等船室は人で溢れ息苦しい状態となったが、何とかおさまった頃、汽笛が響き、天草丸は動き始めた。

いったん落ち着くと、彼らは続々と三等の大部屋から階段を上り、甲板に向かっていった。

「どこに行くのですか?」

海は英語やドイツ語で尋ねるが、通じないのか、ほとんどの人は無視をして階段を上っていく。

「息苦しくてしょうがない。寒くても外の方がましさ」

やっと、英語を理解した人が答えてくれた。迫田と海も、慌てて甲板への列に加わる。甲板は小雪がちらついていた。天草丸はゆっくりと岸壁から離れるところだった。

甲板はユダヤ人たちでいっぱいになった。波止場には天草丸に乗れなかった多くのユダヤ難民が残っていた。彼らはまた戻ってくる天草丸に乗れるのだろうか。それまで元気でいられるのだろうか。一人ひとりの顔の表情までは見えないが、悲しそう、悔しそうな顔をしているように見えた。手を大きく振っている人もいたが、やはり辛そうに見えた。

甲板から大きな声で叫んでいる人もいた。家族や友人と別れてしまったのだろうか。船の出航には悲しさがつきものだが、小雪の舞い散る寒さが一層悲壮さを感じさせた。

天草丸はウラジオストク港から離れていく。次第に、波止場にいる多くの人たちも、港も小さくなっていく。船の横にはソ連の官憲の船が伴走している。

「領海内の航行を監視するための船だ。彼らが横についているうちは、まだソ連ということだ」

迫田がつまらなそうに教えてくれる。それを知っているのだろうか、多くのユダヤ人たちはそのソ連船を不安そうな顔でじっと見つめている。

海峡を抜けしばらくすると、ソ連船は踵（きびす）を返した。その瞬間、甲板に大きな歓声があがった。そこかしこから雄叫びが聞こえた。

「これで自由だ、と喜んでいるんだ」

迫田がちょっと嬉しそうに言う。

抱き合う老夫婦、手を取り合う親子、飛び上がる若者、ダンスを踊りはじめる男女。そして、誰からともなく歌い始めた。いつしか、甲板全体での大合唱になった。哀愁のなかに力強さを感じる心地の良い歌だった。

「ハティクヴァというヘブライ語の唱歌だ。ユダヤ人ならだれもが歌えるらしい。毎回皆が合唱する。ハティクヴァとは希望という意味らしいよ」

「希望ですか。いい歌ですね」

「何度聞いても胸が締め付けられる」

迫田は姿勢を正し、まだ続く大合唱に耳を傾けている。

「ナチス・ドイツに祖国を追われ、ビザを何とか取り、シベリア鉄道の長い旅をし、天草丸に乗り込み、やっと希望を見たのですね」

「そうだね。でも、日本に上陸しても、さらに彼らは日本からパレスチナやアメリカや、どこか落ち着けるところに行くまで、まだまだ旅が続く」

「そうでした。長い旅路ですね」

「それに、この日本海の航海だって、短い航海とはいえ大嵐に巻き込まれるかもしれないし、機雷に触れて沈没なんてことも絶対ないとは言い切れないし」

「機雷で沈没なんて聞いてませんよ」

海はおどけて言うが、迫田は真顔で応える。

「もう戦争はそこまで来ているような気がします」


航海中、天草丸を覆う鉛色の空は敦賀まで繋がっていた。時折、雪が舞ったが、往路のような嵐と時化には遭わなかった。しかし、冬の日本海は常に波がうねっていた。

船が公海に出て日本海の洗礼を受け始めた頃、海は悪夢が蘇(よみがえ)ってきたが、これからの業務の緊張感からか船酔いの兆候はなかった。これくらいなら船酔いはしないと自らに言い聞かせた。

アシスタント・パーサーの主な業務は乗客に快適な船旅を楽しんでもらう手伝いをすることだが、この天草丸の業務においてはあてはまりそうもなかった。

三等船室では半分ぐらいの人が船酔い状態になっていて、苦しそうに寝転がっている姿が目立った。バケツや紙袋に顔を突っ込み、嘔吐を繰り返している人も多かった。枕やバケツ、紙袋を用意してあげるくらいしか海にできることは無かった。大きな薬缶に水を入れて大部屋の隅に置き、「水はここです」と大声を出した。

三等船室は悪臭が充満していた。船酔いに耐えた人もこの悪臭で気分が悪くなった。

「さあ浅田君、いよいよ我々にしかできない仕事を始めよう。信じられないだろうが、この状況の中、今日と明日の二日間で、全員、一人ひとり確認して、このニューヨークから送られてきたリストに従って間違いなく本人に送金引換証をお渡しする」

「はい。ともかくやってみます」

「イエローペーパーと呼んでいる送金通知書を持っている人はそれを確認すればいいです。でも、ほとんどの人は持っていない。旅券も持っていない人が多い。何とか身分証明書で氏名を確認して、リストと照合するほかないです。ユダヤ人の姓名はただ読みにくいだけでなく、モスコヴィッチとか、ゴールドベルクだとかいう同じ苗字の人が多いので、ファーストネームで本人を確認しなくてはなりません。やり始めると分かりますが、なかなか厄介です」

「はい。頑張るほかないです」

「しかも言葉が通じない。最初に英語が喋れて、元気が残っていて協力的な人を見つけるところから始めなくてはなりません。浅田君はドイツ語ができるから、ドイツ語の喋れる人を見つけてください。つまり、そういう親切な人に通訳をしてもらうのです」

「はい」

「何とかリストに載っている全員に送金引換証をお渡しして、日本の上陸前に円貨をお渡しすることができればいいのですが。しかし、この状況です。できるところまでやりましょう」

異臭の漂う、まるで野戦病院のような三等船室の状況を見ながら、迫田は力強く言う。

「はい」

「浅田君。でも、この揺れ方はまあまあ楽な方で、この状況も最悪ではないですよ」


廊下を挟んだ左右の、壁もなく広がる三等船室に迫田と海は分かれ、リストを片手に一人ひとりの確認作業を開始する。

まずは船酔いしていない元気そうな人から氏名を確認し、送金通知書の有無を聞く。旅券や身分証明書はたいてい酷く汚れていて氏名も確認しづらい。ほとんどの人は英語もドイツ語も解さない。パーサーの制服が何とか信頼され話を聞いてはくれるが、なかなか意思疎通は捗(はかど)らない。確認し送金引換証を渡すが、それが何か理解されず、あまり喜んでいる様子が無い。下船まで大切に保管して下さいと、手真似でお願いする。ひとり確認するだけでも大変な時間がかかる。随分時間をかけたが、まだ数人しか終わっていない。

遠くで同じ作業をしている迫田は順調そうで、笑顔で受け答えしている姿が見える。海は、英語かドイツ語ができる人になかなか出会わない。

「英語が話せる方いますか？」

海はふと立ち上がり周囲に英語で声をかけたが反応が無い。

「ドイツ語が話せる方います？」

今度はドイツ語で声をかけた。意外にも次に確認しようと思っていた近くの子連れの女性が手をあげてくれた。

「ありがとうございます。お名前を確認させてください。旅券か身分証明書を見せていただけますか」

「はい、これです」

女性は船酔いしておらず声もしっかりしており、機敏に手元のバッグから身分証明書をとりだした。しかし、隣で目を閉じて横になっている少女はぐったりしている。

「ありがとうございます。お嬢さんは船に酔ってしまいましたか？」

海は身分証明書を受け取り、少女の様子を気遣った。

「多分、疲れが出たのだと思います。ここまで大変な旅だったので」

「そうでしょうね。船ではゆっくりできないかもしれませんが、二晩何とか頑張ってください。日本の敦賀に着けば、少しゆっくり休めると思います」

「ありがとうございます。ここまで頑張ったのですから大丈夫だと思います」

女性は気丈に答え、娘の肩を優しく撫でる。

「そうですね。イエローカードは持っていますか」

「送金通知書のことですね。持っていませんが、アメリカのユダヤ人協会から送金されるということは聞いています」

「ちょっとお待ちください」

海は手元のリストを調べる。このリストにしても、もう少し大きな字で書いてあればいいのにと苛立つ。

女性はリストを覗き込み、リストの下部を指差した。

「これ私です。私の名前です。ゼルダ・クラカウスキー」

「ありがとうございます。確かにあなたのお名前です。よかったですね。これが送金引換証です。下船時にビューローの職員が現金に引き換えてくれます。問題なく日本に入国し、しばらくの間日本に滞在することができます」

「おお神よ、感謝します。ありがとうございます」

女性は海の手をとり、自分の頬にあてる。

「よかったです」

「あなたのお名前は?」

「浅田海といいます。敦賀までご一緒しますので、よろしくお願いします」

「こちらこそ」

言葉が通じるというのは素晴らしいことで、容易に氏名の確認ができ、送金引換証を渡すことができる。海は改まって、女性に相対した。

「お嬢様が大変な時に申し訳ないのですが、ほとんどの方は英語もドイツ語も喋れないようです。ちょっとの間、僕のドイツ語を通訳してくれませんか？」

女性は少し悩んだ顔をしたが、すぐに頷いた。

「いいですよ。お役にたてれば幸せです」

周囲の人たちも海の作業が分かってきたのか、彼らから海のそばにやってくるようになった。女性も娘を横に寝かせたままで、通訳をしてくれた。

言葉が通じると、意外に作業は捗った。しかし、その女性にずっと頼るわけにもいかず、丁寧にお礼を言い、場所を移した。

船酔いで横になっている人にはどうしたらいいのか。この船には四百名近い人が乗っているが、このリストにはもっと多くのユダヤ人の氏名が並んでいる。しかし、しっかりとやり遂げなければ彼らは日本の土を踏めないし、現金を用意して待つビューローの駐在員に迷惑をかけることになる。

海は次の人に声をかける。また、ドイツ語か英語を喋れる親切な人が現れないかと期待しながら、粘り強くリストを確認していく。しかし、一日目は終わろうとしている。

三日目の早朝には敦賀港に入港する。二日目、一日かけて全員の確認を終わらせなくてはならない。途方に暮れる作業である。

やはり迫田は海の二倍以上の人の確認を終わらせ、送金引換証を渡している。

「浅田君は初めてなのによくやってくれた。この調子なら、夕方までにはすべて終わるかもしれないね」

迫田が朝食を美味しそうに食べながら言う。

「はい。少しずつ要領がつかめてきたので、頑張ります」

「今日の揺れもまあまあだ。船に弱い人にはやはり厳しいだろうが、皆慣れ始めると思います」

「でも、横になったきりの人も随分多いようです。どうしたらいいでしょう」

「丁寧に声をかけて、心をこめて対応するほか手はないよ。大丈夫、なんとかなります」

迫田に言われると何とかなりそうな気がしてくる。

朝食後、船内の巡回を終え、リストを片手に一人ひとり確認の作業をはじめる。言葉の壁はなかなか乗り越えられず、似たような名前が多く確認には時間がかかる。

想像を絶するほどの苦しく長い旅をしてきた彼らの多くは疲れ果て、心を閉ざしていた。話しかけても目をそむけ、なかなか返事もしてくれない。多分長い道のりの中で、彼らは官憲のような人々に幾度も幾度も名前を聞かれ、旅券や身分証明書の提示を求められ、その度に不快な思いをしてきたに違いない。未知の外国人である海の言葉にすぐに反応することができないのだろう。そんな繰り返しの中で、英語ができる人、ドイツ語ができる人に出会うとその人たちの力を借りた。言葉が少しでも通じると、海が彼らに何か酷いことをする立場の人間ではないことを分かってくれる。

粘り強く作業を進める。時折、予想外の質問や要望を受け、迫田を探し指示を仰ぎに行く。迫田も同様に苦戦しているように見えるが、笑顔で丁寧に彼らと接している。海とどこが違うのか、彼らはすぐに迫田を信頼し、嬉しそうに言葉を交わしている。苦しそうに横になっている人を見ると、迫田は近寄り、まるで看護婦のように優しく声をかけ、時には薬缶(やかん)から茶碗に水を汲み、口元まで運んでいる。食堂まで行けない老人には、食堂まで行って食べやすいパンなどを運んできてあげていた。周囲の人はそれを見て迫田が酷いことをする官憲ではないことを理解し、自ら声をかけたりしている。

海は、迫田の真似をしなくてはと思いながら作業に戻るが、なかなか笑顔を続けることは出来ない。思うようにできない自分に嫌悪し落ち込むと、急に船の揺れが気になり始める。天草丸は決して穏やかな航海をしているわけではなかった。

午後、まだまだ確認しなければならない人たちは残っていたが、海は迫田に声をかけ、ひとり甲板に出た。どんより鉛色の空は相変わらずであったが、気温は少し上がっているような気がした。日本海の色もどす黒く、大きなうねりはないもののあちらこちらで白濁した波が盛り上がっていた。息苦しい船室にいたたまれなくなった乗客たちが三々五々甲板に出て、黒々と広がる海を見つめている。海は大きく深呼吸をした。冷たい空気が身体の中に入っていくのが少し嬉しかった。もう一度深呼吸をしようとした時、後ろからドイツ語で声を掛けられた。

「浅田さん、休憩中ですか?」

昨日、ドイツ語で随分と助けてくれた女性であった。娘も船酔いが楽になったのか、しっかりとした様子で隣に立っていた。

「昨日はありがとうございました。とても助かりました」

「娘も元気になってきたので、またお手伝いしますよ」

「本当ですか、ありがとうございます」

「この辺りに腰掛けて、ドイツ語で少しお話をしませんか」

甲板の隅の物入れを指差して、二人は腰を下ろし、海にもそこを勧めた。

「私たちの話を聞いてくれませんか。もちろん、面白い話ではありませんが」

「……いいですよ」

仕事に戻らなければという思いもあったが、女性の話をどうしても聞きたくなった。

「シベリア鉄道の中で、同じ境遇の人たちに幾度も幾度も話してきました。私たちよりもっとつらい目にあった人たちばかりでした。お互い慰めあいました。浅田さんはとても素敵な若者です。ドイツ語も喋れます。日本の若い人に私が経験したことを伝えたいと思いました。なぜあなたはドイツ語を喋れるのですか？　ドイツに行ったことがあるのですか？」

「ドイツに行ったことはありません。学校でドイツ語を一生懸命勉強しました」

「勉強家なのですね。私たちはポーランド人ですが、夫の仕事の関係でドイツに住んでいたことがあります。それでドイツ語を話すことができます。ドイツはとても素晴らしいところでした。ドイツ人も本当にいい人たちばかりでした。しかし、今のドイツはナチスが支配し、悪魔のような国になってしまいました」

「ゼルダさんでしたね。本当にご苦労されたのでしょうね」

ゼルダはどこにも見えぬ日本海の向こうの大陸を見つめるようにして、訥々（とつとつ）と喋りはじめる。

「私たちはワルシャワに住んでいました。夫は新聞記者をしていて、ある日、いつものように新聞社に出勤したまま行方知らずになってしまいました。ナチに捕まってしまったのか、誰に聞いても分かりませんでした。私たちも僅かなお金だけを持って、着の身着のまま、仲間たちとワルシャワを脱出しました。ドイツ領となったポーランドを離れ、歩いてソ連に行くしか方法がなかったのです」

とても聞き取りやすいドイツ語だった。海は言葉も出せず、ゼルダの横顔を見つめていた。

「……」

「東へ向かっていると、ある夜親切な農民が案内してくれて、小さな村に着きました。しかし、そこはドイツ軍部隊の真っただ中でした。農民に騙されたのです。そこには同じように騙されてきたユダヤ人たちがいました。ドイツ兵は私たちユダヤ人を柵に向かって整列させました。年寄りや女性、子供も沢山いました。今日は奇数だ、というドイツ語の指示が耳に入りました。兵士たちは銃を構え、躊躇いもなく引き金を引きました。一、三、五……と運悪く端から奇数の順番に並んでいた人たちが崩れ落ちました。娘のマーシャと引き離されたのは幸運で、しかも二人ともたまたま偶数番に並んでいました。兵士たちは気が済んだのか、残った人たちを納屋に押し込めました」

「そんな惨(むご)いことがあるのですね」

「その夜、皆と協力して納屋から抜け出し、暗闇にまぎれて必死で逃げました。東に向かえばソ連領になる。何日か歩きました。一緒に逃げだした仲間たちともはぐれ、母子二人だけになりました。私はマーシャに、ロシア人に捕まったら泣き出すのよ、ナチスよりは人間らしい心を持っているはずだからと、何度も言い聞かせました」

「……」

「広大な野の向こうに黒い森が見えてきました。その森を越えればソ連領です。しかし、ソ連領に入った途端、巡回していたひとりの若いソ連兵に捕まってしまいました。ドイツ領に戻れ、戻らなければ撃つ、ソ連兵は本気でした。マーシャは教えられた通り大きな声で泣き出しました。でも、ソ連兵は動じません。私はもうこれまでだと諦めました。マーシャ、もう泣くのはお止め、と声をかけました。ソ連兵は一瞬たじろぎ、マーシャだって、と呟きました。ポーランド人はいつからロシアの名前を付けるようになったのだと言います。聞き取りにくいロシア語でしたが、意味は分かりました」

「マーシャ」

海はゼルダの横で静かに座るマーシャに目をやる。

「私は、マーシャの名前はチェーホフやドストエフスキーの作品から取ったと説明し、ロシア文学を称賛しましたが、その兵士には伝わりませんでした。しかし、兵士はマーシャを見つめ、故郷に残してきた私の大切な妹と同じ名前だと呟き、マーシャを抱いてくれました。そして、二人にパンをくれ、近くの街まで軍のトラックで送ってくれました。おお神よ」

「本当に奇跡ですね」

「その街には祖国を脱出してきたユダヤ人たちがいて、支援してくれる人もいました。そこにいる人たちはシベリア鉄道で日本に行き、そこからパレスチナに行く計画を練っていました。そのためには日本の通過ビザが必要で、リトアニアのカウナスの日本領事館に行けば取得できるという話でした。私たちは幸運でした。彼らと行動を共にし、何とかカウナスに辿りつきました。皆無理だろうと思っていたし、時間はかかりましたが、カウナスの日本領事館で日本の通過ビザをもらうことができました。領事館が閉鎖される直前でした。センポという神様のような領事が助けてくれたのです」

「センポ、杉原千畝副領事ですね。日本人の誇りです」

「センポは領事館が閉じられてからも、リトアニアから出国するまで、市内のホテルや駅でもビザをつくり続けてくれたそうです。本当に神様のような人です。センポのお蔭で数多くのユダヤ人が助かったのです。ただ、日本の通過ビザだけでなく最終目的地のビザも必要でした。運よくオランダ領キュラソーのビザも入手することができましたが、本物か偽造かは分かりません。ちょっと心配です。そして、シベリア鉄道に乗り込むことができました。ユダヤ人支援組織の力を借りました。その後、ワルシャワのユダヤ人は全滅したと聞いています。私たちは幸運でした」

ゼルダはマーシャの肩を抱き、涙を流している。

「本当にご苦労されたのですね」

「まだまだこれからです。夫も、もしかしたら国を脱出して、どこかで待っているかもしれません」

「そうですね」

「私たちが今も生きているのは、奇跡もありましたが、日本のセンポや多くのユダヤの仲間たちのお蔭です。さあ、私も浅田さんのお仕事を手伝います。仲間たちを救わなければなりませんから」

ゼルダはマーシャの手を握り、力強く立ち上がり、海を仕事へと促した。

この親子に起こった想像を絶する出来事に対し、海は何を言っていいか分からなかった。ただ聞いてあげるだけでよかったのだろうか。

三等船室に戻り、リストを片手に確認作業をはじめる。ゼルダは何事もなかったかのように、疲れ果てている仲間のユダヤ人に優しく声をかけ、海の通訳をしてくれる。海の慣れもあり随分と進んだように感じたが、リストにはまだまだ数え切れないほどの名前が並んでいた。


三日目の朝、夜が明けきらぬ頃、敦賀の街が見えてきた。

「浅田君、頑張りましたね。往きはどうなるかと思いましたが、さすがに浅田君は立派でした。全員かは確認できませんか、ほとんどの人の確認ができたと思います」

「僕は迫田さんがいなければ何もできませんでした。いろいろ教えていただき、ありがとうございました」

「さあ、日本上陸。最後の踏ん張りですね」

迫田は元気な声で海を励ます。

甲板に出ていた乗客たちも、次第に近づく敦賀の街に小さな歓声をあげている。まだ雪が積もっておらず、緑に包まれた平和そうな街に見えた。

敦賀港に接岸した天草丸には、日本の係官とともにビューローの駐在員である小川と鈴本が、大量の現金封筒を大事そうに抱えて乗り込んでくる。小川と鈴本は迫田と海を目で探し、ご苦労様という顔を向ける。そして、休むことなく上甲板の案内所前に設置した机で、次から次へと来るユダヤ人たちへ送金引換証と交換に現金封筒を手渡す。

彼らはその後、検疫官から形式だけの質問を受け、入国管理官に旅券か身分証明書、日本の通過ビザ、その先の目的地のビザを見せる。海は通訳がわりに、数名いる入国管理官の横に立っていた。日本の通過ビザはほとんどがカウナスで杉原千畝副領事が発給したものであった。時折、モスクワやベルリンだろうか、違う領事館で発給されたものも見受けられた。目的地のビザもほとんどがオランダ領キュラソーの上陸ビザであった。時折、オーストラリアやカナダ、見慣れない南米の国のビザがあった。乗客はポーランド人ばかりだと思っていたが、ベルギー人、デンマーク人、ノルウェー人も混じっていた。

そして、手渡されたばかりの日本円の入った封筒を見せると、中身を数えることなく、旅券か身分証明書に大きな判を押し、次へと進ませる。この見せ金が無ければ日本に上陸することはできない。勿論、送金とは関係なく充分に米ドルを所持しているユダヤ人もいた。

次は税関吏による荷物検査となるが、これも簡単に終了する。日本の係官たちは皆強圧的ではなく親切で、ユダヤ人の入国に対し寛容なのだと感じられた。

この流れは続き、続々とユダヤ人たちは天草丸を下船し、日本の地に足を踏み入れる。皆一様に疲れた顔の中に笑みを浮かべ、ここまでくれば安心だという顔を見せる。船上から彼らを見送る海も、その様子を見て嬉しくなる。

ゼルダとマーシャ親子も無事入国審査を通過できたようだ。キュラソーの上陸ビザが偽造かもしれないと心配していたようだったが、ひと安心した。ちゃんと挨拶できなかったが、近くを通った時にドイツ語で「どうかお幸せに」と声をかけると笑顔を向けてくれた。きっとまだまだ過酷な運命が待っているに違いなかった。

四百人近くの乗客の入国はかなりの時間を要する。なかなか終わらず行列は続く。

迫田が横に来て、海に耳打ちする。

「浅田君、ご苦労様でした。浅田君の頑張りもあり、とても順調な入国です」

「そうですか。あと少しですね」

「でも、これからですよ」

列はあと二十人くらいになっていた。

動きが突然止まった。入国管理官の前で、ユダヤ人が大きな声をあげている。優しい顔をしていた日本人の入国管理官が厳しい顔を向けている。

入国に必要な所持金が足りないのだ。迫田は慌ててそのユダヤ人のところに行き、列から外し、身分証明書を受け取り、名前をリストと照合する。

「オーケー、ノープロブレム」

迫田は送金引換証を渡し、現金封筒の引き換え場所に誘導する。次のユダヤ人も同様で、今度は海が対応する。これを数人繰り返していたが、所持金もなく送金もないユダヤ人たちが十人ほど残った。彼らは騒ぐことなく、茫然と立ち尽くしている。

入国管理の責任者らしき人が立ち上がり甲板に出て、波止場の誰かに手を振って、乗船して来いと手招きしている。しばらくすると、きちっとした背広姿の初老の日本人が乗り込んでくる。

「神戸から来ている、米国ユダヤ人協会日本支部の責任者の人だ」

迫田が顔見知りなのか、目で挨拶を交わし、海の耳元で教えてくれる。

「彼らを助けてくれるのでしょうか」

「多分、彼が彼らをギャランティする。つまり、滞在費を保証してくれる。そうすれば上陸許可が下りる。ユダヤ民族の団結力は凄いものだね。ニューヨークから支援し、それに漏れた者もぎりぎりで救ってくれる」

「凄い団結力ですよね。多分、祖国を脱出する時も、日本の通過ビザをとるときも、シベリア鉄道のチケットも、その折々の滞在費や食費も、それぞれの場所に支援の手を差し伸べているのでしょうね。そうでなければこの日本までも来られるはずがありません」

「多分、その通りだと思う」

「ユダヤ人の団結力は国境を越えていますね」

しばらくすると、残された全員が入国審査、税関をすませ、上陸を果たした。

「乗船した皆さん全員が日本に上陸できましたね」

海は感無量で呟く。

「この航海は上出来です」

迫田も満足げに応える。

「小川さんと鈴本さんは？」

海が周囲を見渡すが、既に船内にはいないようだった。

「今は陸で、敦賀港駅まで列車が来ていればそのまま列車への誘導か、来ていなければ敦賀駅までのバスの配車をしているはずです」

「それは大変ですね」

「お客を守り、旅をお世話するのがビューローの仕事。どんな旅でも」

迫田の力強い言葉に、海は大きく頷いた。

＊＊

海の二回目の添乗は、最初の航海から帰着した翌日であった。

久しぶりに陸に上がり、揺れない地面にしっかり足を付け、宿に入って風呂にゆっくりと浸かり、揺れない食堂で食事とお酒をビューローの仲間と楽しみ、畳の上でたっぷりと寝た翌日が次の業務であった。

今回も迫田と一緒なので何も心配することはなかったが、前回の往路の悪夢が心に引っかかってい た。案の定、往路の日本海は大時化であった。誰もが冬の日本海はこんなものだよと平然としていた。海も食欲こそ湧かないものの、必要な仕事をこなし、何とか船酔いにはならず二泊三日の航海を終えた。

ウラジオストク港に接岸した天草丸を迎えるのは、やはり多くのユダヤ難民たちであった。長いシベリア鉄道の旅を終えた彼らは、日本海を越えてやってくるこの天草丸を心待ちにしているのだ。

「波止場のユダヤ人たちの数はこの前よりも多いですね」

海は甲板に並んで接岸を見守る迫田に声をかける。

「そうですね。回を重ねるごとに、天草丸を待ちわびる人々の数が増えているような気がします」

「そうですか」

「多分。天草丸にも定員があります。とはいってもここのところは定員オーバーが続いていますが。それでも数限りあり、乗船券の入手も難しいのかも知れません」

「乗船券はどこで入手しているのですか?」

「敦賀行の乗船券は、ソ連の旅行代理店、インツーリストが一手に取り扱っています」

「やはりインツーリストですね」

「国営旅行代理店ですが、お金さえちゃんと払えば乗船券の入手は難しくないようです。ただ、支払は米ドルしか受け取らないとか、以前の乗船客が言っていました」

「商売っ気たっぷりですね」

「それに、これだけの人数になると順番待ちにもなっているのでしょう」

「何とかここにいるユダヤ難民全員を日本に連れて行ってあげたいですね」

「そうだね」

迫田は波止場の群衆を見ながら、寂しそうに呟く。

「乗船券の問題だけでなく、日本の通過ビザの件もある。リトアニアの日本領事館の杉原千畝副領事の人道的な配慮から、迫害から逃げてきたユダヤ難民たちに通過ビザが発給されている。実際、今天草丸に乗船されるユダヤ人のほとんどがこのビザを持っている」

「この前の航海でも、ほとんどの人の査証に杉原千畝のサインがありました」

「でも、ビザを取得しても途中で紛失してしまった人、杉原ビザの取得に間に合わなかった人、ビザが取得できないままシベリア鉄道に乗りこんでしまった人、あの人々の中にはそんな人たちも数多くいるらしい。日本としてはビザなしで入国させるわけにはいかない。といって、彼らには戻る祖国もない」

「どうしたらいいのでしょうね」

海は案外いい加減に入国を許していた満洲里のことを思い出していた。しかし、ここはソ連と日本の国境である。ソ連も日本も規則には厳格な国だ。

「そうだね」

迫田は何か思い詰めたように波止場のユダヤ難民たちを凝視している。


いよいよ、天草丸は出航の時を迎え、タラップが下される。前回同様、パーサーと迫田、海がタラップの上で彼らを待つ。タラップの下では、厳しい出国手続きが行なわれている。そして、乗船を許可された、やはり疲れた黒っぽい外套を身にまとった様々な齢恰好の男女がタラップを上ってくる。

「ようこそ天草丸へ」

迫田と海は姿勢を正し、乗船券を確認し笑顔で乗客を迎える。そして、ほとんどの乗客は三等船室へと案内されていく。前回と同じ風景であった。

ちょっと違ったのは最後に乗り込んできた四、五十人のユダヤ人たちであった。キッパを頭にのせた初老の男性数人が先頭に歩く。おそらく、ラビと呼ばれるユダヤ教の先生だろう。その後に若い学生と思われる青年たちが続く。全員がもみあげを生やし、黒い背広のような服をきちんと着ている。持ち物も小さな黒いトランクひとつで、整然とお喋りもせずにタラップを上ってくる。

「ようこそ天草丸へ」

「私たちはポーランドのユダヤ教神学校の教師と生徒です。日本の敦賀まで、どうぞよろしくお願いします」

ラビたちは口を閉ざしていたが、学生のひとりが全員を代表するように丁寧な英語で声を掛けてくれた。

三等船室はまだまだ混乱が続いていたが、神学校の教師と生徒が最後に入ってくると、皆自然と彼らの場所を空け、招き入れていた。その様子が全体に伝わったのか、ほどなく全員が落ちついた。

出航の汽笛が鳴ると、多くの人が甲板に向かう。甲板が人で溢れかえる。波止場にはまだまだ多くのユダヤ難民が立ち竦んでいる。

彼らも次の便には乗れるといいのだけど。海は胸の詰まる思いで彼らを眺める。

天草丸はウラジオストク港から離れていく。港も小さくなっていく。船の横にはソ連の官憲の船が伴走している。その伴走の時間はとても長く感じた。海は早くソ連の船が離れ、あの合唱を聞きたかった。

ソ連船が踵を返した。甲板に大きな歓声があがった。抱き合う老夫婦、手を取り合う親子、飛び上がる若者、ダンスを踊りはじめる男女、申し送りをしたように前回と同じであった。そして、あの歌が始まり、いつしか甲板全体での大合唱になった。希望という意味を持つ、ハティクヴァというヘブライ語の唱歌だ。海には歌詞の意味は全く分からなかったが、一緒に旋律を口ずさんでみた。

いつの間の迫田が横に立っていた。

「今回も乗客は四百人ほどだ。さあ、浅田君、今日も仕事を始めよう。全員、一人ひとり確認して、このニューヨークから送られてきたリストに従って、間違いなく本人に送金引換証をお渡しする」

「はい。少し要領が分かってきたような気がしています。足を引っ張らないように頑張ります」

「英語とドイツ語ができる浅田君には負けてしまうかもしれません」

「そんなことはありません。迫田さんは彼らの心をすぐに摑んでいるようで、僕もそうなれればと思っています」

「彼らは天草丸の、ビューローの大切なお客だ。誠意しかないと思う」

公海に出た天草丸は冬の日本海の猛々しさの洗礼を浴び始めた。波は高く、揺れは永遠に続くようだった。多くの乗客は横になったまま動かない。あちこちで嘔吐する人が見られる。

海はリストとの格闘の前に、枕を運んだり、バケツを運んだり、薬缶を運んだりと、船酔い客の面倒で手がいっぱいになった。しかし、そんな姿を見ていたユダヤ人たちは、海に好意的に確認作業に応じてくれるようになった。片言でも英語の喋れる人、ドイツ語を理解する人が手伝ってくれ、何とか仕事が捗りだした。

二日目の午後、海はあの神学校の一団のところへ移動した。全員が静かにしている。聖書か本をじっと読んでいる青年も多い。ちょっと声をかけづらい雰囲気ではあったが、まずは英語で声をかけた。すると、乗船の時に英語で挨拶をしてくれた青年が立ち上がった。

「私はジャパン・ツーリスト・ビューローの浅田といいます。米国ユダヤ人協会から皆さんに日本の滞在費の送金が来ているかもしれませんので、お名前を確認させてください」

「私はミール神学校の生徒で、モイシェといいます。米国ユダヤ人協会の送金の件は知っています。しかし、私たちミール神学校の者は日本入国の際に必要な滞在費を持っています。ユダヤ教会の世界組織から支援していただきました」

モイシェと名乗る青年は穏やかな口調で説明してくれる。

「そうですか。それは安心いたしました」

「それにアメリカへの上陸許可ももらっています。教会の駐在員が保証人になってくれました」

「素晴らしいです」

「勿論、日本の通過ビザも全員が持っています。全てカウナスのセンポから頂いたものです」

「センポ、カウナス日本領事館の杉原千畝副領事から頂いたのですね」

モイシェは急に嬉しそうな顔をする。

「あなたは杉原千畝副領事を知っているのですか。とても偉い人です。実は、私はその日本領事館で働いていました」

海は聞き間違いかと思った。

「えっ、杉原千畝副領事の日本領事館で働いていたのですか?」

「そうです、本当ですよ。短い間ですが」

モイシェは海を廊下へ導き、階段を指差した。

「食堂に行きましょう。そこでお話しします」

意外と広々とした食堂には数人しかいなかった。船窓からは山のように盛り上がった黒い波が見えていた。

「お仕事の途中なのに、お時間いいんですか?」

良いも悪いもなかった。日本領事館で働いていたという意味をどうしても知りたかった。

「もちろん構いません。是非、お話を伺いたいです」

モイシェは長いもみあげをいじりながら話し始める。

「ヨーロッパにはユダヤ教の神学校が各地にあります。ナチスのユダヤ人迫害はご存じのことと思いますが、ユダヤ教の神学校は真っ先にその標的になりました。神学校は徹底的に破壊され、寮で共同生活をする教師や生徒は次々虐殺され、多くの神学校が消滅してしまいました」

「神学校が消滅」

海は唖然とした。そんなことがヨーロッパでは起こっていたのだ。

「私たちのミール神学校は、東ポーランドの小さな町、ミールにありました。ナチスの魔の手は近くに迫っていました。そんな時、ドイツとソ連が不可侵条約を結び、ミールの町はソ連の占領下になりました。ソ連もユダヤ教の神学校に対して厳しい対応でした。ソ連から逃れるため、やむを得ず学校はリトアニアに移りました。とても幸運でしたが、今度はリトアニアがソ連に併合されることになり、学校の存続自体が危うくなってきました」

「……」

「できるだけ早くリトアニアを離れ、アメリカに向かう案が浮かびました。シベリア鉄道に乗り、日本を経由していくルートです。幸いにも金銭的支援をしてくれる組織があり、アメリカの上陸許可ももらえることになりました。後は日本の通過ビザだけです。そんな時、カウナスの日本領事館で通過ビザを発給してくれるという情報を耳にしたのです。でも、教師、生徒全員で三百五十人のビザをもらえるかどうかはとても不安でした」

「三百五十人ですか」

「はい。私は、移設した神学校があったビリニュスから日本領事館のあるカウナスまで、全員の旅券を抱えて向かいました。日本領事館は信じられないほどの数のユダヤ人たちに囲まれていました。いくら並んでいても三百五十人分のビザをもらうことはとても無理だと思いました。とはいえ、手ぶらで神学校に戻るわけにもいきません。ここからは誰にも喋っていない秘密の話です」

「秘密の話？」

「そうです。神に仕える神学生が決してしてはいけない、ずるいことをしてしまいました。領事館の建物の横手にある小さな通用口からこっそり建物の中に入ったのです。小さな領事館なのですぐに秘書官に見つかりました。一生懸命事情を説明し、何とか領事に会わせてほしいと懇願しました。勿論、無理だと追い出されそうになりました。でも、簡単には引き下がれないので何度も何度もお願いしました。気持ちが通じたのか、根負けしたのか、秘書官は渋々領事のところに連れて行ってくれました。そこには忙しそうに机に向かっている領事がいました」

「杉原千畝副領事ですね」

「杉原副領事、センポは手を止めて、私の話を聞いてくれました。危機が迫っているミール神学校のこと、全員で来る時間が無いこと、一刻も早く国外に脱出しなくてはならないことを熱く語りました」

「杉原副領事はどう応えたのですか」

「センポは旅券の束を見ながら、今、個人には通過ビザを発給していますが、団体には発給していないのです、多くの人が長期間、日本に居着いてしまうのは困るからですと言いました。私は慌てて、日本からはすぐに出国します。行先はアメリカです。アメリカのユダヤ教会の駐在員が保証人になってくれて、全員の上陸許可をもらっています、と。これは本当のことなのではっきり言いました」

「……」

「センポはしばらく考え込んでいました。そして、何とかしましょう、何とかしなければなりませんねと応えてくれました。私は神に感謝しました」

「よかったですね」

「私はセンポの手を握り、ありがとうございますと何度も感謝の言葉を言い続けました。最後に、大量のビザを作るのは時間がかかると思います。私がお仕事を手伝いますと、自分でも思っていなかったことを言ってしまいました。すると、センポはびっくりした顔をして、それでは明日から来てくださいと言ったのです」

「それで領事館で働くことになったのですか」

「そうです。それからセンポにもうひとつ聞きました。このビザの発給は政府が承認していることですかと。センポは、承認されていないよ、でも困っている人がこんなに大勢いるのだからと応えてくれました。センポは本当に素晴らしい人間です」

「杉原副領事という人は本当にすごい人ですね」

「翌日から臨時秘書として朝九時から夕方四時まで、ビザの書式を彫った判を旅券や身分証明書に押し続けました。ミール神学校のビザも少しずつ作ってもらいました。できたビザをユダヤ人たちに渡すのも私の仕事でした。ありがとう、ご恩は忘れませんと同じユダヤ人から言われるのはとても妙な気持ちでした。二週間ほど仕事を手伝い、三百五十人分のビザを手にして領事館を去りました。センポにご苦労様と礼を言われました」

「本当に日本領事館で働いたのですね」

「この話は秘密です。センポの心の広さ、人間の大きさを知ってほしくて、日本人のあなたに話してみたかったのです。神学生として正しいことをしたかどうか分かりません。誰にも話さないでくださいね」

「もちろんです」

「今、ミール神学校は五十人ずつ分かれて行動しています。これからも続々やってきます。浅田さん、どうぞよろしくお願いします」

この話を迫田にはどうしても話したいと思った。でも、神に仕える人との約束は守らなくてはならないのだろうか。


三等船室に戻り、リストを片手に送金引換証を渡す作業を続ける。前回より慣れたせいか随分と順調に進んでいった。ミール神学校の人たちの確認が無いだけでも有り難かった。しかし、横になったまま動かぬ人たちに声をかけるのはとても難しい作業だった。

夕刻にはひと通りの確認が終わった。上甲板の案内所前に迫田と海は立っていた。迫田のところには相談ごとなのか、お礼なのか、次々に乗客がやって来てはなにやら笑顔で話している。

「浅田君、お疲れ様でした。今回もだいたい確認が終了したみたいですね。浅田君と組になってからは順調です。ありがとう」

「いえ、こちらこそありがとうございました。本当にお疲れ様でした」

海は初めて小さな達成感を感じた。


翌日、天草丸はほぼ定刻に敦賀港に接岸した。日本の係官とともに、ビューローの駐在員である小川と鈴本が大量の現金封筒を大事そうに抱え乗り込んでくる。前回と同じである。送金引換証と交換に現金封筒を受け取ったユダヤ人は、検疫、入国審査、税関へと進み、日本に上陸していく。

ユダヤ人たちの列はゆっくりではあるが順調に進んでいる。最後尾はまだ三等船室にいるミール神学校の教師と生徒たちであった。

動きが突然止まった。入国に必要な所持金が足りないのだ。海は慌ててそのユダヤ人のところに行き、列から外し、身分証明書を受け取り、名前をリストと確認し、迫田は送金引換証を渡し、現金封筒の引き換え場所に誘導する。

また動きが止まった。海が急いで近寄ると、様子が違っていた。入国管理官が渋い顔をしている。

「最終目的国のビザがない者は日本入国を認められません」

この後に続く二十人ほどが、最終目的国のビザを持っていなかった。何故、乗船時のソ連の厳しい確認の目を通り過ぎてしまったのだろうか。

「オランダ領キュラソーのビザをとらなかったのですか？」

海が英語とドイツ語で彼らに尋ねた。

「リトアニアのオランダ領事館に行った時は既に閉鎖していました。日本領事館には辛うじて間に合い、センポ杉原が通過ビザを出してくれたのだけど」

ひとりが片言のドイツ語で応えてくれた。

「運よくシベリア鉄道のチケットもとれ、天草丸にも乗船することができ、さらに米国ユダヤ人協会からの支援金も頂いた。それなのに、日本に入国することができないのですか？」

悲痛な訴えであった。

「日本の入国の条件は、最終目的国のビザを持っていることです」

海が改めて通訳する。自分は日本の官憲ではないのに、何故こんなに辛いことを言うのだろう。

「分かっています。でも、センポ杉原は日本に上陸できるビザを発給してくれました」

入国管理官は何も言わずに厳しい顔をしている。

「必要な最終目的地のビザは日本で必ず取ります」

いくら訴えてもこの規則は曲げることができないだろう。

いつの間にか、きっちりとスーツを着た背の高い白人が立っていた。神戸から来ていた米国ユダヤ人協会の日本支部担当者だと日本語で名乗った。引き続きゆっくりとした英語で彼らに向かって話す。

「私は米国ユダヤ人協会の日本支部のキャラクターといいます。何とかしたいのですが、いますぐには無理です。神戸に戻り対策を練ります。申し訳ありませんが、皆さんはこの船を降りることはできません」

彼らは困った顔をしたが、今はどうしようもないと分かったようであった。

「このまま天草丸でもう一度日本に来てください。それまでに、皆さんの最終目的国のビザを何とかします」

米国ユダヤ人協会の担当者の言葉は重く、彼らに通じたようだった。彼らは荷物を持ち、船室に戻っていった。

その後も出国手続きが続いた。最後はミール神学校の五十人だったが、手続は何も問題無く済んだ。海はタラップの脇に立ち、見送りをしていた。モイシェがタラップに半分足を掛けながら海に声をかける。

「あの方々も無事に日本に入国できるように応援してあげてください。ウラジオストクにはまだまだいろいろな事情で船に乗れない人もいるようです。日本の力で何とかしてあげてください。それから、あの話は秘密ですよ」

最後は笑顔を見せ、若者らしく軽快にタラップを下っていった。横にいた迫田が興味を示す。

「あの話ってなんだい？」

「秘密の話です」

海はニヤッとしながら答えた。

＊＊

海の三回目の添乗は三日後だった。それまでは陸の仕事を手伝った。陸の業務も多忙であった。海は、天草丸から下船することのできなかった二十人のユダヤ人のことが頭から離れなかった。勿論、船会社の配慮で食事もゆっくりと寝られる場所も用意されている。とはいえ、彼らは不安な日々を送っているに違いない。

往路はまた穏やかな航海というわけにはいかなかった。乗客は十人ほどで、ほとんど手間のかからない、天草丸の航海に慣れた人たちだった。海は元気のない二十人のユダヤ人たちへの気遣いをしたが、彼らのほとんどは英語もドイツ語も話せず、充分な会話もできなかった。彼らから片言のドイツ語で何とか聞き出したのは、迫って来たナチスから全員で逃げ、凍えるように冷たい川を泳いでポーランド国境を越え、ソ連に逃げたことだけだった。

ウラジオストク港に到着すると、まずはゲー・ペー・ウーの隊員が乗り込んでくる。船内を巡回し、敦賀から乗船した船客の上陸は許された。しかし、二十人のユダヤ人たちは集められて、厳しい言葉が言い渡される。

「何故戻ってきた。お前達は船から一歩も出ないように厳重に命じる」

勿論、彼らはウラジオストクで下ろされることなど望んではいない。

「日本にも入国できず、ソ連にも上陸できない。一生船にいろというのか」

はっきりとは聞き取れないが、彼らは吐き捨てるように言い、隊員に睨まれる。

翌日、迫田と海が朝食をとっているときに、三倉船長が、上陸して一緒に日本領事館に行かないかと迫田に声をかけた。迫田は一度船長のお伴をして日本領事館に行ったことがあるので、海を連れて行って欲しいと口添えしてくれる。

朝食後しばらくして、海は坊主頭の三倉船長に同行して天草丸のタラップを降り、ソ連の地に初めて足を踏み入れた。珍しくよく晴れ、気持ちいいまでの青空が広がっていたが、酷く冷えていた。借りた厚手の外套を身にまとい、波止場に集まっているユダヤ難民たちの間を縫い、瀟洒なウラジオストク駅を間近に見ながら街へ出る。港を離れると、人通りは少なく、うっすらと積もった雪の歩道を黙々と歩く。ヨーロッパの街並みはこんなものかなと感じながら、石造りの建物の間を歩いていく。

「寂しい街でしょう」

三倉船長は海に静かな声で話しかける。

「でも、ウラジオストクの街を歩けるなんて、ちょっと感激しています。確かに日本から一番近いヨーロッパかもしれませんね」

「浅田君は旅好きなのですね」

「一応、ビューローマンなので」

中央広場からオケアンスキー通りを東に入ったところに日本総領事館はあった。想像をはるかに超えた、石造りのギリシャ式の立派な建物であった。

「今日は領事館への定例の挨拶と報告ですが、特別緊張することはありません」

立ち止まり立派な総領事館を見上げる海に三倉が優しく言う。その玄関口にひとりの若者が立っていた。一目見てシベリア鉄道を乗ってやって来たユダヤ人だと分かった。彼は玄関を入ろうとする三倉と海に近づき、英語で声をかける。

「日本人ですか。英語分かりますか。私はポーランドから来ました。リトアニアで日本のビザをもらいましたが、紛失してしまいました。この領事館でもう一度発給してもらいたいのですが」

三倉と海は顔を見合わせる。

「私たちは領事館のものではありません」

海は英語で答える。

「でも日本人ですよね」

「そうですよ。大丈夫、大丈夫、一緒に領事にお願いしに行きましょう」

三倉船長が英語で予想もしていないことを言い、玄関口へと若者を誘う。総領事館に入り、三人一緒に椅子に腰掛けた。

「こちらは総領事代理の根井三郎（ねいさぶろう）さんです」

三倉は顔見知りらしく、海ともユダヤ人の若者へともなく紹介し、玄関で初めて会った若者の事情を説明した。

「日本の通過ビザをお願いします」

若者は日本人がするように頭を深く下げた。根井は困惑顔で、英語で話しかける。

「ここの業務は漁業許可が中心で、通過ビザを出すと越権行為になってしまうのです」

「総領事館は通過ビザを発給できるのですよね」

「モスクワの総領事館には行きましたか」

「行きましたが駄目でした」

「ベルリンの総領事館には行きましたか」

「殺されに行くようなものです。でも、カウナスの領事館に行きました。カウナスではセンポ領事が事情を理解してくれ、通過ビザを発給してくれました。しかしその旅券を紛失してしまったのです。旅券は赤十字社に改めて作ってもらいましたが、その時カウナスの領事館は閉じていました」

根井は若者の顔をじっとしばらくの間見つめ、何かを納得したように口を開いた。

「そうですか。カウナスで通過ビザをもらったのですね。それでは発給しましょう」

根井は笑顔を浮かべ若者を見る。若者は言葉を失い、身体を震わせ泣きはじめる。そして、絞り出すように「ありがとう」を繰り返す。

「天草丸でアシスタント・パーサーをさせていただいています、ジャパン・ツーリスト・ビューローの浅田海といいます。どうぞよろしくお願いします」

海は、根井を前にし改めて、先ほどの出来事の感激と緊張で声を震わせながら挨拶をする。

「浅田海さんですか。ビューローの皆さんの、ユダヤ難民の方々の輸送のお仕事についてはよく知っています。本当にご苦労様ですね」

「とんでもないです。まだ三回目の添乗で、何もできていません」

「多くのユダヤ人たちはとても感謝していると思いますよ」

「ありがとうございます。それにしても、根井総領事代理は素晴らしいお方だと感激しました」

「ああ、先ほどの件ですか。杉原さんが判断してビザを出したというのに、私がダメだと言う理由はどこにもありませんよ」

根井は当たり前のことをしたように淡々と言う。

「根井さんは杉原さんの二期後輩で、ロシア語専門学校の哈爾浜学院の同窓で、もともとのお知り合いだそうですよ」

三倉船長が根井について説明してくれる。

「哈爾浜学院ですか。僕はひと月前までは満洲里のビューローの案内所で、やはりシベリア鉄道でやってくるユダヤ人の方々の斡旋をしていました。祖国から追われたドイツのユダヤ人が多かったです」

「それはそれはご苦労様でした。満洲里とはとても遠いところで大変でしたね。でも、とても素晴らしいお仕事をしているのですね」

「ありがとうございます。偉い領事さんにこんなことを言っていいか分かりませんが、シベリア鉄道に乗ってやってきたユダヤ人の中には、さっきの若者のようにビザを取得しても途中で紛失してしまった人、カウナスの杉原ビザの取得に間に合わなかった人、ビザを取得することもできないままにシベリア鉄道に乗りこんでしまった人たちが数多くいるようです。天草丸を目の前にしても彼らは乗り込むこともできません。是非、困ったユダヤ人たちに通過ビザを発給してあげてください」

「ビューローの職員の皆さんは優しい心を持っているのですね。この前に来た、迫田さんでしたっけ、全く同じことを訴えていましたよ」

「迫田さんがですか」

海が三倉船長の顔を見ると大きく頷いている。

「浅田さん、本当はなかなか難しいことなのです。実は、日本の外務省からは杉原さんの発給したビザをこのウラジオストクで再検閲するよう命じられました。しかし、私は、国際的信用から考えてそんなことはできないと言い、通過ビザを持つユダヤ人たちの乗船を認めています。そして、実はいつまで続けられるか分かりませんが、ビザを持たずに来てしまったユダヤ人に対してもここでビザや渡航証明書を発給しています。彼らは帰るところが無いのですから」

「大変失礼いたしました。そんな事とはなにも知らずに、とんでもないことを言ってしまいました。お許しください」

「大丈夫ですよ、浅田君。根井総領事代理はそんな小さなお方ではないですから」

「困っている人たちに手を差し伸べることは当たり前のことです。杉原さんもその思いで数多くのビザを発給したのだと思いますよ」

海には根井総領事代理の顔が仏様に見えてきた、多分、カウナスの杉原千畝という人の顔も同じように仏様の顔をしているのだろうと頭の中に思い描いた。ユダヤ難民の多くの命はカウナスの杉原千畝副領事によって救われ、根井三郎総領事代理にしっかりと引き継がれていた。隣に座る三倉船長も、その命を大切に運ぶひとりなのだと分かった。

復路の航海は晴天が続き、初めての穏やかな船旅となった。激しく船酔いする人も少なく、食堂で食事を楽しむ人も多く、決して温かくはないが甲板で過ごす人の姿も目立った。迫田と海の業務も相変わらず容易とは言い難かったが、なんとか順調に進んだ。

甲板の空気は冷たかったが、太陽の日差しは温かい気持ちにしてくれた。迫田も甲板に出てユダヤ人たちと気さくに歓談している。その姿はとても爽やかで、時折笑い声も聞こえる。

ただ、二回目の日本海の航海となった二十人のユダヤ人たちは船室の隅に固まり、動こうとはしなかった。

航海三日目の早朝、天草丸は敦賀港に接岸する。海が目を凝らすと、岸壁から天草丸の甲板に向かって紙を高々と上げ、大きく振りながら叫んでいる人の姿が見える。米国ユダヤ人協会の神戸支部のキャラクターだ。日本人よりも頭一つ背が高いのですぐに分かった。何を叫んでいるのかは聞こえないが、その様子から良い知らせに違いないと確信し、海は人をかき分けながら、二十人のユダヤ人のもとに向かい、甲板まで引っ張ってきた。彼らもその様子を見て確信し、叫び続けている白人に大きく手を振る。

「上陸できそうだ」

皆、満面の笑みを浮かべ何度も叫ぶ。

乗客たちの下船が始まる前に、米国ユダヤ人協会神戸支部のキャラクターは日本の係員と共にタラップを上ってくる。

「日本のオランダ大使館がキュラソーのビザを出してくれましたよ。日本に上陸できます」

背の高い白人は大きな声で船の中に向かって叫ぶ。二十人のユダヤ人たちは手を取り合って喜ぶ。

甲板に躍(おど)り出て叫ぶ。

「敦賀は天国のようだ」


この時、もうひとつの嬉しい事件が起こった。

「もうすぐにも生まれそうです」

迫田が大きなお腹の若い女性に付き添い、声を張り上げながらやってくる。

「入国の手続きはご主人がしますので、とにもかくにもこのお母さんを下船させてください」

日本の入国管理官や税関吏たちも協力してタラップに向かわせる。日本の係官は実際には県の警察官である。しかし、彼らはこの一刻を争う状況を理解してくれた。

ボーイ長がタラップを駆け下り、大声を掛けながら自動車を探している。海は迫田と共に女性に付き添い、タラップを下りた。女性はうーうーと苦しそうな声をあげ、何かを言っている。多分、もう生まれそうだと言っているに違いない。

タラップを下りると、一等船客目当てに来ていた小型のタクシーがドアを開けて待っていた。後部座席にはどこから持ってきたのか、毛布が敷き詰められていた。

「病院まではすぐですよ」

運転手が声をかけるが、女性はうなるだけであった。船会社の中年の女性職員が駆けつけてきた。

「私が一緒に行くから安心しなさい」

迫田と海は女性をタクシーに押し込み、ただ立ちつくす。

「病院はすぐそこだから」

タクシーが勢いよく走り出す。長い旅路の中で新しい命の旅も始まるはずだ。何故だかほっとした海に、声をかける者がいる。

「ビューローの浅田さんですか?」

振り向くと、顔見知りの男が立っている。

「トーマス・クックの榎本(えのもと)さん?」

海の横浜事務所時代にやはり横浜港で斡旋業務をしていた、トーマス・クック横浜支店の榎本だった。

「お久しぶりです」

「榎本さん、何故こんなところに」

「浅田さんこそ、ニューヨークに行かれたのでは」

「話せば長くなりますが、ニューヨークから満洲里、そして敦賀と斡旋応援しています」

「榎本さんは？」

「偉いさんの出張斡旋です。ユダヤの方ですが。せっかく確保しておいたタクシーは取られてしまいましたね」

榎本がとても嬉しそうに言う。

「それは失礼しました」

「いえいえ。とてもいいことに使ってもらって良かったです。偉いさんはこの便には乗っていなかったようですし」

「クックさんもユダヤの方々の輸送に関わっているのですか」

「ビューローさんの大きなお仕事の件は知っています。大変でしょう。我々もそれとは別に、今まで通りの個別の依頼は結構あり、あちこちで斡旋しています」

ここにもユダヤ人たちの長い旅路を支えている人がいた。

＊＊

添乗業務は六月まで続いた。便は不定期で、一週間の陸の仕事が続くこともあった。陸の業務も決して楽ではなく、本店外人旅行部から送られてくるリストの整理や、日本円の用意、ユダヤ人たちの神戸や横浜、東京までの国鉄乗車券の手配、場合によっては臨時列車の交渉、大きな荷物の鉄道輸送手続、港から敦賀駅までのバスの手配、鉄道に乗れなかった人たちの宿泊手配、そしてそれらの精算業務など、手分けしても終わらないものばかりであった。

船に慣れてくると、天草丸の往路が一番の休養となった。しかし、日本海はいつも荒れていた。穏やかな航海はほとんどなかった。

海は次第に慣れてきたが、多くの乗客は疲労しているうえに、船旅に慣れておらず、日本海の荒波の洗礼を受け、毎航海ほとんどの人が船酔いをしていた。その中でのリスト片手の業務は、いくら慣れても困難を極めた。

復路は、二百人、三百人のこともあったが、ほとんどは定員を越える四百人程の乗客であった。送金が届いていない人、最終目的国のビザを持っていない人、そもそも日本の通過ビザを持っていない人が下船時には何人かいて、毎回その対応に追われる。乗客同士の些細な事での争いや、命に係わりそうな病人、船内階段での怪我人、意味不明の行動を取り始める乗客、大小様々な事件は尽きなかった。

迫田と海、それと鈴本も交代で添乗業務にあたったが、若いとはいえ皆疲労の色が濃くなっていた。何とか続けられたのは、陸での業務終了後の食事と酒であった。日ごとに食べることも厳しくなってきた時期であったか、敦賀の街は新鮮な魚と米、そして酒にはまだ困っていないようだった。

六月、ドイツとソ連の戦争が始まったと伝わってきた。シベリア鉄道の閉鎖も確実になる。六月十四日の河南丸(かなんまる)の入港を最後に、ユダヤ人難民の敦賀上陸も終わった。船は天草丸から気比丸(けひまる)など、幾度か他の船に変わっていた。敦賀の街からもユダヤ人たちの姿が消えていた。

そんな時期に宿の食堂で静かにささやかな宴が始まる。

「皆さんお疲れ様でした。どうやら我々の任務も終わるようです。なかなか過酷な仕事でした。皆、何とか元気でいるのは大したものです」

小川は労(ねぎら)いの言葉を掛けながら、酒が満たされた茶碗を掲げた。迫田も鈴本も海もそれに倣う。

「ヨーロッパの戦争が益々激しくなってきましたね」

迫田が悔しそうに呟く。

「まだまだ多くのユダヤ人たちがヨーロッパには残っているのでしょうか」

海も寂しそうに呟く。

「ナチに追われ捕まってしまった人、祖国を脱出したものの彷徨(さまよ)い続けている人たち、ソ連に捕まりシベリア送りになってしまった人たち。きっと、とても多くの人たちが辛い目にあっているのでしょうね。でも、多くのユダヤの人たちが、この敦賀まで無事にたどり着きました。おそらく六千人くらいだと思います。私たちは決して無駄な仕事をしたわけではありませんよ。歴史には残らないかもしれませんが、ビューローにしかできない業務をしっかり遂行しました」

小川が皆を労うように、また自分に言い聞かせるように言う。

「ユダヤ人たちは敦賀の地に足を降ろし、全員が喜んでいましたが」

「でも、彼らの旅はまだまだ途中なのですよね。無事に目的地にまで行ければいいのですが」

「日本国内の旅には、まだまだ我々ビューローの出番が沢山ありますよ」

酒の肴（さかな）は十分にあった。宿のおやじさんの作る小料理はどれもが美味しかった。皆、それぞれの業務の思い出を語り始める。本当は辛い話なのだろうが、皆上手に面白おかしく語る。聞いたことのある話も、初めて聞く話もあった。

「いつか、迫田さんが大活躍して何とか診療所まで送り届けた妊婦さんがいましたよね。無事病院で男の子を出産したそうです。名前は迫田さんのサコタか、赤ちゃんを産んだ街ツルガにしようとしたらしいです」

鈴本が思い出したように言う。

「本当ですか？」

「診療所の看護婦さんが言っていたので本当ですよ。やっぱり嘘かな。でも、結局はふつうの名前を付けたようです。名前は聞いたけど難しくて忘れてしまいました。その後、あの診療所ではユダヤ人が二人お産をしていたようですよ」

こんな話が続いた。

海は茶碗酒を飲みながら、ふと思い出し、上着の内ポケットを探った。

「僕、こんなものをユダヤの方からもらいました」

一枚の小さな写真である。そこには綺麗な白人女性の顔が映し出されていた。

「写真ですね。その人の肖像ですか」

小川が興味深げに聞く。

「多分。ただその人は何かの病気を患(わずら)っていて、ずっと船室に横になっていました。天気が良い時があったので、ちょっと無理してデッキまでお連れしたことがありました。片言のドイツ語でお話しもしました。その時の表情はこんなに晴れやかではありませんでしたが、本人に間違いありません」

「いつもらったのですか？　裏に字も書いてありますね」

「その方が下船されるときに、ダンケシェーンと言われ、頂きました。字は読めない言語です。多分、何か一言とサインだと思うのですが」

「素晴らしい。おそらく感謝の気持ちですね」

迫田は横においていた鞄を探り、海の持っていた写真と同じような写真を取り出し、皆に見せた。

「実は、私も本人が写っている顔写真をこれだけ頂きました。どうしたらいいのか分からず、大切に鞄に入れていました」

海は恐る恐るその写真に手を伸ばした。

「触ってもいいですか?」

「もちろん構いません」

「七枚もあります。女性が六枚、男性も一人いますね。皆綺麗で、映画スターみたいだ」

小川にも渡す。

「皆、裏に字が書いてありますよ。英語はひとつもありません。迫田君、読めますか?」

「いえ、全然。この二枚はフランス語なので後で調べようと思いながらそのままです。この四枚は全く読めません。北欧の言葉でしょうか。これはドイツ語かな。浅田君、読めますか?」

まるで映画スターのような美しい白人女性の顔写真だった。読みにくい字であったが海は理解した。知らず知らずに涙が出てきた。

「迫田さん、とても素敵なことが書いてあります」

「なんて」

三人が声を揃える。

「私を思い出してください、素敵な日本人へ」

海は涙が出るのをそのままに笑顔を作る。三人は声もなくそれぞれに顔を向け、笑みをこぼす。

「やっぱり迫田さんは素晴らしいや。苦労して天草丸まで辿りついたユダヤの人たちに、しっかり寄り添っていたんだ」

鈴本が茶碗酒を掲げ、乾杯の仕草をする。

「彼らは自分の顔写真を持って歩く習慣があるのでしょうか?」

海はふと思った疑問をそのまま口にする。

「全く分かりません。多分、いつ死んでしまうか分からないので、自分が何者かを残すために顔写真を身につけていたのではないでしょうか」

迫田も分からないなりに説明する。

「とにもかくにも、そんなに大切なものをもらったということは、とても嬉しくて、とても感謝したのでしょうね。やっぱり、迫田さんは素晴らしい仕事をしたのですよ」

小川も感激しながら茶碗酒を一気にあける。

「僕は旅行する人を安全に日本にお送りするという、ビューローの業務をただこなしただけですよ」

迫田らしい言葉で応える。

皆、迫田と海の八枚の写真を眺めながら嬉しそうな顔をする。

「お客を守り、旅のお世話をする。やっぱり、我々は素晴らしい仕事をしたのですよ」

小川がもう一度きっぱりと言う。

敦賀は平和な港町であった。しかし、この街にも軍靴の足音が聞こえてくるようになっていた。軍服を着た人たちを多く見かけるようになってきたし、いつの間にか米や麦も肉も生活必需品は全部、統制品になっていた。小学校が国民学校と呼ばれるようになった。誰もが息苦しさと不安を感じていた。

残務は山のようにあった。それぞれ手分けしてその仕事にあたった。本店からの指示も次々に入ってくる。海には、残務整理が終了後、神戸営業所へ赴任の指示が出た。今度は応援ではなく、正式な人事異動だった。横浜事務所の頃と同じく、神戸港で国際航路の客船乗客の斡旋が主な業務のようだった。

《ユダヤ人の日本国内の避難ルート》

ウラジオストク
敦賀
東京
神戸
横浜
太平洋方面
シアトル・
サンフランシスコへ
東シナ海方面
上海・シドニーへ

IV 一九四一年◎夏◎神戸

海は敦賀から汽車で米原まで行き、そこで乗り換え、神戸へと向かった。おそらく多くのユダヤ難民が通った経路であろう。米原から神戸に向かう者、横浜へ向かう者と分かれたはずである。

昨夜、海は思い出したように、父親宛の手紙を綴った。敦賀での半年間の仕事のこと、これから神戸に着任することを簡潔に書いた。多分これだけでも安心してくれるに違いないと思い、敦賀駅前の郵便ポストに投函した。

敦賀港に上陸したユダヤ難民の多くは休む暇もなく国鉄の汽車に乗り込み、神戸か横浜に向かった。彼らにとって日本は通過する国であり、目的地へは船で向かわなくてはならない。日本の国際航路の出発地点は神戸港か横浜港であり、当たり前の経路であった。

特に神戸へ向かうユダヤ難民が多いのは、神戸には神戸ユダヤ人協会があり、敦賀上陸から積極的にユダヤ難民の世話を行なっていたためだ。神戸から敦賀に出迎えに来ていたユダヤ人協会の担当者の話では、それだけでなく、神戸には既にユダヤ人社会があり、シナゴーグと呼ばれるユダヤ教会堂があるからだということだった。

六月中旬になっていた。神戸の街は夏であった。熱い空気が蔓延していた。海にとっては初めて訪れた街であったが、どこか横浜に似ていると感じたり、ほんの少ししか歩いてはいないが上海の街の香りも感じた。神戸は都会であった。ニューヨークのような高層ではないが、鉄筋のビルヂングが建ち並んでいるし、大きな百貨店まであった。自動車もオートバイも沢山走っている。人々の行き交う様子も慌ただしい。しかし、ほとんどの人はカーキ色の国民服を着ている。女性も少なくないが地味な服装が多い。確かに活気は感じるが、海が勝手に想像していたモダンな国際都市、港町神戸の情景とは違うと感じた。海は新しい職場への赴任ということもあり、背広姿であったが、その姿は神戸という大都会の駅を降りても違和感があった。

ビューローの神戸案内所は、メリケン波止場のほど近く、海岸通りにあった。

ネクタイを締め直し案内所に入っていくと、すぐに満洲里で仕事を共にした細谷が出迎えてくれた。

「海君、久しぶり、元気でやっていましたか?」

「細谷先輩もお変わりなく」

「先輩は堪忍やで。敦賀でのユダヤ人の方々の輸送業務お疲れさんでした。神戸に続々と来ていますよ」

「そうですか。皆さん無事に目的地に向かわれていますか?」

「まあ、その話は落ち着いてからゆっくりしましょう。まずは皆を紹介します」

事務所には数人の職員がいて、皆、海を見ている。細谷は事務所の奥へと海を誘導する。

「こちらが上垣(うえがき)所長です」

「敦賀臨時駐在員事務所から参りました。浅田海です。どうぞよろしくお願いします」

「お疲れさんです。所長の上垣です。ユダヤ難民輸送のお仕事では大変活躍されたようで、ご苦労さんでした」

「いえ、十分なことができませんでした」

「よう頑張ってきたのは細谷君からも聞いとるし、敦賀からも聞きましたよ。そのユダヤの方々はまだ仰山この神戸におります。何とか船にお乗せして、目的地までの旅を続けてもらわなあきません。浅田君にはもうひと踏ん張りしてもらうことになります」

「はい、頑張ります」

「頼もしいな。わしは英語もよう話しません。外人客の斡旋は若手にお任せです。最近は英語もフランス語もだんだん減ってきました。ドイツ語が幅を利かせてます。ドイツ語の達人の浅田君が来てくれたんは大助かりですわ」

「はあ」

海は上垣の関西弁とその内容についていけない。

「ここのところは神戸に住んでいたアメリカ人やイギリス人、フランス人たちが家族も連れて一斉に帰国しているのですよ。ビューローはその手配や斡旋で大忙しです。一方で同盟国のドイツ人が元気なのです」

細谷が上垣の話を解説してくれる。

「それに、敦賀から続々とやって来たユダヤの方々、ポーランド人がほとんどですが、彼らの出国のお世話がまだまだ残っています」

「浅田君、着任早々大変ですが、細谷君と一緒に船の手配と斡旋をお願いしますね。細谷君、業務のことや住まいのことなど面倒見たってください。浅田君、よろしゅう期待してます」

上垣所長が笑顔で握手を求めてくるので、握り返すとその掌は分厚く力強かった。ビューローではあまり見かけないタイプの上司だなと海は思った。

「こちらこそ、どうぞよろしくお願いします」

「まずは、オリエンタルホテルに行ってお茶でも飲んでこいや」

上垣が二人に言う。

「こんなご時世にとんでもありません」

海もオリエンタルホテルが横浜のニューグランドと同様、外国人が宿泊する老舗高級ホテルだと知っていた。

「バカモン、まずは支配人と予約係に着任の挨拶に行って来いっちゅうこっちゃ。行けばコーヒーぐらいはただで飲ませてくれるわ」

「はっ、はい、分かりました」

二人は深々と頭を下げた。

海と細谷がオリエンタルホテルに向かって歩いていると、前方から葬列がやってくるのが見えた。

「戦死者の葬列のようですね」

細谷が教えてくれる。

「日本はまだ戦争していないですよね」

「何を言っているのですか。とっくに大陸で戦争は始まっていますよ。それに、赤紙もいっぱい出ているようです。戦死者が出てもおかしくないですよ」

それほどの人数ではないが粛然とした葬列であった。二人の制服警官もついて歩いている。沿道を歩く人々は立ち止まり、脱帽して低頭し葬列を見送っている。その中に黒い服で身を蔽(おお)った数名のユダヤ人がいた。彼らは髭を蓄え、頭に黒いキッパを被っている。彼らも立ち止まり、静かに祈るように葬列を見つめていた。その彼らに、葬列について歩いていた警官が詰め寄り厳しく声をかけた。仕草から脱帽しろと命じているようであった。しかし、彼らは決してキッパを取ろうとはしなかった。警官は命令を無視したユダヤ人を連行しようとした。

海は、ユダヤ人にとってのキッパを説明するべく駆け寄ろうとしたが細谷に手を取られた。その時、近くにいた、きちっとした身なりの四十過ぎの日本人紳士が警官とユダヤ人の間に入り、警官に向かって話しはじめていた。

「あなたたちは分かっていない。ユダヤ人は敬意を払う時には絶対に帽子をとらないのです。逆に敬意を払わない時に帽子をとるのです。つまり、彼らは葬列に対し敬意を払っていたのです」

警官はすぐには納得しなかったが、何度かやり取りし、その日本人の丁寧な説明を理解した。何が起こったのか分からぬユダヤ人たちは、助けてくれた日本人にお礼を言った。ユダヤ人とその日本人は聞き慣れぬ外国の言葉で短い会話を交わしていた。海は幾度となくこの言語での会話を聞いている。間違いなくヘブライ語だ。このユダヤの言語をどうしてこの日本人は喋れるのだろう。

彼らと少し離れたところでその様子を見ていた海は、細谷に声をかける。

「まずはよかったです。あの方は一体誰ですか」

「多分、小辻先生、小辻節三(こつじせつぞう)先生だと思います」

「小辻節三先生?」

「お話したことはありませんが、一度だけ神戸市のユダヤ難民受け入れの会議の席で見たことがあります。ユダヤ学者の小辻博士に間違いありません。この先生がいなければ、神戸のユダヤ人は目的地までたどり着けないと思います」

気が付くと、小辻の姿は消えていた。

「このご時世やし、大げさな歓迎会はちょっとなんやから、外客斡旋班だけでこぢんまりと浅田君の歓迎会兼、業務打ち合わせ会をしようや」

海が細谷に連れられ、オリエンタルホテルと数軒のホテル、港の船会社に挨拶をして事務所に戻ると、上垣所長に連れられて小綺麗な小さな寿司屋にやってきた。同じ斡旋業務を担当する清水康男(しみずやすお)は先にテーブルについていて、上垣の顔を見ると立ち上がり、直立不動の姿勢をとった。「まあまあ」と上垣が手真似をし、四人は小さなテーブルを囲んだ。

「神戸は食の街やで、フランス料理にドイツ料理、イタリア料理にロシア料理、勿論、南京街にはピンキリの中国料理も揃っとる。そやけど、浅田君、神戸は寿司やで。なあ、細谷君」

テーブルに着くなり喋りはじめる上垣所長に、細谷もあきれ顔で応える。

「はあ、その通りです。瀬戸内海がすぐそこにありますし」

「久しぶりの贅沢ですね。ええんですか」

清水が嬉しそうにしている。

「ニューヨーク、支那大陸、日本海と渡り歩いてきた浅田君の歓迎会やろ。おやじにちょっと無理を言うた。外人の偉いさんをこっそり連れて来るところやからね。こんなご時世、たまには贅沢しようや。寿司に灘(なだ)の酒、これが日本人やろ」

徳利とお通しが出てくる。

「まずは浅田君、神戸によう来た。明日から忙しいと思うけど、せいぜい気張ってください。乾杯」

「乾杯」

「浅田君からニューヨークの話やら、敦賀の話やら聞きたいが、ここのところ揃っての会議もしてへんかったんで、まずは業務打ち合わせからやろう。おやじ、刺身を」

上垣所長は剛毅な親分の感じだが、仕事のことは忘れないという人物にも見えた。

「はい、私の方から。清水康男です。浅田君、よろしくお願いします。多分、浅田君の四つ、五つ上やと思います。分からんことあったら何でも聞いてください。神戸営業所出戻りの細谷君と三人で斡旋業務、気張りましょう」

「はい、いろいろ教えてください」

「まず、浅田君たちが苦労して神戸まで案内してきたユダヤの方々ですが、駅の出迎えは当営業所の駅斡旋班がしっかり対応しています。そして、神戸ユダヤ協会の人たちの力を借りて、何とか宿泊場所も確保されています。多くは、ここのところ続々と日本を離れている欧米人の家を利用しているようです。ひと廻りしてきましたが、案外快適に過ごしている様子ですが、中には一部屋に十人とか押し込まれて往生している人もおるようです。小さな外人向けホテルやアパートメントも使っているようです。金持ちも少しいて、オリエンタルホテルやそれなりのホテルに滞在しているユダヤ人もおります」

「それはよかった。雨露凌げんと可哀そうやからね」

上垣はぐい飲みの酒を旨そうに飲み干す。

清水が話を続ける。

「とにもかくにも、ユダヤ人たちの結束は固く、見事な受け入れ態勢と言うてええと思います。北野町の山本通りに日本でただ一つらしいのですが、シナゴーグ、我々が言うユダヤ教会堂があります。難民救済委員会も立ち上がっていて、近くにコミュニティセンターがあり、多くのユダヤ人たちが集まっています」

「確かに北野町の山本通りは、昔から外人村やったね。今はユダヤ人村になったんか」

上垣は頷きながら耳を傾ける。

「神戸のユダヤ人協会の受入と保護はえらい手厚いようです。ユダヤ人協会は、難民一人ひとりに一日につき一円五十銭を支給しているようです。この金のお蔭で難民たちが最低限の果物、野菜、魚とパンの食事をとることができているようです。このお金は、神戸在住のユダヤ人の寄付や、ジョイントいう世界的なユダヤの組織から出ているようです。それだけやなく、医師や看護婦も派遣されていて、全員がちゃんと診療を受けているようです」

「たしかにユダヤの人たちの団結力は凄いね。日本も何かせなあかんね」

「日本も実はとても優しくて、当局は大量の小麦粉をユダヤ人に提供したらしく、兵庫県外事課は、毎日一人一斤の食パンを配給しているようです」

「それは何よりや。県もなかなかやるね。神戸までやっと来て野垂れ死んでは、あまりに気の毒や」

「ユダヤ人協会だけではなく、きよめ協会いうキリスト教団体も彼らを温かく迎え入れているようです。本来は相容れない宗教のようですが。外人も日本人も、とても献身的なようです」

「宗派の壁を越えて、困っている人を助ける。嬉しいね」

上垣は柄に合わず、こういう話が好きなようであった。

「結構困っているのは食事のようです。これはお金の問題ではなく、宗教上食べられへんもんが多いようです。豚肉やエビや貝などは食べたらあかんらしくて、牛肉や鶏肉は食べてもええんですが、その殺し方とかいろいろ決まりがあるらしいです。食べてもええ食品はコーシャいうのですが、この神戸にはユダヤ人が昔から住んでおるので、そのコーシャが手に入り、彼らもホッとしているようです」

「何やようわからんが、さすが神戸やな」

「日本の人たちもやっぱり優しくて。ユダヤ協会にこんなご時世なのに沢山の果物を送ってきたり、着るもんを持って来たりしているらしいです。ユダヤ人の傷んだ洋服をただで修繕した仕立て屋さんや、子供の治療にお金を取らへんかったお医者さんの話も聞きました」

「わしはそういう話が大好物や」

上垣は刺身をつまみながら杯をあける。海も、神戸までなんとかたどり着いたユダヤの人たちが辛い目にあっているのではと心配していたので、幸せな気分になり、手酌で酒を注ぐ。細谷はすべての事情を知っているようで、頷きながら黙って聞いている。

「敦賀で日本に上陸したユダヤの人たちはみんな元気がなく、不安そうでした。でも、神戸で温かく迎えられて元気でいるようなので、本当に良かったです」

海は正直な気持ちをそのまま口にした。

「たしかに、ユダヤ人たちは、皆なんとか暮らしているようです」

細谷が口を開いた。

「もう、僕らがお手伝いできることはないのですかね」

海は何気なく皆に言った。

「何を言っているんだい。彼らの目的地はアメリカやパレスチナで、まだまだ旅の途中。我々がしっかりと船便を用意して、全員を送り出す大仕事をしている最中なんだ」

細谷が少し声を荒げる。

「細谷さん、すみません。まだまだ我々の仕事があるのですよね」

海の申し訳なさそうな言葉に、細谷もすまなさそうに続ける。

「船の斡旋仕事だけでなく、我々の業務ではないけど、陸の仕事もかなりしているようだよ。宝塚歌劇の観劇や京都、奈良巡り、鎌倉に行くユダヤ人もいて、その手配や斡旋もビューローがしっかり行なっているようだ。それはそれでちょっと嬉しい話だけど、実際は遊覧目的ではなく、多くの人が東京や横浜に行っている。ビザをもらうための大使館、領事館詣でだ」

清水が話を引き取る。

「そうなんです。今の大問題はビザなんですわ」

「あっ、そうか、彼らのビザは通過ビザだ。杉原センポ副領事が命を懸けて発給したのは日本の通過ビザ。確か、滞在期限は十日間」

海は大切なことを思い出したように声を上げた。今度は、細谷がその話を引き取る。

「海君、その通り。十日間だけ。でも船が神戸港に来さえすれば、等級さえ贅沢を言わなければ、皆ご乗船いただくことは問題ない。ちょっと定期航路が不安定にはなってきているけど、今のところは大丈夫。多少順番待ちになることはあるけど、ビューローはチケットを用意して斡旋できる。しかし、次の目的地の国のビザを持っていなくては乗船することはできない」

「キュラソービザ！」

海はまた大きな声を上げる。

「そう、日本のビザを取るために多くのユダヤ人が取得したオランダ領キュラソービザは、日本入国には役に立ったけど、出国では役に立たないんだ。どこ行きの船にも乗れない」

細谷が冷静に応える。

「まずは、とにもかくにも何処かの国の正式なビザを取得することが先決問題。ユダヤ協会も熱心に動いているし、まだ機能しているポーランド大使館も、各国の大使館に掛けあっているらしい」

「何とか取得できればいいですが」

「そして、当面の問題はビザ延長だ」

「それはできそうなんか」

上垣が心配そうに口を挟む。

「残念ながら、難しそうです。大日本帝国としてはノーと言うてます」

細谷の言葉に、全員が言葉を失う。しかし、四人とも箸は止まらず、酒を注ぐ。

「何かしてやりたいけど、わしらにできることはないんか」

上垣が呟く。

「ビザが取れ次第、すぐにその国行きの船のチケットをご用意することぐらいしかないでしょうか」

清水が残念そうな顔をして応える。

「いや、皆知っているか。ビザを発給するのは外務省やが、国内でのビザ延長の権限は県や、警察や。思い出した、昔の話なんやが、ビューローの手配の都合で、延長が必要になったカナダ人のビザ延長のお願いを県警に行ったことがある。すったもんだはあったが何とかなった」

上垣が急に明るい顔になった。

「そういえば、敦賀に上陸する時の入国管理官は警察官でした」

「わしらも何とかして応援せなあかん。警察には知り合いがおるから、わしからも頼んでみよう」

「上垣所長、何とかなりますか」

「そりゃ、何ともならんやろう。ひとりふたりならともかく。ビューローの一所長の言葉など、歯牙にも掛けへんよ」

「そうですよね」

「でも、明日から日参してみよか。ここのところ、渡航する偉いさんが少なくて暇やから」

三人は上垣の男気にちょっと嬉しくなった。そして、貴重な酒と寿司を残すまいと、丁寧に飲み、食べ続ける。

＊＊

海は、翌日から神戸営業所の勤務が始まった。取りあえず、細谷の家に居候することになった。細谷の家は須磨の海が目の前に見える豪邸で、母親と二人で住んでいた。使ってない部屋はいくらでもあった。細谷は本物のいい家のお坊ちゃんだった。須磨から神戸までは省線で三十分もかからなかった。

業務は、ビューロー入職以来、横浜事務所でやってきた外航客船の乗客斡旋で、すぐにコツがつかめた。こんな時期でも客船は港を出入りし、確かに下船客は少なかったが、乗船客はどの客船もいっぱいであった。日本から離れる家族連れの外国人が目立った。勿論、その中には既に目的地のビザを持つユダヤ人も数多くいて、彼らの幸せそうな姿を見送るのも嬉しい業務だった。英語だけではなく、何故だかドイツ語を使う機会が多かった。

海と細谷は、港の仕事が無い良く晴れた午後、北野町の山本通りに向かった。一度、時間のできた時に行ってみようとの約束が実現した。

三ノ宮駅を通り過ぎ、北側の山へ向かって歩いていく。

「この辺りが山本通り。ほら、これが有名なドイツパンのお店。なかなか食べられない本格的なドイツパンだ」

細谷がすぐ近くのモダンな構えをした店を指差す。

「フランス料理のレストラン、イタリア料理のレストラン、神戸はなかなかだろ」

細谷は歩きながらあちこちと指を差す。さらに坂を上り、山側の通りを歩くと洋館が並ぶ住宅街になる。

「あの洋館の屋根の上についているのは何だろう?」

「風見鶏だね」

「日本には無い、珍しい家だね」

人通りは多くないが、日本人も普通に生活しているようで、門から出てくる子連れの女性とすれ違う。しばらくすると、明らかにユダヤ人と分かる髭を生やした二人の青年が歩いてくる。

「やあ、こんにちは。ユダヤの難民救済センターはこの近くにありますか？」

海は、まるで普通に日本人に道を尋ねるように、ユダヤ人青年に英語で声をかけた。声をかけられた青年の一人は一瞬身構えたが、優しい笑顔をつくった。

「もうしばらく行った右側にありますよ」

指を差して英語で答えてくれた。

しばらく歩くと、数人のユダヤ人が道でたたずんでいた。そこが難民救済センターのようであった。正門には告知板があって、何枚かの紙が貼られていた。じっくりと見るわけにもいかないが、ビザ申請が認可された者のリストや何かのお知らせのようなものだった。多分、一日に一回は、彼らはこのセンターに顔を出しているのではないだろうか。

「ここが難民救済センターだね。中は案外広そうだ」

「本当だ、中には結構人がいそうな感じがするね」

「シナゴーグはどこだろう」

教会堂と言うからには、キリスト教会の建物を想像していたので、海は辺りを見渡した。

「この辺りか、この奥かにあるはずだけど、分からないね」

さらに歩いていくと洋館が並んでおり、門の表札には名前ではなく「No.1」と書かれていて、その隣が「No.2」とある。おそらく、ユダヤ人の宿泊施設になっているのだろう。少し離れたところに「No.3」と表示された古風な洋館があった。大きな洋館で、建物の後ろには神戸の海が臨めた。洋館は傾斜した海側に建っているので、塀越しにはっきりとはしないが、大きな窓から家の中が見えた。

「覗いたりしては駄目だよ」

細谷に忠告されるが、爪先立ちで覗いてみると、本来は居間だろうか、洋風な床の上には日本布団が何組か敷かれているのが見えた。結局、細谷も一緒に覗いている。

「やはり、なかなか大変そうだね」

二人は再び歩き始めた。

坂道を下りていくと洋館がだんだんと減っていき、日本家屋が増えてくる。普通の商店も何軒か見えてくる。ふと、ひとりのユダヤ人神学生と思われる青年が、紙袋を大切そうに胸に抱えながら坂を上ってくる。すると後ろから、その青年を追いかけてくる制服の警察官がいた。警察官は青年に追い付くと、紙袋を指差し何かを言っている。海は思わず駆け寄ろうとしたが、細谷に手を取られた。それでも二人は何気なく早足で近付き、立ち止まった。

「その卵をどこで、なんぼで買うたんや」

警察官は居丈高に青年に尋ねる。青年も片言の日本語で答えている。海は助けなくてはと思い、近付く。すると警察官は青年の腕をつかみ、来た道を引き返して行った。海と細谷も後を追った。

青年と警察官は、乾物屋のような小さな店に入った。店の前まで来て海と細谷は啞然とした。警察官は店の中でその店の主人を怒鳴りつけ、いきなり平手で殴った。青年は何が起きたか分からずうろたえている。警察官は主人から小銭を受け取り、ユダヤ人青年に手渡し、卵の入った紙袋をしっかりと抱かせ、もう行っていいよという身振りをした。青年は少し事情を理解したのだろう。日本風に頭を下げて店を出て走り去った。

店の前で見ていた海と細谷に警察官が気付くと、警察官はちょっと照れくさそうに笑顔で説明した。

「店のおやじが外人相手に高く売りつけたんや。まったくけしからん」

＊＊

ドイツとソ連の戦争が始まったという話が、神戸にも大きな事件として伝わっていた。もう、日本に逃げ込んで来るユダヤ人もいなくなるのだなと海は思った。

事務所で書類整理をしていた海のところに、細谷が外から戻ってきて嬉しそうに喋り出した。

「海君、良かったよ。日本のビザの延長が徐々に認められてきたようだよ。これで皆腰を据えて、次の目的地のビザの取得に取り掛かれると思う」

「どうして延長が認められたの？」

「やっぱり小辻先生、小辻節三博士の力だよ」

「小辻先生って、あのオリエンタルホテル行くときに会った、ユダヤ人を守った先生？」

「そう、あの先生が、神戸ユダヤ協会に頼まれて駆け回ったらしい。まずは外務省、でもたらい回しにあい、結果はビザの延長は頑として応じない。それどころか、そういう陳情すらまかりならぬと脅されたらしい。それで、思い余った小辻先生は、ついに外務大臣の松岡洋右のところに飛び込んだ」

「えっ、松岡洋右！」

海が驚きのあまり素っ頓狂な声を出す。幾度、松岡洋右の名前を聞くのだろう。

「そう、あの。オトポール事件の時、ユダヤ難民のために臨時列車を出した満鉄の松岡洋右」

「そうだ、今外務大臣だよね」

松岡洋右とは一体どんな人物なのだろうか。新聞に載る小さな顔写真ではとても想像がつかない。見当が付かないが、凄い人には間違いない。

「松岡は小辻先生の満鉄時代の上司だったようだ。先生は、松岡大臣に率直に助けを求めたらしい。しかし、外務大臣といえども松岡の立場は難しい。軍部の意向を無視することはできない。でも、松岡は私人として、唯一の方策を小辻先生に教えたらしい。ビザの延長の権限は神戸の自治体にあること。これは上垣所長の言っていた通りだ」

「上垣所長も凄い」

「松岡は続けてこう言ったそうだ。自治体が行なうことに、基本的に政府は関与しない。もし自治体を動かすことができるなら、外務省はそのことに見て見ぬふりをしよう、と。そして、それを約束してくれた」

「凄い話だね」

「勿論、こんどは神戸の警察署との交渉になる。これも本当かどうかは分からないけど、正面攻撃では無理なので、小辻先生は私財をはたいて警察幹部を接待したそうだ。勿論、先生は賄賂など贈らない。接待を繰り返し、交渉したそうだ。何度も何度も、切々とユダヤ難民の窮状を訴え、出国先が決まるまで日本滞在の延長を許可して欲しいと頭を下げた。そして、彼らは承諾してくれた」

「よかった。本当に凄い先生だ。上垣所長の懇願も少しは効いたのかな」

「それはどうかな。でも、所長、ここのところ本当によく警察に行っていたようだけど」

「で、この話、誰から聞いたの？」

海は、あまりに良くできた話なので、俄かに信じられなかった。

「信じていいと思うよ。商船の偉いさんから聞いた。船会社の情報網は間違いない」

「小辻先生っていったい何者なの？」

「俺も気になっていて、いろいろな人に聞いたんだ。なんと、京都の神社の息子らしい。若い頃にキリスト教の聖書に出会い、東京の明治学院大学神学部に進み、卒業後にキリスト教会の牧師になったそうだ。ここまでは普通の驚き。それから旧約聖書を学びたくて、全財産を処分して家族とともにアメリカに留学し、ユダヤ教とヘブライ語を学んで博士号をとる」

「だからヘブライ語が話せるんだ」

「日本に戻り、青山学院で教壇に立っていたらしいが、満鉄の総裁、松岡洋右から、助言者として働いて欲しいと依頼が舞い込み、満洲に赴任する。顧問としてユダヤ人問題を担当していた。満洲においてユダヤ人がとても大切であることを松岡が知っていたからだろうね。先生は満洲でも困っているユダヤ人たちを助けていたらしい。その後、日本に戻り、静かに研究生活を送っていたようだ。そんな時に今回の依頼があった、というわけだ」

「なるほどね。僕らも満洲のどこかですれ違っていたかもしれないね」

「そうそう、天草丸で目的国ビザが無く入国できずに困ったユダヤ人が何人もいて、ウラジオストクに引き返したということがあったのかい？」

「あった、大事件だった」

「その時にビザをなんとか取ってあげようと奔走したのも小辻先生のようだよ」

「本当に！」

海はあの時のことを思い出し、声を上げる。

「そうらしいよ」

「凄い先生だな。もう一度会うのは無理でも、顔だけでも見てみたい」

「そう、立派な日本人はいるものだとつくづく思った。困っている人たちがいたら手を差し伸べる。分かってはいるけど、なかなかできないことだよね」

「僕も同感だ」

自分には、本当に困っている人を助ける力はまだないと思った。

「もうひとつ、寂しい話を聞いてきた。ユダヤの人たちが神戸に着いた頃は、祖国のポーランドからの葉書は届いていたそうで、それを楽しみにしていた人たちが沢山いた。しかし、ドイツとソ連の戦争が始まり、手紙も電報も全て途絶えてしまったようだ」

「本当に寂しい話だね」

＊＊

細谷の仕入れてきた話の通り、ビザの延長は上手く進んでいるようで、そのうちあまり話題にならなくなった。数千人のユダヤ人難民がこの神戸にやってきた。かなりの人たちはビューローの斡旋で、もうすでに船に乗り込み次の目的地に向かっているが、次の目的地のビザが取得できずに滞在を余儀なくされている人も相当数いる。

神戸という街は港町だけあって、外国人とのいざこざはほとんど聞かない。ユダヤ人難民に対しても、とても寛容であった。細谷に言わせれば、神戸では生まれたときから普通に西洋人が周りにいるため、ユダヤ人に対しても特別な関心を持っていないのではないか、ということだった。

確かに、日本とドイツの同盟関係にも係わらず、ドイツ軍に追われたユダヤ人に対する非難や差別をあまり耳にしたことはない。新聞も米英に対する非難こそよくあるものの、ユダヤ人に対する変な記事はあまり目にしない。一度だけ、「金持ちルンペン神戸に忽ち避難街」という、ユダヤ難民を揶揄した記事を見たことがあるが、それくらいだった。

アメリカのビザを望んでいる人たちが多かったが、それはなかなか叶わなかった。それでも、五百人以上のユダヤ人は何とかビザを手に入れ、アメリカ行きの客船に乗船した。

パレスチナへの入国証明書の発行はさらに厳しく、もし発行されても、そこまでの旅程を確保するのはさらに複雑で、想像を越える時間と費用が必要であった。

ユダヤ人たちは神戸ユダヤ人協会やその他の伝手を頼りに、少しずつだが様々な国のビザを取得していく。もう本国の無い駐日ポーランド大使館の尽力は何よりも大きかった。いくつかのグループがカナダやイギリス自治領への入国を認められた。それぞれ、船に乗り込むことができた。海は、そんな話を聞きながら一喜一憂し、港での仕事に精を出した。

秋になっても、千人以上のユダヤ人たちが神戸に滞在していた。どうしてもビザが取得できない人たちは、ビザなしで入国のできる上海に向かうことになるだろうと噂された。

日本に残留することが許された神戸の外国人は、ユダヤ人であろうとなかろうと、長野県の軽井沢などへの強制疎開が始まっていた。誰もが戦争が近付いていることを予感していた。

海は一度、山本通りのシナゴーグをひとりで訪れた。そこに行けば小辻博士の顔を見られるのではないかと思ったからだ。民家の中に作られたユダヤ教信仰の場であった。小さいが立派な建物で、入口の上部には六芒星が刻まれている。心配していたが、中に入ることは許された。そこは、簡素な箱舟と、おそらく日本の大工が作った読み机があるだけの質素な所であった。壁にはシオニストの旗が掲げられていた。その日、ほとんど人はいなかった。小辻博士の姿もそこにはなかった。しかし、安息日には神戸に残ったユダヤ人たちの礼拝で、いっぱいの人で埋まるはずである。

事務所で仕事をしていると、上垣所長が自分の机から海を手招きする。

「なんですか、上垣所長」

たまたま事務所にいた細谷と清水も立ち上がり、上垣の机を囲む。

「浅田君、ニューヨーク事務所の岩本所長を知っとるか」

「はい、一度お目にかかりました。僕が満洲里に赴任する時に、入れ違いでニューヨーク事務所に来られた所長です」

「そうか。ニューヨーク事務所は閉鎖されてしまったけど、まだ現地で頑張っているらしい。事情は浅田君の方が詳しいと思うが、トーマス・クックから預かっていたユダヤ難民救済金のうち、予定した人数に達しなかった分の金を丁寧にも返金したらしいよ。浅田君が気張って、ユダヤ人たちに渡した大切な金や。ヨーロッパは無事脱出したものの、ウラジオストクに着かなかった人たちのものや」

「おそらく、シベリア鉄道に乗れなかった人たち、乗れたのに途中でロシアの官憲に捕まってシベリア送りになってしまった人たち、ウラジオストクには着いたけれど天草丸には乗れなかった人たちの分だと思います」

「シベリア鉄道はもう閉鎖してしまって誰も来えへん。九十三名分の救済金は行き先を失った。資産凍結令が出て事務所も無くなってしまったのに、このお金をしっかりと計算して、トーマス・クックに返金したそうや。岩本所長は大したお方や。ビューロー精神やね」

「ビューローは立派な旅行社ですね」

「そう、律義で正直な世界一等の旅行社や。清水君、細谷君、なかなかええ話やろ。ビューローも捨てたもんではない」

「そうですね」

二人は嬉しそうに声を揃える。

「でも、少なくとも九十三人の日本を目指していたユダヤ人は救えなかった。具体的な数字を聞くと辛いです」

ウラジオストクの港で、天草丸に向かって助けを求めるように手を振るユダヤ人たちの姿が思い浮かぶ。

「浅田君。でも数千人のユダヤ難民は無事に日本まで来た。君はユダヤ難民を助ける手伝いをしっかりやってきた。そして、今もしている」

「海君、そうですよ」

細谷が海の肩に手を置く。

＊　＊

「久しぶりの大型の外船だね」

細谷がどす黒い壁のように聳(そび)え立つ客船の船腹を見上げながら、ひとり言のように呟く。

「そうですね。外船も不定期になっていますしね。神戸港に船が来なくなってしまうのでしょうか」

海も感慨深げに応える。

「そんなことはないと思うよ。島国の日本にとって、神戸港は玄関口だから。まさか、玄関を閉じるわけにもいくまい」

「そうですよね。でも、だんだんと神戸港に停泊する船が減っているような気がします。日本からのサンフランシスコ航路も無くなってしまいましたものね。それに、神戸港で海軍が訓練しているのもどうも嫌な感じです」

「まあね。ところで、今日の外船は上海行きのようだ。かなりの数のユダヤの人たちが乗り込む予定だよ」

「とうとう、行きたかった目的地のビザが取れなかった人たちですね。いよいよ、諦めて上海に向かうということですね」

「そうだね。でも、上海にはもうすでにユダヤ人たちがいっぱい住んでいてユダヤ人社会ができているというし、日本が主権を握っているところだから、そう心配することはないだろう」

「そうだといいですね。それに、上海からまた次の目的地に行くこともできますよね」

「俺も満洲里の帰りにしっかり見物してきたけど、なんだかごみごみしていたが、神戸以上の国際都市だった。世界中の人たちが街を歩いていたし、いろいろな国の言葉が飛び交っていたよ。世界の全ての都市と繋がっていると思うよ」

細谷は海にだけでなく、自分にも納得させようと説明する。

「そうですね。ビューローの上海支社もあるし、大丈夫ですよね」

「海君。ビューローじゃなくなったんだ。東亜旅行社の上海支社だよ。とにかく、上海の街にはビューローの案内所がいっぱいあった」

「細谷さん、東亜旅行社」

「そうだ。でも、ジャパン・ツーリスト・ビューローはビューロー」

この夏、ジャパン・ツーリスト・ビューローは、東亜旅行社と改称した。

「ちょっと変ですよね」

「ジャパンだけでなく、日満華一丸とする斡旋機関とするためと、どこかに書いてあったな。南方にも進出するようだし」

「南方への赴任命令、あるかもしれませんね」

「赤紙とどっちが先かな」

細谷のこの言葉で話は終わった。若者誰もが口には出さないが、他人事ではないと感じ始めていた。

乗船待合室では、出港の時間にはまだ何時間もあるのに、多くの人たちが集まっていた。見るからにユダヤ人と思われるグループがいくつも見受けられた。大きな荷物を抱えた中国人も、ユダヤ人たちと同じくらいいる。

海たちの斡旋業務は主に下船してきた外人客の出迎えと、ホテルへの輸送である。最近到着する船には外人客が少なく、海外各地から家族ともども引き揚げてきた日本人が目立っていた。日本人である彼らにはビューローの斡旋は必要ない。外人客はドイツ人が目立っていた。勿論、ユダヤ人ではない。見送りは斡旋を引き受けた帰国する外人客に対して行なわれるが、今日はひとりもいなかった。ただ、多くのユダヤ人たちにチケットを手配しているので、最後の一人が乗船するまでしっかりと斡旋しなければならない。海と細谷は気を引き締めた。

「もしかして、天草丸の浅田さんではないですか?」

突然、ユダヤ人の女性からドイツ語で声をかけられる。

「えっ」

海は驚き、女性を見るがすぐには思い出せない。女性は小さな女の子の手を引いている。

「マーシャ!」

海は驚きを隠さず叫ぶ。

「覚えていてくれましたか。私はゼルダです。そしてこの娘はマーシャ」

「ええ、天草丸では大変お世話になりました。お元気でいたのですね。マーシャ、グーテン・ターク」

マーシャは覚えてはいないと思うが、にっこりとする。

「まだ神戸にいらしたのですね」

「はい、キュラソービザでは出国できず。走り回ったのですが、とうとう、どこの国のビザも取れませんでした」

「そうですか、それは大変でしたね」

「それで上海に行くことにしました。上海には知り合いがいるはずです」

本当は行きたくないという気持ちが伝わってくる。

「日本滞在はいかがでしたか」

「敦賀の人も、神戸の人も、皆親切な人ばかりでした。この娘に、有名な宝塚歌劇を見せてあげることもできました」

「それはよかったですね。喜んでくれたかな」

「勿論です。神戸では、バッグを無くして困ったのですが、夕方には交番に届いていました。ポーランドでは絶対に無いことです。日本人はいい人ばかりでした」

「そうでしたか。これからも大変な旅が続くのですね、どこかでご主人と再会できることを祈っています」

「ありがとうございます。そうなると嬉しいのですが。でも、ここまで来るのにいろいろな苦労を乗り越えてきました。奇跡です。これからもマーシャがいれば乗り越えられると思います」

「そうですね。絶対に乗り越えられますよ」

「ダンケシェーン」

「どうぞ、お元気で。アウフ・ヴィーダーゼーエン」

細谷が横でにこにこしながら、海とゼルダのやり取りを聞いている。海はとても幸せな気分になったが、ゼルダとマーシャのこれからを想像すると素直に喜べなかった。


数時間後、黒く巨大な外船は、ユダヤ難民たちを腹の中にずしりと飲み込み、これでもかというほど大きな銅鑼を鳴らしながら、波止場から離れていった。港の静かな水面に綺麗な航跡が残り、やがて消えていく。デッキで手を振る人の姿が見えた。遠くに離れてから気が付く。はっきりとは分からないがゼルダに違いない。マーシャを抱きかかえている。この二人は勿論、ここまでたどり着いたユダヤ難民の全員が無事、目的の安住の地に行けることを心から祈り、思い切り背を伸ばし、手を振り続けた。


波止場で手を振り続ける海に、後ろから細谷がやってきて大きな声をかける。

「珍しいお客さんだよ」

海が後ろを振り向くと、細谷の隣に、満洲里のロシア料理店にいたユリヤが笑顔で立っている。ロシア人らしい体形だが、顔つきには日本人のような可憐さがある。ただ、肌が透けるように白い。

「ユリヤ!」

あまりの驚きで声を失う。

「カイ!」

抱き合うわけにも行かず、近づき両掌をとる。

「どうしたの?」

「日本語の勉強の続き、しに来た」

「よく来られたね」

「長崎から今日、神戸着いた」

「どうして来られたの?」

「私、満洲人、半分日本人、ナカムラ・ユリヤ」

「そうか、堂々と来たんだね」

「お母さんは?」

「一緒だよ。神戸のロシア料理店で、二人で働く」

「それはよかった」

「神戸の大きなロシア料理店、コックさん兵隊に行って困っている。だから、私たちを雇う。身元引き受け入にもなってくれた」

「日本語上手だね」

「どこでも聞かれるので、一生懸命覚えた」

「それは素晴らしい。どうしてここが分かったの？」

「満洲里のビューローのイワノフさんに教えてもらった」

「イワノフ元気だった？」

「イワノフさん元気だった」

海の矢継ぎ早の質問に、ユリヤは一生懸命日本語で答えていく。

「日本語上手になったね」

「日本語下手になった。だから、ちゃんと日本語教えて」

「わかった。わかったよ」

久しぶりに見るユリヤは、満洲里の時よりも美しく輝いていた。

「綺麗になったね」

「はい！　綺麗になった」

細谷は、呆れた顔をして、でも喜んでいるようだった。

「僕ちゃん。よかったね」

細谷が笑顔で言う。

振り向くと、もう船は見えなかった。もう、この斡旋業務も長くは続かないのだろうなと思った。まだ神戸にはユダヤ人たちが残っている。おそらく、全員が上海に向かうことになるのだろう。それが終わると、もう日本の客船も外国からの客船もやって来ない予感がした。

困っている人には手を差し伸べる、それが日本人だ。ニューヨーク、満洲里、敦賀、そして神戸、この一年、ユダヤ難民を救う手伝いをしてきた。勿論、やらなければならない業務をこなしてきただけだ。ユダヤの人々の命は、心ある偉い人たちの決断と行動によって、それだけでなく普通の日本人の勤勉さと優しさによって、リレーのように繋がってきた。海はその場にいて、それを見て、少しだけ手伝いをしてきた。輸送斡旋業務はビューローマンの仕事だ。しかし、もしかしたら多くの人々の命の輸送という大切な仕事をしたのかもしれない。

どんな人でも受け入れて、困っている人がいたら助けたい。助ける力を持ちたい。ユリヤとお母さんにとって日本は住みやすいところになるだろうか。今の日本ではきっと苦労するに違いない。二人を助け、守っていくことができるだろうか、それすら自信はない。

海はふと思った。おやじが自分に海という変な名前を付けたのは、広い海に出て、広い世界で活躍する人になるようにではなく、どんな人も、どんな事も大らかに受け入れる広い海のようになりなさいという思いからだったのではないか。もしそうであれば、そのおやじの思いに少し応えられたのではないか。だが、これからも海のような人間でいられるのだろうか。自信はないが、僕はそうなりたいと、海は心の底から思った。

「神戸の海、とても綺麗」

ユリヤが、きっと大きな海に繋がっているだろう神戸港を眺めながら呟いた。

完

【参考文献】

ゾラフ バルハフティク（2014）『日本に来たユダヤ難民』原書房

ハインツ・エーバーハルト マウル（2004）『日本はなぜユダヤ人を迫害しなかったのか』芙蓉書房出版

ヒレル レビン（1998）『千畝』清水書院

ベン・アミー シロニー（2007）『日本とユダヤ その友好の歴史』ミルトス

妹尾河童（1999）『少年H（上・下）』講談社文庫

岡本文良（2016）『愛の決断 八百津町出身の外交官杉原千畝』八百津町

北出明（2012）『命のビザ、遥かなる旅路』交通新聞社

小島英俊（2008）『文豪たちの大陸横断鉄道』新潮新書

小林英夫（2008）『〈満洲〉の歴史』講談社現代新書

相良俊輔（2010）『流氷の海』光人社NF文庫

在ウラジオストク日本国総領事館（2015）『ウラジオストク市案内』在ウラジオストク日本国総領事館

佐藤篁之（2011）『「満鉄」という鉄道会社』交通新聞社
白石仁章（2011）『諜報の天才 杉原千畝』新潮選書
白石仁章（2015）『杉原千畝 情報に賭けた外交官』新潮文庫
杉原幸子（1994）『六千人の命のビザ』大正出版
杉山公子（1989）『ウラジオストクの旅――海の向こうにあった日本人町』地久館
千畝ブリッジングプロジェクト（2011）『杉原千畝ガイドブック』千畝ブリッジングプロジェクト
中日新聞社会部（1995）『自由への逃走 杉原ビザとユダヤ人』東京新聞出版局
手嶋龍一（2010）『スギハラ・ダラー』新潮文庫
手嶋龍一（2012）『スギハラ・サバイバル』新潮文庫
手塚治虫（1988）『アドルフに告ぐ』文春コミックス
涛声学舎（2008）『欧亜の架け橋――敦賀――』涛声学舎
豊田穣（1983）『松岡洋右――悲劇の外交官（上・下）』新潮社
日本交通公社（1982）『日本交通公社七十年史』日本交通公社
日本交通公社（2006）『観光文化・別冊２００６Ｊｕｌｙ』日本交通公社
日本郵船（1956）『日本郵船株式会社七十年史』日本郵船株式会社
野坂昭如（1972）『火垂るの墓』新潮文庫
原暉之（1998）『ウラジオストク物語』三省堂

早坂隆（2010）『満洲とアッツの将軍 樋口季一郎 指揮官の決断』（文春新書）
向井亮敬（2016）『杉原千畝本』千畝ブリッジングプロジェクト
山田邦紀（2011）『ポーランド孤児・「桜咲く国」がつないだ765人の命』現代書館
山田純大（2013）『命のビザを繫いだ男』NHK出版
吉田昭雄（2018）『望郷にあるものは』文芸社
吉野松男（1957）『満洲里1941年』恒文社
渡辺勝正（2000）『真相・杉原ビザ』大正出版
和田博文（2013）『シベリア鉄道紀行史』筑摩選書
「人道の港敦賀ムゼウム」（福井県敦賀市）資料
「人道の丘公園杉原千畝記念館」（岐阜県八百津町）資料
「リトアニア杉原記念館（Sugihara House）」（リトアニア・カウナス）資料
他関係のホームページを参考にしました。

特別寄稿　**在外駐在経験者の呟き**

辻野啓一

一九八三年（昭和五十八年）、サンフランシスコに研修員で赴任するとき、駐在員経験の豊富な先輩がふと漏らした。

「いい時代になったな、俺たちの時代では、駐在員は親の死に目に会えないと覚悟していけと言われたものだ」

事実、その先輩は両親の死に立ち会えなかった。研修員の指導にあたってくれた総務のマネージャーは、六年の駐在期間中一度も日本に一時帰国しなかった。航空券が結構高価だった時代のことだ。我々より少し前の駐在員はそれなりの覚悟を以て駐在の任にあったのではないかと思われる。

従ってそれよりはるか前の本作主人公、浅田海（主人公は架空の人物のようだが、他の登場人物はほとんど実在の人物らしい）の時代は「お国のため」、「社会のため」という使命感はさらに強かったのではないかと、読んでいて感じた。

いろいろな先輩がいろいろな示唆に富んだアドバイスをしてくれた。「駐在で一番大切なことはアバウトなことだ」。どうしても海外の水が合わずにメンタルにきて、本人ではなく奥様が原因で帰国せざるをえない例を何件か見るにつけ、とても貴重なアドバイスを授かったなと思った。

香港支店長として赴任した際も、香港駐在二年くらいの同業他社の支店長から「ここは大阪だと思って仕事をしたほうはいいですよ」と冗談交じりに言われた。当初、そんなものかと怪訝に感じていたが、じわじわとその意味が分かってきた。本作の主人公、浅田海に先輩たちが何気なく与えるアドバイスに昔を思い出した。

在外駐在事務所への出向者の数は少ない。駐在員の上司とうまくいかないこともあり、はじめは蜜月であった支店長と次長が険悪になることもある。本作に登場する人たちは、大きな使命を共有しているせいか、みんなとうまくいっているのが信じられないくらい羨ましかった。

ＪＴＢの社内報『ＪＴＢ新聞』の一面に、「洪流」というコーナーがある。朝日新聞の「天声人語」のようなものだ。その「洪流」の一九八一年（昭和五十六年）二月号に、ヘーゼル・アリソンという米国在住の老婦人の手紙がＪＴＢＩロサンゼルス支店から回送されてきたことが紹介されている。「あまりにも歳月が過ぎ、正確ではないもしれませんが、私がマンハッタンのライフビルの中にあったＪＴＢの小さな支店で働きはじめたのは、一九二九年のことと記憶しています」と書き始め、一九四一年（昭和十六年）八月、日米関係の悪化で事務所を閉ざされるまでの彼女の仕事、思い出が書かれている。「ヒトラーに追われ、シベリアに逃れた多数のユダヤ人のために、米国の親類やユダヤ協会が彼らの旅費を集めたが、ニューヨークＪＴＢでは日本への送金に協力し、忙しい毎日でした」とアリソンさんは語っている。本作にヘレン・アリソンさんとして登場する女性である。

併せて、ＪＴＢが一万五千人のユダヤ人をウラジオストクから敦賀へと輸送し、毎回添乗員までつけたことを、「洪流」の中で社員に知らせ、そのうえ彼女の労に報いるため、日本への旅行を贈ったらどうかと呼び掛けている。この呼び掛けがきっかけになり、翌年にホテルニューオータニで開催されたＪＴＢ創立七十周年式典にアリソンさんは招待された。そして夜のパーティーの途中、ロサンゼルス支店長にエスコートされ登壇した。岩田さん（本の中では岩本ニューヨーク事務所新所長）と木村さん（本の中では大村次長）と四十一年ぶりに再会を果たした。そして満場四百名の招待者から割れんばかりの拍手が沸き起こった。実に感動的な話だ。

本作では、天草丸の甲板でユダヤ人の大合唱が始まるシーンがある。ハティクヴァという希望を意味する唱歌だ。歌が呼び起こす感動の力はすごい。

戦争と歌の関連で思い出すのは映画『カサブランカ』だ。ドイツの侵略を恐れ、アメリカへ亡命しようとする人たちは、フランス領カサブランカに集まり、ビザ取得をはらはらしながら待ち続けていた。リック（ハンフリー・ボガード）の店にかつてのリックの恋人、イングリッド・バーグマン演ずるイルザと夫ラズロがやって来る。おりしもその店ではドイツの愛国歌が歌われていた。ラズロはフランスの国歌、「ラ・マルセイエーズ」を弾くように頼む。その演奏に合わせて、フランスの国歌を歌いだす人の数が一人また一人と増えていき大合唱になる。ドイツ側も対抗して歌うが、フランス側にはかなわない。ドイツ側の歌は完全に消し飛んでしまい、苦々しい顔で歌うのをやめるドイツ軍。完全にドイツ側の負けである。忘れられない溜飲の下がる一シーンだ。

戦争関連で忘れられない歌は、『サウンド・オブ・ミュージック』の「エーデルワイス」である。スイスへ亡命を決めたトラップ大佐一家は、町で開かれる音楽祭をうまく利用する。その時に歌われるのが「エーデルワイス」だ。名場面中の名場面である。いずれもナチスの魔の手から逃れる人たちを描いた映画だ。

もう一本の取っておきの映画が『ニュールンベルグ裁判』。ドイツのニュールンベルグで第二次世界大戦のナチ戦犯に対する戦争裁判が行なわれた。この裁判を仕切るアメリカの裁判長ダン・ヘイウッドを演ずるのは名優、スペンサー・トレイシー。絞首刑になった将軍の未亡人をマレーネ・

ディートリッヒが演じる。ディートリッヒはドイツ人でありながら、ドイツと対戦する連合軍側の最前線のヨーロッパ各地を慰問し、有名な「リリーマルレーン」を歌うことで兵士たちを鼓舞した気骨の人だ。映画を観る人は、この映画でいつリリーマルレーンが歌われるか期待しながら観ている。スペンサー・トレイシーとディートリッヒ演ずる未亡人が、コンサートから一緒に帰ることになり、廃墟と化した夕暮れの街を歩いていると、街の酒場からリリーマルレーンの歌声が聞こえてくる。ディートリッヒも重ねて口ずさみ、ドイツ語の歌詞がいかに美しく悲しい歌なのかを説明する。終始緊張感みなぎるこの映画で、この場面は一瞬緊張が和らぐ心に沁みるシーンで、忘れられない。今回四十年振りに観直して、音楽の力は素晴らしいと改めて思った。

本作の出来事は、いろいろな人の力がリレーのように繋がってきてこの偉業を可能にした。カウナスの杉浦千畝副領事、ウラジオストクの根井三郎総領事代理、神戸の小辻節三博士、そしてその間を繋いでいく名もなきビューロー職員たち、そのうちのどこかが一カ所でも破綻したら成立しなかった奇跡である。

これに関連して思い出すのは、私もお手伝いさせていただいた「長岡の花火をハワイの真珠湾に上げるプロジェクト」だ。太平洋戦争の引き金になったのは、日本軍による真珠湾攻撃（一九四一年十二月、本作ラストシーンから数ヶ月後の出来事）であり、その襲撃の指揮を執ったのが山本五十六連合艦隊指令長官だ。その山本五十六の故郷が新潟県長岡市である。長岡市にとって、いつか真珠湾で鎮魂の花火を上げるのが悲願であった。山本五十六の生誕の地、長岡の花火を真珠湾で上げることについては様々な意見があったのは想像に難くない。しかし、それが実現できたのは、当時のホノルル市長ピーター・カーライル氏と長岡市の森民雄市長という柔軟な考え方の二人と、実行に移すために尽力したホノルルと長岡の事務方のメンバーたちがいたからであった。誰が欠けても実現しなかったろう。

二〇一二年（平成二十四年）の「ホノルルフェスティバル」の最後を飾るイベントとしてワイキキの沖合にはしけを並べ、そこから長岡の花火を上げた。ワイキキの浜辺に集まった日系の人たちは素晴らしい大輪の花火に感動し、涙した。戦争中、移民でハワイに来ていた日系人は、日本の敵国に住んでいるわけで辛い思いをした。そのような話を親や祖父母から聞いていた日系二世、三世の人たちが本当に喜んでくれた。その後のフェスティバルでは恒例となり、ワシントンDCでも花火が上がった。そして二〇一五年（平成二十七年）、太平洋戦争終結七十周年追悼式典にて、ついに真珠湾（パールハーバー）の夜空を慰霊と平和の願いを込めた長岡花火が彩った。（残念ながら二〇一四年に帰任した私はこの花火を見ていない）。この偉業にも、多くの人たちの努力のリレーがあったわけである。

「お客を守る」、「お世話するのがビューローマンの仕事」という記述がある。素晴らしい姿勢である。

この表現を読んでいくつかの体験を思い出した。

サンフランシスコに二回目の赴任をして、まだ日の浅い一九八九年（平成元年）十月十七日、サンフランシスコ地震に襲われた。電話が使えなくなり、唯一日本と連絡ができたのは支店長車の自動車電話だけだった。まだ携帯電話のない時代だ。ＪＴＢの本社経由で、外務省から一刻も早くお客様全員の安否を確認せよと指令が来た。ノブヒルの高層ホテル、三十階にお客様がいる。エレベーターは動いていない、非常灯のみの階段を上っていかなければならない。派遣したアメリカ人のマネージャーはお客様のいる階まで上がり切れず戻ってきた。「もう少し頑張って確認してほしかったのに」と、私は出かかった言葉を飲み込んだ。「私が行きますよ」と日系のマネージャーが名乗り出てくれて、安否確認が取れた。

夜になると、デパートでは略奪が始まり、それを阻止するためか銃声が何発も聞こえてきた。非常に恐ろしい状況の中、家族の事が気になった。一刻も早く家族に会いたかったが、明日以降、帰国するお客様のお世話をしなければならない。まさに「お客を守らなければならなかった」。

香港に在任中に、強大な台風に襲われた。ドラム缶が飛んできて、木々が根こそぎ倒れていった。香港では台風の際に五段階のシグナルが出る。シグナル8で一部を除いた公共交通機関や会社、学校、レストラン、商店が休みになる。その時の台風は何十年に一度という最大規模のシグナル10で、勤め人は会社に行かなくてもいいのが原則だった。しかし、旅行業はそれでは済まされない。お客様のお世話をしなければならない。タクシーに特別料金を払うことで会社に向かった。橋にさしかかると強風でタクシーが左右に大きく揺れる。怖かった。支店につくと、マネージャーが一人で対応していた。電話は鳴りっぱなしである。何とかマネージャークラスが出揃い、危機を脱することができた。

このような場合、社員は会社に来なくていいのが原則。いろいろな社員がいるので、「お世話するのがビューローマンの仕事」というお願いを一律にすることが難しい場面もあるのだが、どんな時でも迷わず愚直に業務にあたる本作の登場人物たちの行動は実に素晴らしく思えた。

3・11東日本大震災の時はホノルルにいた。津波がすごい勢いでハワイに迫っていた。津波の時には、お客様は宿泊ホテルの六階以上の階に避難する。この時は、ほぼ全島が停電になり、安全のため会社からは退避しなければならなかった。翌日の行程表を全員分印刷して、シェラトン・ワイキキ・ホテルの二十七階に対策本部を構えた。自家発電設備の整っているホテルはこういうときも頼りになる。

大波でぶつかることを避けるため、ヨットなどはハーバーから出て沖合に移動させられた。波がかなり引き、海底が見えだした。この引いた波が戻ると大変なことになると思った。幸いにも波の戻りは緩やかで、ワイキキは大惨事にならずに済んだ。

まずは、お客様の安否確認と対応策の説明をホテルの各部屋にしなければならない。サンフランシスコ地震の時とはお客様の数が桁違いだ。使用ホテルの数も多く、すべてがワイキキに近いわけではない。救急対応に追われ、ホテルへの安否確認の業務に割ける人数は圧倒的に足りない。ところが、その日、休みのマネージャーやスタッフから次々に電話があり、「なにかできることはありますか」と言ってきた。

本当に嬉しかった。「お世話するのがビューローマンの仕事です」と、誇らしげに言っているように聞こえた。最長で四日遅れて、ほぼ全員のお客様が帰国の途につけた。その間のスタッフの頑張りようを今思い出して、「やはり、旅行業を男子一生の仕事にしてよかった。旅行業はなんて素晴らしい仕事なんだ」と思った。

パリ経由でアテネ、そしてロードス島へ行く添乗を仰せつかった。まだ入社三年目で海外添乗経験も少なかった。主人公の浅田海と同じくらいの年齢の時のことだ。お客様の数は十二人、私を含めて十三名のツアーである。パリへの飛行機が遅れ、アテネ行きの便に乗り継げなくなってしまった。アテネ行きの代替便で十人の席を確保できたが、二人のお客様には、ジュネーブへ行き、そこで乗り換えてアテネに向かう便しか確保できなかった。私がそのお客様たちをお世話するという選択肢を選んだ。

アテネ支店に電話をして、先発組の搭乗便に合わせ出迎えのガイドを手配しなければならない。しかし、その日が日曜日だということもあり、アテネ支店長宅は電話に出ず、頭を抱えてしまった。「そうだ、ヨーロッパを統括しているロンドン支店長に電話をすればいいのだ」と思い付いた。電話が繋がると、「わかりました。アテネの件はすべてこちらで対応しますので、安心して任せてください」との心強い言葉。緊張がほどけて、私はその場にへたり込んでしまった。この時ほど、旅行業が団体戦であり、ネットワークの有難さを痛感したことはない。本作でも素晴らしい連係プレーが描かれていて、心が何度も高揚した。

そのあともホテル全室のエアコンの故障、管制塔のスト、帰りのパリ–成田便の予約の蒸発とトラブルは次々に続いたが、お客様との強い絆が出来上がり、何とか成田にたどり着いた。最後に成田で挨拶をしたとき、お客様の大きな拍手をいただいた。心からの拍手という感じが伝わってきて、体が震えた。「旅行業を一生の仕事にしよう」とその時、決めた。

本作を読んでいて、浅田海も同じ思いだったんだろうなと思った。

（つじの けいいち）

（元ＪＴＢハワイ社長・流通経済大学国際観光学科特任教授）

【著者について】

安田亘宏（やすだ のぶひろ）

旅の創造研究所所長。1953年東京生まれ。法政大学大学院政策創造研究科博士後期課程修了、博士（政策学）。1977年日本交通公社（現JTB）入社、2006年JTB旅の販促研究所執行役員所長、2010年西武文理大学サービス経営学部教授（2019年迄）。

著書に、『インバウンド実務論』（全日本情報学習振興協会）、『観光サービス論』『フードツーリズム論』（以上古今書院）、『食旅と観光まちづくり』（学芸出版社）、『「澤の屋旅館」は外国人になぜ人気があるのか』（彩流社）、『旅の売りかた入門』（イカロス出版）など多数。小説は本書が初めて。

一九四〇（いちきゅうよんぜろ）　命（いのち）の輸送（ゆそう）

2021年11月24日　初版第1刷　　定価はカバーに表示してあります。

著者　安田亘宏

発行者　河野和憲

発行所　株式会社　彩流社

〒101-0051　東京都千代田区神田神保町3-10　大行ビル6階

TEL 03-3234-5931　FAX 03-3234-5932

ウェブサイト　http://www.sairyusha.co.jp

E-mail　sairyusha@sairyusha.co.jp

印刷　モリモト印刷㈱

製本　㈱難波製本

装幀　大倉真一郎

ISBN 978-4-7791-2783-0 C0093

【彩流社の文学作品】

中央駅

キム・ヘジン 著
生田美保 訳

路上生活者となった若い男と病気持ちの女……ホームレスがたむろする中央駅を舞台に、二人の運命は交錯する。『娘について』（亜紀書房）を著したキム・ヘジンによる、どん底に堕とされた男女の哀切な愛を描き出す長編小説。

（四六判並製・税込一六五〇円）

わたしは潘金蓮じゃない

劉震雲 著
水野衛子 訳

独りっ子政策の行き詰まりや、保身に走る役人たちの滑稽さなど、現代中国の抱える問題点をユーモラスに描く、劉震雲の傑作長編小説、ついに翻訳なる！

（四六判並製・税込一六五〇円）

【彩流社の文学作品】

鼻持ちならぬバシントン

サキ 著
花輪涼子 訳

サキによる長篇小説！　シニカルでブラックユーモアに溢れた世界観が特徴の短篇作品の巧手サキ。二十世紀初頭のロンドン、豪奢な社交界を舞台に、独特の筆致で描き出される親子の不器用な愛と絆。

（四六判上製・税込二四二〇円）

不安の書【増補版】

フェルナンド・ペソア 著
高橋都彦 訳

ポルトガルの詩人、ペソア最大の傑作『不安の書』の完訳。長年にわたり構想を練り、書きためた多くの断章的なテクストからなる魂の書。旧版の新思索社版より断章六篇、巻末に「断章集」を増補し、装いも新たに、待望の復刊！

（四六判上製・税込五七二〇円）